tredition

www.tredition.de

Foto: B. Danner

Ralf Göhrig

Ralf Göhrig

aus Jestetten am Hochrhein, Jahrgang 1967, legt nach „Kopflos in Cornwall“ mit „Mörderischer Sturm – ein Cornwall-Krimi“ seinen zweiten Kriminalroman vor. Der anglophile Förster lässt auch hier wieder seinen Chief Superintendenten Bob Hamilton in einer Gegend ermitteln, die er selbst kennt und liebt: Englands Südwesten. Eine mörderisch schöne Landschaft ...

Ralf Göhrig

Mörderischer Sturm

Ein Cornwall-Krimi

tredition®
www.tredition.de

1. Auflage
Februar 2013

Umschlaggestaltung: Carla Gromann, Ralf Göhrig
Lektorat, Korrektorat: Ina Fischer, Simone Hölker, Vita Funke
Medizinische Fachberatung:
Dr. Peter Hafner

Verlag: tredition GmbH, Hamburg
ISBN: 978-3-8495-0238-6
Printed in Germany

Bibliografische Information der Deutschen Nationalbibliothek: Die Deutsche Nationalbibliothek verzeichnet diese Publikation in der Deutschen Nationalbibliografie; detaillierte bibliografische Daten sind im Internet über http://dnb.d-nb.de abrufbar

Inhaltsverzeichnis

Kapitel 1 - Sonntag, 08.11.2009, Nachmittag

Die Novembersonne hatte noch einmal alle Kraft aufgeboten, die Wolken durchbrochen und den grauen, nassen Nebel aufgezehrt. Lediglich der kalte Wind lieferte den Beweis, dass die warme Jahreszeit endgültig vorüber war. Heftige Böen fegten übers Meer und prallten gegen die felsige Küste. Die Ruinen von Tintagel Castle, dem mutmaßlichen Geburtsort von König Artus, kauerten auf der felsigen Halbinsel, die sich seit Jahrtausenden trotzig Meer und Stürmen entgegenstellte. Zahllose Möwen unternahmen waghalsige Flugversuche und offenbarten ihr akrobatisches Können. Dennoch hatten sie mit den Böen zu kämpfen und fanden ihre Landeplätze in den schroffen Felsen meist erst nach etlichen Versuchen. Trotz des verhältnismäßig guten Wetters hatten es nur wenige Besucher gewagt, den unwirtlichen Berg zu besteigen. Einige wenige standen vor Merlins Cave, einer eigentlich unbedeutenden Brandungshöhle, wie es sie zu Tausenden am Meer gibt. Aber in Tintagel hat alles eine besondere Bedeutung.

Tintagel Castle lag in einem warmen Licht unter blauem Himmel, der lediglich von ein paar weißgrauen Wolken durchzogen war. Wie jeden Sonntag hatte Harold Fletcher im Besucherzentrum der Burg eine Tasse Kaffee getrunken und den Sportteil der Sunday Times gelesen. Danach machte er sich auf, die vielen steilen Treppenstufen hinaufzusteigen. Er blieb mehrfach stehen, einerseits um sich eine Atempause zu gönnen, andererseits, um die Naturgewalten auf sich wirken zu lassen. Fletcher genoss es, die Intensität des Meeres zu spüren, den salzigen Geschmack der Luft, den Wind in seinen Haaren. Und er liebte diesen Felsen. Vor 35 Jahren hatte es ihn eher zufällig nach Cornwall verschlagen. Er hatte erfahren, dass in Bodmin ein Rechtsanwalt sich zur Ruhe setzen und seine Anwaltskanzlei verkaufen wollte. Jung und voller Tatendrang, sah er diese Gelegenheit als Chance seines Lebens, und er nutzte sie. „Besser ein kleiner Herr auf dem Lande als ein großer Knecht in der Stadt“, war einer der Standardsätze seines Juraprofessors. Fletcher hatte diese Worte beherzigt und war gut damit gefahren. Denn er hatte sich auf dem Land mehr als etabliert. Das Anwaltsbüro „Fletcher, Fletcher & Harris“ hatte sich weit über die Grenzen von Cornwall hinaus einen guten Namen gemacht.

Harold Fletcher wohnte seit drei Jahrzehnten in einem kleinen Häuschen am nördlichen Stadtrand von Camelford. Von hier waren es nur ein paar Kilometer ins mystisch verklärte Tintagel mit seiner mittelalterlichen Burg. Und diese hatte es Fletcher angetan. Nicht dass er dem touristisch geprägten Artusfieber verfallen wäre – er liebte das tosende Meer und den einsamen Felsen mit seiner Burg, der diesen Gewalten trotzte. Und so hatte es sich Fletcher zur Gewohnheit gemacht, jeden Sonntag nach dem Mittagessen nach Tintagel zu fahren, den steilen Weg zum Besucherzentrum fast unten am Meer hinunterzulaufen und dort einen Kaffee zu trinken, um anschließend den Felsen zu erklimmen und die gewaltige Natur zu genießen. Schwer atmend erreichte er das Ende der Steintreppe und lief unter dem rudimentären Torbogen hindurch. Fletcher zog den Mantelkragen hoch und ließ seinen Blick nach rechts über die Mauerreste hinweg zum offenen Meer schweifen. Hinter ihm, am gegenüberliegenden Hügel, duckten sich die grauen Häuser des Dorfes Tintagel schon fast ehrfürchtig im Angesicht der Burg. Der Wind zerrte jetzt heftig an seinen immer noch üppigen, inzwischen jedoch schlohweißen Haaren. Dennoch entschloss er sich, weiter nach oben zu steigen und das Felsplateau zu umrunden. Der kalte Wind machte es ihm schwer zu atmen, und Fletcher erinnerte sich an seinen ersten Besuch dieser Burg. Das war vor fast fünfzig Jahren gewesen. Irgendwann in den Sommerferien hatte er sich mit einem Schulfreund ein Bahnticket gekauft und war von seinem Heimatort Bangor in Wales nach Wadebridge, das seinerzeit noch über einen Bahnanschluss verfügte, gefahren. Zu Fuß durchstreiften die beiden das Bodmin Moor und gelangten irgendwann in das sagenumwobene Tintagel. Unterwegs hatten sie zwei Mädchen kennengelernt, die ebenfalls ihre Ferien in Cornwall verbrachten. Die eine war blond – er konnte sich nicht mehr an ihren Namen erinnern –, doch die andere, dunkelhaarig, geheimnisvoll, mit grünen, katzenhaften Augen – er sah sie plötzlich genau vor sich in ihrem langen, schwarzen Umhang – hatte es ihm angetan. Melinda hatte sie sich genannt. Fletcher wusste nicht, ob es ihr richtiger Name gewesen war, es hatte auch keine Bedeutung für ihn. Er war damals einfach zu schüchtern gewesen, zu unerfahren, zu naiv ... Dennoch, er war zusammen mit dieser Melinda auf diesen Pfaden gelaufen, hatte sich mit ihr über die Geschichte der Burg unterhalten, die Normannen, die sie gebaut hatten, und über König Artus. Und genau wie damals hatte er plötzlich das Gefühl, hinter diesem Mädchen steckte in Wirklichkeit Morgaine le Fay, Artus' rätselhafte Halbschwester. Harold Fletcher schob diesen Gedanken zur Seite. Melinda war einfach ein gleichaltriges, aber damals eben für ihn ein unerreichbares Mädchen. Gleichzeitig galt sie ihm lange Jahre als Inbegriff der vollkommenen Frau und stand dadurch dauerhaften Beziehungen im Wege. Vielleicht war er wegen Melinda nach Cornwall gekommen, um sie zu suchen. Er wusste es nicht und lehnte sich gegen die immer stärker aufbrechenden Erinnerungen auf. „So ein Blödsinn", sagte er zu sich selbst. Doch im Innern wusste er, dass es genau so war. Immerhin hatte er nach wenigen Jahren im äußersten Südwesten sein kornisches Mädchen gefunden – Annie Penhaligon aus Truro. Die beiden hatten geheiratet und ein Jahr später wurde ihr Sohn Mark geboren. Bei der Geburt des Jungen starb Annie und Harold kniete sich noch tiefer in seine Arbeit. Und seit dieser Zeit hatte er es sich zur Gewohnheit gemacht, jeden Sonntag Tintagel Castle zu besuchen.

Fletcher hatte inzwischen das nordwestliche Ende des Plateaus erreicht und blickte hinauf zur tief stehenden Sonne, die sich anschickte, schon bald im Meer zu versinken. Er spürte abermals, wie eine ungewohnte Sentimentalität in ihm emporstieg. Gewohnt, jederzeit Herr über seine Gefühle zu sein, fühlte Fletcher sich zunehmend unwohl. All die Jahre hatte er die Natur genossen und sich bestenfalls von den zahlreichen Warnschildern an den Klippen beeindrucken lassen. Was war heute nur los mit ihm? Er fragte sich, ob er plötzlich alt und wehmütig wurde. Mit den Händen streifte Fletcher über sein Gesicht, als ob er dadurch seine Gedanken wegwischen könnte. Dann machte er sich auf den Rückweg, denn er wollte rechtzeitig am Ausgang sein. Im Winterhalbjahr war die Ruine nur bis sechzehn Uhr geöffnet. Raschen Schrittes überquerte er das Plateau, um nochmals kurz bei dem Tiefbrunnen stehen zu bleiben. Weiter kam er nicht mehr, denn kurze Zeit später war Harold Fletcher tot.

Kapitel 2 - Sonntag, 08.11.2009, Vormittag

Bob Hamilton war zusammen mit Rebecca Wynham für ein paar Tage nach St. Mary's geflogen, der Hauptinsel der Scilly-Inseln. Die beiden wollten das letzte Aufbäumen des Sommers nutzen, bevor das südwestliche England in einem Konglomerat aus Nebel, Regen und Stürmen versank, aus dem es erst in ein paar Monaten wieder ein Entrinnen gab. Hamilton war noch nie auf den Scillies gewesen, Rebecca hingegen war ein regelmäßiger Gast auf dem Stückchen Südsee im nördlichen Atlantik. Ihre Tante betrieb in Hugh Town ein Bed & Breakfast, in dem die beiden jetzt zu Gast waren.

„Stammen die Wynhams nicht ursprünglich aus Kent?"

„Wie kommst du jetzt darauf?"

„Deine Tante Peggy ist doch die Schwester deines Vaters. Wie kommt sie hier auf die Inseln?"

„Du kannst Fragen stellen! Aus welchem Grund ziehen Menschen irgendwo hin?"

„Wieso beantwortest du meine Fragen immer mit einer Gegenfrage?"

„Tu ich das?", antwortete Rebecca grinsend.

„Also ich nehme einmal an, der Arbeit wegen, kann es sonst noch einen Grund geben?"

„Genau den. Tante Peggy lernte Onkel John vor fast vierzig Jahren bei einem Konzert von Uriah Heep kennen. Ist doch cool! Und bald zog es sie hierher auf die Inseln."

„Dann ist die Gute eine richtige Rockerbraut?"

„Hm, ich weiß nicht so richtig. Aber es ist schon so, die Revolutions- und Blumenkindergeneration befindet sich inzwischen im Rentenalter. Kann man sich heute kaum mehr vorstellen, dass all die gesetzten 60- bis 70-Jährigen diejenigen waren, die damals diese wilden Zeiten erlebt haben. Aber Menschen verändern sich eben. Die größten Rowdys in meiner Teenagerclique sind heute die größten Langweiler."

„Das bedeutet im Umkehrschluss, dass du damals eher still und schüchtern warst."

„Willst du damit sagen, dass ich ein Rowdy bin?" Rebecca kniff die Augenbrauen zusammen und warf einen scharfen, nicht ganz ernst gemeinten Blick in Hamiltons Richtung.

„Jedenfalls bist du nicht gerade auf den Mund gefallen und ziemlich vorlaut im Umgang mit Vorgesetzten."

„Du bist nicht mein Vorgesetzter. Eigentlich habe ich als Pressesprecherin außer dem Chief Constable gar keinen Vorgesetzten. Aber das solltest du als Chef der Kriminalpolizei eigentlich wissen."

Rebecca drehte sich um und blickte aus dem Fenster über die Bucht und das Meer bis hinüber nach Tresco, wo sie heute noch hin wollten, um die großartigen Gärten und die Abtei zu besuchen. Hamilton trat hinter sie und legte seine Arme um ihre Hüften, küsste ihren Hals und roch an ihren rotblonden Haaren. Rebecca drückte ihren Kopf an seine Schulter und sagte fast beiläufig: „Ich finde es unglaublich schön, mit dir auf St. Mary's zu sein. Für mich sind die Scillies fast wie ein zweites Zuhause. Da meine Eltern so gut wie nie Ferien machten – ‚Ein Pfarrer kann doch nicht in Urlaub gehen', sagte mein Vater immer – war ich regelmäßig bei Tante Peggy und Onkel John. Zusammen mit meinen Cousinen Linda und Prue waren wir ein richtiges Dream Team."

„Das kann ich mir illustriert vorstellen. Prue im Teenageralter – mein Gott, die armen Eltern. Sie ist doch noch heute nur beschränkt gesellschaftsfähig."

„Ich habe dir doch gesagt, Menschen ändern sich. Früher war Linda echt ausgeflippt. Und so schlimm ist Prue nun auch wieder nicht. Gut, man sollte gut ausgeschlafen sein, wenn man auf sie trifft. Da sie jedoch in London lebt, ist die Gefahr für uns nicht so groß, ihr ständig über den Weg zu laufen."

„Es riecht schon nach gebratenem Speck. Ich glaube, es ist Zeit, unter die Dusche zu gehen und den neuen Tag zu beginnen."

„Ich komme mit, die Dusche ist groß genug für uns beide", meinte Rebecca augenzwinkernd.

Eine halbe Stunde später saßen sie am Frühstückstisch vor einem Teller mit Speck, Tomaten und Champignons. Außer den beiden war nur noch ein älteres Ehepaar im Speisesaal. Hamilton meinte einen Yorkshire-Dialekt zu hören. Der Raum war eine Mischung aus Museum, Rumpelkammer und Wohnraum – nicht unüblich für England. An den Wänden hingen unzählige Fotografien mit kleineren und größeren Booten sowie Straßenansichten von Hugh Town, mutmaßlich aus der Zeit vor dem 2. Weltkrieg. Eine scheußliche rotgelb gestreifte Tapete, die sich an den Rändern zur Decke teilweise ablöste, und der überdimensionierte Kronleuchter waren für den hässlichen Touch verantwortlich. Die Eichenholztische und die modernen Stahlrohrstühle mit den dunklen Lederbezügen dagegen ein ästhetisches Highlight. Die großen, nach Westen gerichteten Fenster gaben den Blick auf das Star Castle frei, das auf einem Hügel westlich der Stadt thronte. In einer Vitrine hinter dem Kamin standen zahlreiche Pokale, die Onkel John offenbar im Laufe seiner Karriere als Dartspieler errungen hatte. Auf der Vitrine stand eine Porzellanvase, die das Konterfei der verstorbenen Queen Mum zierte. Der blutrote Teppichboden, der mit Sicherheit Heerscharen von Milben und ähnlichem Kleingetier eine Wohnstätte bot, befand sich nach Aussagen von Rebecca schon immer in diesem Raum. Neben der Tür war ein länglicher Tisch aufgebaut, der außer einer schier unermesslichen Vielfalt an Cerealien frisch gepresste Säfte und diverse Sorten an Joghurt zur Auswahl bot.

„Ich verstehe nicht, wie du nach diesem Berg Speck noch den Fisch essen kannst", meinte Rebecca, als Tante Peggy einen Teller mit einem großen Stück geräuchertem Schellfisch vor Hamilton stellte.

„Der Schellfisch ist ein Magerfisch mit weniger als einem Prozent Fett und einem hohen Anteil an Mineralien wie Natrium, Kalium und Magnesium“, antwortete er belehrend.

„Das mag ja sein, aber so wie ich dich kenne, wirst du anschließend noch jede Menge Toast verzehren.“

„Wir haben schließlich einen langen Tag vor uns und ich muss meine Energiereserven auftanken“, gab Hamilton zu wissen und zog lächelnd seine rechte Augenbraue nach oben.

Inzwischen waren noch zwei Gäste im Speisesaal aufgetaucht, ein junges Pärchen von vielleicht Anfang zwanzig. Die beiden setzten sich an den Tisch neben Bob und Rebecca. Sie kannten sich offensichtlich noch nicht lange, denn sie redeten ohne Punkt und Komma. Eigentlich redete nur das Mädchen und er starrte sie an, als wäre sie das achte Weltwunder. Der junge Mann trug eine blaue Jeans und einen dunkelgrünen Pullover. Das Mädchen eine schwarze Bluse, einen kurzen, dunkelblauen Rock und darunter eine schwarze, hauchdünne Leggins. Außerdem tippelte ein alter Mann im Jogginganzug, mit scharf geschnittenen Gesichtszügen und dünnen, weißen Haaren ans Büffet. Er war gut und gerne neunzig Jahre alt, schaufelte einen Berg Cornflakes auf einen Teller und setzte sich an den nächsten Tisch.

„Das ist Mr Howard, ein ehemaliger Meereskundler. Seit seiner Pensionierung, und das muss schon bald dreißig Jahre her sein, kommt er in jedem Winterhalbjahr nach St. Mary’s und wohnt bei Tante Peggy. Den Sommer verbringt er irgendwo im Norden und im Winter stiefelt er den ganzen Tag am Strand entlang. Ein komischer Kauz, redet mit niemanden außer mit Tante Peggy und Onkel John, und mit denen auch nur das Notwendigste.“

„Er kennt dich also schon ewig.“

„Ja, aber seit dieser Zeit ignoriert er mich hartnäckig.“

Hamilton goss sich seine dritte Tasse Tee ein und war froh, den Alltag hinter sich gelassen zu haben.

Die vergangenen Wochen waren ziemlich nervenaufreibend gewesen. Zu seinem Leidwesen bekam er von der praktischen Polizeiarbeit kaum etwas mit. Stattdessen musste er sich mit Polizeiverordnungen, Personalengpässen und einer neuen Chefin herumärgern, die ihm, mehr als ihm lieb war, auf die Finger schaute. Nach der Pensionierung des alten Norman Holt war die Stelle des Assistant Chief Constables für Eingriff und Verbrechen über ein Jahr lang unbesetzt geblieben. Im Frühsommer trat, für alle überraschend, Carol Clough diesen Posten an und versuchte, sich rasch in die komplexe und vielfältige Materie einzufinden.

Hamilton konnte die mit Anfang vierzig etwa gleichaltrige Carol eigentlich gut leiden, hatte jedoch einige Schwierigkeiten mit ihrem Ehrgeiz, der sie offensichtlich in diese Position gebracht hatte. Hamilton war mit zweiundvierzig Jahren jedoch auch noch recht jung für den Rang eines Detective Chief Superintendent und Chefs der Kriminalpolizei von Devon und Cornwall. Doch ihn hatten weniger sein Ehrgeiz als vielmehr Glück, die richtigen Beziehungen und seine zwar unorthodoxen, aber sehr erfolgreichen Methoden dorthin gebracht. Und im Grunde seines Herzens waren ihm Menschen mit übersteigertem Ehrgeiz zuwider.

So hatte er in den vergangenen Monaten versucht, sich mit seiner ambitionierten Chefin zu arrangieren und war zu einem für ihn ganz logischen Schluss gekommen: Entweder würde die gute Carol bald die Karriereleiter weiter hinaufstolpern und er hatte sie vom Hals, oder er würde bald einen Weg finden müssen, der ihm die gleichen Freiräume eröffnen würde, wie er sie unter Norman Holt gehabt hatte.

Der vergangene Sommer war jedenfalls gar nicht nach dem Geschmack von Hamilton gewesen. Am liebsten war er nämlich mitten im Geschehen und ließ sich bei administrativen Dingen von seinem Freund und Stellvertreter Detective Superintendent Steve Parker den Rücken frei halten. Dieser Sommer jedoch war geprägt gewesen von endlosen Sitzungen mit der Polizeispitze von Devon und Cornwall. Gewohnt, in der alltäglichen Arbeit als ranghöchster Beamter jederzeit das Geschehen zu bestimmen, musste er sich nun unterordnen.

Hamilton hatte schon seit jeher ein ambivalentes Verhältnis zu Autoritäten im Allgemeinen und zu direkten Vorgesetzten im Besonderen. Daher hatte er im Laufe seiner Polizeikarriere immer versucht, sich ein eigenes Biotop zu schaffen, in dem er möglichst ungestört agieren konnte. Und ein solches hatte er eigentlich auch in Middlemoor, dem Hauptquartier der Polizeibehörde von Devon und Cornwall im Osten Exeters. Er konnte sich auf seine Mitarbeiter verlassen und seine Arbeit einteilen, wie er wollte – vorausgesetzt, der zuständige Assistant Chief Constable ließ ihn an der langen Leine. Und das würde, wenn sich die Carol Clough endlich eingearbeitet hatte, von selbst der Fall sein, denn dann gebe es genügend alltägliche Kleinigkeiten, die ihre Aufmerksamkeit voll in Anspruch nehmen.

Rebecca riss ihn aus seinen Gedanken: „Wann genau fährt das Boot rüber nach Tresco?"

„In einer halben Stunde. Es sollte reichen, zehn Minuten vor Abfahrt loszulaufen."

„Da reichen fünf Minuten, die Anlegestelle ist doch gerade da unten."

„Was weißt du über die Inseln? Irgendwie doch ein besonderer Flecken Erde."

„Wohl wahr. Was willst du hören, die lange oder die kurze Version?"

„Die informative, bitte."

„Nun denn: Die Scilly Inseln liegen knapp dreißig Meilen südwestlich von Land's End. Es gibt etwa fünfundfünfzig größere Inseln, wovon sechs bewohnt sind. Hier leben etwas mehr als zweitausend Menschen, die meisten auf St. Mary's. Die Hälfte alleine hier in Hugh Town. Der Name bedeutet, wie nicht anders zu erwarten: Sonnige Inseln. Vor der letzten Eiszeit, als der Meeresspiegel deutlich tiefer lag, war das alles nur eine Insel, die von Cornwall her besiedelt wurde. Im 16. Jahrhundert wurden die Inseln Teil der Grafschaft Cornwall. Durch die geringen Temperaturunterschiede zwischen Sommer und Winter von lediglich neun Grad Celsius können hier sehr viele subtropische Bäume und Pflanzen wachsen. Interessant ist der Umstand, dass die Scilly Inseln noch bis zum Jahr 1986 mit den Niederlanden im Kriegszustand waren. Während des Englischen Bürgerkrieges zogen sich die Royalisten auf die Inseln zurück. Aufgrund irgendwelcher Streitigkeiten mit den Holländern erklärten diese den Krieg. Da die englische Parlamentsarmee gleichzeitig jedoch die

Inseln eroberte, zogen die Holländer unverrichteter Dinge wieder ab. Zufällig stieß ein Historiker in den 80er-Jahren des vergangen Jahrhunderts auf diese Fußnote der Weltgeschichte und auch die Botschaft der Niederlande in London bestätigte, dass sich Scilly noch offiziell mit den Niederlanden im Krieg befinde. Darauf hin unterzeichneten beide Seiten im April 1986 einen Friedensvertrag."

„Wenn nur alle Kriege so unblutig wären. Stell dir vor, im nächsten Jahr kommen unsere Truppen aus Afghanistan nach Hause, weil alle Beteiligten den Krieg dort vergessen haben."

„Schön wär's. Ja, soviel zu den Scillies. Weitere Fragen?"

„Keine."

Die beiden beendeten das Frühstück und gingen zurück aufs Zimmer, um ihre Jacken und Rebeccas kleinen Tagesrucksack zu holen. Danach verabschiedeten sie sich artig von Tante Peggy und gingen hinunter zur Anlegestelle, wo das kleine Boot schon auf die Passagiere wartete.

„Heute wird ein super Tag", stellte Rebecca fest. „Es ist jetzt schon schön sonnig und fast wolkenlos. Wenn wir Glück haben, gibt es nicht einmal einen Schauer. Es soll bis zu fünfzehn Grad warm werden und der Wind hat uns ja noch nie gestört."

Hamilton und Rebecca standen an der Reling des schaukelnden Bootes, das inzwischen abgelegt hatte, und blickten auf die vom goldenen Herbstlicht der Sonne beschienene Insel. Nach der kurzen Überfahrt machten sich die beiden sofort über die Abbey Road auf den Weg nach Süden zu den Gärten. Hamilton konnte schnell feststellen, dass Tresco im Gegensatz zur Hauptinsel in erster Linie touristisch geprägt war. Die Insel lebte von den Touristen, die das ganze Jahr über hierher kamen, selbst im Winter, der hier trotz der Stürme bedeutend angenehmer war als anderswo in England.

Kapitel 3 - Montag, 09.11.2009, Morgen

„So ein beschissenes Wetter, als wollte die Welt untergehen“, fluchte Detective Sergeant Susan McCoy, als sie in ihr Büro im Polizeihauptquartier Middlemoor stapfte.

„So schlimm wird es wohl nicht werden“, meinte ihr Kollege John Clark, der schon vertieft an seinem Computer saß, ohne aufzuschauen.

„Das schöne Wetter hätte ruhig noch etwas andauern können. So ein extremer Wechsel ist doch nicht normal.“

Susan zog ihre Jacke aus und hängte sie an den Kleiderständer. Dann setzte sie sich an ihren Schreibtisch, der dem Clarks gegenüberstand. Ein dritter Schreibtisch stand an der Stirnseite der anderen Schreibtische: der Arbeitsplatz von Emma Hughes, die noch eine Woche lang auf Fortbildung irgendwo in East Anglia war. Das Büro war hell mit großen Fenstern, lindgrünen Wänden und einem Ahornfußboden ausgestattet.

„Ist Debbie schon da?“, fragte Susan ihren Kollegen.

„Ma'am kommt erst gegen Mittag.“

„Welche Laus ist dir denn über die Leber gelaufen?“

„Ach nichts.“

„Los, rück' schon raus damit. Hattet ihr Streit?“

„Nein, eigentlich nicht, aber Ma'am ist mit meinen Leistungen der letzten Zeit nicht einverstanden. Ich sei unkonzentriert und meine Arbeit schlampig.“

„Und? Bist du unkonzentriert?“

„Ich bin jetzt schon eine ganze Zeit lang hier und bislang waren alle zufrieden mit meiner Arbeit. Und jetzt kommt Debbie, nur weil sie zum Chief Inspector ernannt wurde und plötzlich meine Chefin ist, und sagt mir, ich arbeite schlampig. Jeder hat mal bessere und mal schlechtere Tage. Mein Gott. Ich mache meine Arbeit gewissenhaft.“

„Hm, in den vergangenen Wochen hast du manchmal schon etwas abwesend gewirkt. Ist irgendetwas nicht in Ordnung mit dir?“

„Jetzt tu nicht so verständnisvoll. Ich weiß, dass auch du hinter meinem Rücken über das Muttersöhnchen lästerst. Und Trevor hält mich für schwul, nur weil ich keine Freundin habe."

„Trevor hält jeden für schwul, der nicht dreimal in einem Satz flucht und nicht mindestens zwei Bier zum Mittagessen trinkt."

„Ach, lass mich jetzt einfach arbeiten."

„Entschuldige bitte."

Susan schaltete ihren PC an und wunderte sich über die schlechte Laune ihres Kollegen, der zwar allgemein zurückhaltend, jedoch immer höflich und kollegial war.

Sie überprüfte ihre E-Mails und ärgerte sich über den Haufen Müll, den sie auf diese Weise bearbeiten musste. Sie konnte sich überhaupt nicht vorstellen, wie Polizeiarbeit im 20. Jahrhundert ausgesehen haben könnte. Was hatten die Polizisten den ganzen Tag gemacht, so ganz ohne PC und Handy? Das ganze Leben musste doch ein komplett anderes gewesen sein. Susan McCoy, Anfang dreißig mit grünen, geheimnisvollen Augen, die brünetten Haare kurz geschnitten, war mit Begeisterung Polizistin. Sie arbeitete seit ein paar Jahren im Kriminalermittlungsteam von Middlemoor, das bei größeren Kriminalfällen die Beamten vor Ort unterstützte.

Die Polizeibehörde von Devon und Cornwall hatte drei dieser Teams, eines in Plymouth, eines in Newquay und eben eines in Middlemoor. Das Team in Middlemoor wurde von Chief Inspector Debbie Steer geführt und bestand neben Debbie aus sechs Detectives.

Der ganze Sommer war recht ruhig geblieben. Vor allem kleinere Betrugsfälle und ein paar Drogendelikte hatten das Alltagsgeschäft bestimmt. Susan hoffte auf einen großen Fall, der über die langweiligen Routinearbeiten hinausging und wieder einmal alle Fähigkeiten aus ihr herausholte, so wie vor zwei Jahren, als drei gepfählte Menschenköpfe in Ostcornwall gefunden worden waren. So schlimm die ganze Angelegenheit gewesen war, damals arbeitete das Team auf Hochtouren und konnte den Täter dingfest machen.

Doch was hatte sie im Moment zu bearbeiten? Vandalismus einer Jungenbande in Salcombe. Viel Papierkram, wenig konkrete Ergebnisse, und am Ende würde wohl überhaupt nichts dabei herauskommen. Die Hälfte der Jugendlichen war noch nicht strafmündig und für die andere Hälfte fand sich mit Sicherheit ein guter Anwalt, der dem Gericht schon erklären würde, warum die bedauernswerten jungen Menschen vom Pfad der Tugend abgekommen waren.

Gerade als sie, vom Zweifel am Sinn ihrer Tätigkeit geplagt, auf den Computermonitor starrte, klingelte das Telefon.

„DS McCoy."

„Guten Morgen, Susan, Parker hier. Ich glaube, es gibt Arbeit für uns. Vor ein paar Minuten hat mich ein Detective aus Bodmin angerufen, in Tintagel wurde eine Leiche gefunden."

„Mit Verlaub, Sir, aber ist dafür nicht Newquay zuständig?"

„Die stecken bis zum Hals in einer Einbruchserie und haben dazu noch einen kleinen Krieg zwischen zwei Jugendbanden in Falmouth am Bein. Wir hingegen sind im Moment nicht gerade überarbeitet. Also, kommen Sie in zehn Minuten ins Besprechungszimmer und bringen Sie DS Clark mit."

Susan schürzte ihre Lippen, antwortete knapp: „Also bis gleich", und legte den Hörer auf.

John Clark lehnte sich nach links und sah an seinem Bildschirm vorbei, hinüber zu Susan.

„Scheint was Größeres zu sein, schätze ich mal", mutmaßte Clark, der den Superintendent sofort als Anrufer vermutete.

„Hm, wieso denn, Parker hat nur von einer Leiche in Tintagel gesprochen, und dass Newquay ausgelastet sei."

„Susan, manchmal zweifle ich an deinen detektivischen Fähigkeiten."

Mit großen Augen und leicht verärgert schaute sie jetzt in Clarks grinsendes Gesicht.

„Was meinst du damit?"

„Susan, überleg' doch mal. Selbst wenn Newquay momentan ausgelastet ist, ein Mord hat immer Priorität. Wenn der Chief Super oder gar die Clough oder sonst wer der Meinung ist, wir sollten übernehmen, dann muss doch mehr dahinter stecken als ein normaler Mord."

„Also, die Kollegen aus Cornwall sind auch nicht gerade unfähig. Die werden wohl tatsächlich überlastet sein. Und wir machen hier einen Blödsinn, den irgendwelche demotivierten Detectives kurz vor der Rente oder Polizeischüler auch machen könnten."

„Ich will den Kollegen gar nicht die Kompetenz absprechen. Aber wir sind vom Hauptquartier, also die Richtigen bei öffentlichkeitswirksamen Fällen."

Susan runzelte die Stirn und erhob sich aus ihrem schwarzen Bürostuhl.

„Ich weiß nicht, aber komm mit, wir werden ja sehen."

John folgte seiner Kollegin aus dem Büro hinaus in den von warmen Deckenleuchten erhellten Flur mit Wänden in kräftigem Orange und einem robusten Eschenholzfußboden. Offenbar hatte der Architekt, der für den Umbau der Gebäude vor zwei Jahren verantwortlich war, ein Faible für Holz und warme Farben. Die beiden gingen zum Ende des Flurs und betraten den Besprechungsraum mit dem ovalen Holztisch. Drinnen saßen bereits Detective Inspector Gordon Douglas und Detective Sergeant Trevor Norman.

„Guten Morgen, Parker noch nicht da?", fragte Susan.

„Siehst du ihn? Solltest dir ne Brille kaufen, Sue", brummte ihr der notorisch schlecht gelaunte, bullige Polizist mit der Glatze entgegen.

„Nein danke, Trevor, sonst muss ich deine ganze Hässlichkeit gestochen scharf ertragen."

„Trevor, du hältst jetzt deine Klappe, und du bist auch besser etwas zurückhaltend, Sue", befahl Douglas, der mit Sorge das zunehmend gespannte Verhältnis der beiden beobachtete.

Norman, ohnehin nicht mit sehr viel diplomatischem Geschick und noch weniger Benimm ausgestattet, war seit geraumer Zeit der Meinung, Susan sei lesbisch, was er an der Tatsache festmachte, dass Susan keinen Freund, dafür aber ein recht resolutes Auftreten hatte. Für Gordon war es allerdings nicht ersichtlich, weshalb Norman erst seit ein paar Wochen diese fixe Idee verfolgte. Er vermutete, dass sich Norman eine Abfuhr von Susan eingehandelt hatte.

In diesem Moment kam der Zwei-Meter-Mann Steve Parker in den Raum.

„Guten Morgen zusammen, Hamilton ist noch im Urlaub, Emma auf Fortbildung und Debbie kommt erst gegen Mittag, wir sind also vollzählig."

Parker setzte sich an die Oberseite des Tisches und setzte Notebook und Beamer in Betrieb.

„Gestern Abend wurde die Leiche von Harold Fletcher in Tintagel gefunden. Genauer gesagt, auf der Burg."

„War wohl Merlin oder die Lady of the Lake", bellte Norman dazwischen.

„Trevor, wenn du jetzt nicht die Klappe hältst, werfe ich dich eigenhändig aus dem Fenster." Parker warf dem Sergeant einen finsteren Blick zu und fuhr fort: „Dass er gestern noch gefunden wurde, war reiner Zufall, denn ein Besucher hatte seinen Pullover auf irgendwelchen Mauern liegen gelassen und ging gegen sechzehn Uhr fünfzehn nochmals nach oben. Zu diesem Zeitpunkt ist die Burg eigentlich schon geschlossen. Ob der Mann seinen Pullover gefunden hat, ist mir nicht bekannt, jedenfalls fand er das Opfer. Er informierte sofort über Handy die Rettungswache, die einen Hubschrauber losschickte. Der Hubschrauber kam nach wenigen Minuten, der Notarzt konnte jedoch nur noch den Tod des Mannes feststellen. Allerdings fiel dem Notarzt auf, dass es sich nicht um ein Herzversagen oder Ähnliches handelte, denn das Opfer zeigte offensichtliche Vergiftungserscheinungen. Eine Untersuchung in der Pathologie von Newquay bestätigte dann auch eine Vergiftung durch Atropin. Dem Opfer wurde eine tödliche Dosis intramuskulär injiziert – in die Muskeln gespritzt, Trevor – und wir müssen nun seinen Mörder oder seine Mörderin suchen."

„Wieso wir?", wollte nun auch Gordon Douglas wissen.

„Tja, Harold Fletcher war kein ganz Normalsterblicher."

„Gestorben ist er trotzdem", bemerkte Norman.

„Aber eben nicht normal. Fletcher war einer der bekanntesten Anwälte in Cornwall und darüber hinaus. Das bedeutet, dass es jede Menge potenzieller Motive und Täter gibt. Schlimmer jedoch ist, dass wir uns mit der Anwaltskanzlei Fletcher uns keine

Fehler erlauben sollten. Die Polizei ist dort nicht eben gut angesehen."

„Aber Newquay ist doch viel näher dran. Sollen doch die mal zeigen, was sie können", meinte Susan.

„Detective Inspector Box aus Bodmin hat direkt bei der obersten Instanz angerufen, weil ihm die Sache zu heiß war. Assistant Chief Constable Clough und Hamilton haben beschlossen, den Fall nach Middlemoor zu holen."

„Wo steckt der Chief Super eigentlich?", fragte Gordon Douglas neugierig.

Trevor Norman setzte sein dreckigstes Lächeln auf, doch bevor er etwas sagen konnte, antwortete Parker: „Bob ist eigentlich im Urlaub auf den Scilly Inseln. Er wollte zwar sofort zurück hierher, aber der verdammte Sturm hat alle Fährverbindungen lahmgelegt. Und Flugzeuge fliegen bei einem solchen Wetter schon gar nicht. Ich denke aber, wenn sich der Sturm gelegt hat, wird er wohl hier eintreffen."

„Und wie geht es jetzt weiter? Ich nehme an, Debbie leitet die Ermittlungen."

„Übliches Programm, John. Du bleibst zunächst einmal hier und hütest den Computer, Gordon und Trevor nehmen den Tatort unter die Lupe und Susan wird das Vergnügen haben, der Kanzlei einen Besuch abzustatten. Debbie richtet die Einsatzzentrale in Bodmin ein. Dort sollen dann alle Fäden zusammenlaufen. Gibt es noch Fragen?"

Steve Parker blickte in die Runde.

„Wenn das nicht der Fall ist, kann es losgehen. Die Sitzung ist geschlossen."

Kapitel 4 – Montag, 09.11.2009, Morgen

In der Nacht von Sonntag auf Montag taten Bob Hamilton und Rebecca Wynham kaum ein Auge zu. Gegen Abend war ein Sturm heraufgezogen, der im Laufe der Nacht zu einem Orkan herangewachsen war. Dazu öffnete der Himmel seine Schleusen und vergaß, sie wieder zu schließen. Der Regen hämmerte gegen die Fensterscheiben und der Wind heulte in den Straßen von Hugh Town. Dabei nahm er mit, was nicht niet- und nagelfest war. Hamilton stand am Fenster und sah dem Schauspiel zu. Draußen im Meer türmten sich die Wellen zu wahren Ungetümen auf und donnerten auf Strand und Uferbefestigungen zu. Gegen Mitternacht fiel der Strom aus und die gesamte Insel lag im Dunklen.

„Wenn der Wetterfrosch von Radio Scilly recht hat, dann bleibt uns dieses Wetter noch eine ganze Weile erhalten. Was machen wir, wenn wir noch länger hier ausharren müssen?“

„Da wird uns schon was einfallen“, sagte Rebecca und räkelte sich auf dem Bett.

Am Montag Morgen hatte sich das Wetter noch keinen Deut gebessert. Allerdings funktionierte die Stromversorgung wieder. Hamilton stand auf, ging ins Badezimmer und betrachtete sich im Spiegel.

„Ich sehe aus wie ein Zombie. Noch so eine Nacht überlebe ich nicht.“

„Man gewöhnt sich daran. Ab der dritten Nacht in Folge schläft man wie ein Baby.“

„Ich will aber keine drei Nächte mehr bleiben. Mittwoch ist die Chefbesprechung und ich will der Clough nicht das Feld alleine überlassen. Wir müssen morgen wie geplant nach Hause.“

„Solange sich der Sturm nicht legt – und danach sieht es überhaupt nicht aus – kommen wir hier nicht weg.“

„So schlimm wird es schon nicht werden.“

„Abwarten. Jetzt sollten wir erst mal was frühstücken. Am Montag gibt es bei Tante Peggy traditionell Kippers.“

„Ich dachte, du magst am Morgen keinen fetten Fisch."

„Ich mag fetten Fisch sogar sehr, aber das solltest du nach mehr als zwei Jahren, die wir zusammen sind, eigentlich wissen. Ich esse jedoch im Gegensatz zu dir immer nur eine Portion."

In diesem Moment klingelte Hamiltons Handy. Da lediglich Steve Parker seine Privatnummer hatte, wusste Hamilton bereits, wer anrief und war gespannt, was so wichtig sein könnte, ihn im Urlaub zu behelligen. Einbruchdiebstahl war es wohl kaum.

„Guten Morgen, Steve, was verschafft mir die Ehre deines Anrufs?"

„Hallo Bob. Es tut mir leid, dass ich dich stören muss, aber wir haben einen Mord an einem bekannten Anwalt aus Bodmin. Der Mann hieß Harold Fletcher und wurde auf Tintagel vergiftet."

„Das heißt, Debbie und ihre Crew müssen ran."

„So sehe ich das auch. Aber das musst du entscheiden. Deshalb rufe ich an."

„Hm, ich komme so bald wie möglich, aber momentan ist hier ein Höllensturm, wie du dir wohl denken kannst. Jetzt frühstücken wir erst mal und gehen dann ins hiesige Polizeirevier. Das ist hier ganz in der Nähe."

Hamilton war sauer. Den ganzen Sommer war nichts geschehen und jetzt, wo er ein paar Tage frei hatte, musste sich dieser Anwalt ermorden lassen.

Rebecca sah an Hamiltons Gesichtsausdruck, dass etwas Ernstes passiert sein musste.

„Was ist los?"

„So ein Anwalt aus Bodmin wurde ermordet, anscheinend vergiftet."

„Doch nicht etwa Fletcher?"

„Genau der, kennst du ihn?"

„Kennst du die Fletchers nicht? Ganz gewichtige Persönlichkeiten. Den Sohn kenne ich vom Studium. Ein arrogantes Arschloch, und der Vater ist nicht besser. Beziehungen nach ganz oben. Welcher von beiden ist tot?"

„Das habe ich nicht gefragt. Ich wusste weder, dass es einen, noch, dass es zwei Fletchers gibt. Habe ich was verpasst?“

„Nein, vermutlich nicht. Du bist noch nicht so lange hier. Vor Jahren hat sich Harold Fletcher die Polizei als Lieblingsgegnerin ausgesucht und jede halbwegs spektakuläre Strafverteidigung übernommen. Das gibt eine ganz tolle Show, ich freue mich schon fast drauf. Da bin ich mal gespannt, wie sich deine Chefin in der Pressekonferenz schlägt.“

„So wie ich die einschätze, wird sie, falls sie nichts zu gewinnen hat, die Pressesprecherin vorschicken. Aber mit der ist nicht gut Kirschen essen.“

„Apropos Essen, ich habe jetzt wirklich Hunger. Und Kippers sind auch keine Kirschen.“

Kapitel 5 - Montag, 09.11.2009, Vormittag

Der alte Mondeo rollte über die A 30 in westliche Richtung, vorbei an Oakhampton und Launceston, und erreichte erst nach gut zwei Stunden das hundert Kilometer entfernte Küstenstädtchen Tintagel. Normalerweise hätten Gordon Douglas und Trevor Norman lediglich die Hälfte der Zeit gebraucht, aber durch den sintflutartigen Regen, gepaart mit Orkanböen, kamen die beiden nur im Schneckentempo voran. Die A 395 zwischen Hallworthy und Davidstow war wegen Überflutung sogar gesperrt, daher musste der Verkehr über die B 3262 geleitet werden.

„Wir hätten besser ein Motorboot genommen“, meinte Douglas.

Norman antwortete jedoch nicht, entweder weil es ihm müßig erschien, eine passende Antwort zu finden, oder aber weil er viel zu beschäftigt damit war, seine Nasenhaare auszurupfen.

Endlich lag die kleine Stadt mit ihren grauen Häusern vor ihnen. Erschien Tintagel bei schönem Wetter geheimnisvoll und mystisch, so wirkte es bei diesen Bedingungen nur noch gespenstisch. Der Regen strömte sturzbachartig, peitschte gegen die grauen Mauern, und kein Mensch traute sich auf die Straße. Nur vereinzelt kam den beiden ein Auto entgegengeschlichen. Wo es sonst von Touristen und fliegenden Händlern, die ihre Artus-Devotionalien verhökern wollten, nur so wimmelte, herrschte endloses Nichts. Eine unwirkliche Stimmung lag über der Stadt, als stünde das Jüngste Gericht unmittelbar bevor. Lediglich ein großer zottiger Schäferhund trottete durch die Straßen, als ginge ihn das Wetter überhaupt nichts an.

„Wohin jetzt?“, fragte Norman.

„Zur Burg. Wohin sonst? Klar, ich würde jetzt auch einen Pub vorziehen.“

„Und wo ist diese verdammte Burg?“

„Da vorne, nach dem Parkplatz müssen wir nach links, dann geht es einen steilen Weg hinunter bis fast zum Meer und dann zu Fuß weiter.“

Nach wenigen Minuten stand der Mondeo auf einem Parkplatz vor dem Eingangsbereich, wo es schon von Polizeiwagen wimmelte. Ein Streifenpolizist wollte die beiden wieder wegschicken, doch als Douglas ihm seinen Ausweis vor die Nase hielt, entschuldigte er sich und ließ die Kriminalpolizisten passieren.

„Wir müssen doch nicht etwa diese Treppe hochlatschen“, maulte Norman, als er die steilen Stufen sah, die zur Burg führten.

„Hier unten können wir wohl nicht bleiben.“

Fest in ihre Regenmäntel gehüllt, die Kragen hochgeschlagen, stemmten sie sich gegen den Wind und marschierten los. Nach kurzer Zeit waren sie komplett durchnässt, der Regen triefte aus Douglas’ roten Haaren respektive rann über Normans Glatze und floss unaufhaltsam den Rücken hinunter. Ein Hut oder gar Regenschirm hätte bei diesem Sturm freilich auch nichts genutzt.

„Ich weiß nicht, wie wir da irgendetwas finden sollen. Der Regen verwandelt doch alles sofort in eine Schlammwüste. Zumindest wenn wir um den Tatort herumschleichen. Das bringt doch überhaupt nichts. Vielleicht macht es wenigstens schön“, meinte Douglas, nachdem sie die Burg erreicht hatten.

„Was ist los mit dir, Inspector? Sonst bin ich doch für den Defätismus zuständig."

„Das hat nichts mit Defätismus zu tun, nur mit Vernunft. Schau dir das doch mal an."

Überall standen Polizisten mit keinem trockenen Fetzen mehr am Leib und gaben ein grotesk trauriges Bild ab. Der Tatort war weiträumig mit dem blauweißen Absperrband der Polizei abgeriegelt, was unnötig erschien, weil die Burganlage ohnehin geschlossen war. Um den Fundort der Leiche standen einige Stangen herum. Offenbar war ein Zelt errichtet worden, das der Sturm inzwischen hinaus aufs donnernde Meer getragen hatte.

Douglas und Norman näherten sich diesen Zeltstangen und wurden von einer kleinen Frau mit mausgrauen Haaren und einer riesigen, roten Brille auf der Nase, durch die sie in diesem Moment vermutlich überhaupt nichts sehen konnte, begrüßt.

„Hallo Pauline. Du könntest Scheibenwischer für deine Brille gebrauchen."

„Mach du nur Witze. Ich stehe seit fünf Stunden hier im Regen. Nur gut, dass DI Box gleich gestern Abend die Spurensicherung angefordert hat. Dadurch war ich noch in der Nacht, bevor diese Riesensauerei begonnen hat, am Tatort."

„Wieso bist du eigentlich hier? Gibt es in Cornwall keine Spurensicherung?", wollte Douglas wissen.

„Sonntag ist immer noch Wochenende. Und ich war diejenige, die Dienst und damit Pech gehabt hat."

„Kannst du schon irgendwas sagen?"

„Das Opfer ist tot."

„Ach was?"

„Hör mal zu, Gordon. Heute Nachmittag gibt es eine Lagebesprechung in Bodmin. Ich habe schon mit Debbie gesprochen. Ihr könnt hier die Aussicht genießen, aber steht meinen Leuten bitte nicht im Weg rum!" Sprach's, drehte sich um und machte sich wieder an die Arbeit, um die sie nicht zu beneiden war. Auf ihren Knien rutschte sie über den Boden auf der Suche nach einer Spur, die sie bei diesen Bedingungen wohl nicht finden würde.

„Und was machen wir jetzt?", fragte Trevor Norman.

„Ich glaube, für den Moment haben wir hier genug gesehen. Irgendwer muss doch für die Burg verantwortlich sein. Den suchen wir jetzt und dann sehen wir weiter."

„Und wo willst du den suchen?"

„Also Trevor, manchmal frage ich mich, wie du die Sergeantprüfung geschafft hast."

„Ich habe nur die Ärmel hochgekrempelt und den Prüfungsvorsitzenden scharf angesehen." Norman grinste über das ganze Gesicht und Douglas war sich nicht sicher, ob es nicht tatsächlich so gewesen sein könnte.

Über die rutschigen Steinstufen ging der Weg zurück zum Parkplatz. Dort fragte Douglas den jungen Polizisten, der sie vorhin hatte aufhalten wollen, nach dem Verantwortlichen von English Heritage, der für Tintagel zuständig war.

„Ja Sir, das ist Stuart Melrose. Der hat gestern Abend die Polizei verständigt. Er war auch heute Morgen hier. Gegen zehn Uhr ist er gegangen. Melrose wohnt oben in der Black Lane."

„Und wie gelangt man dort hin?"

„Sie fahren nach Bossiney, das liegt gleich hinter Tintagel in Richtung Nordosten. Auf der linken Seite am Ortsende geht die Black Lane von der Hauptstraße ab. Das ist leicht zu finden."

„Danke, Constable", brummte Douglas.

„Wieso sind wir bloß zur Burg gelatscht? Was hat's gebracht? Nichts, außer dass wir nass sind", beschwerte sich Norman, als die beiden wieder im Auto saßen.

„Da hast du ausnahmsweise mal recht."

Der Regen hatte kein bisschen nachgelassen und der Sturm sogar noch an Heftigkeit zugenommen. Selbst mit dem Auto war nur im Schneckentempo voranzukommen. Dennoch waren die zwei Polizisten nach wenigen Minuten in der Black Lane angekommen. Schnell hatten sie ihr Ziel gefunden. Stuart Melrose wohnte in einem der großzügigen Häuser mit einem respektablen Garten, der an eine große Wohnwagensiedlung grenzte.

Kapitel 6 - Montag, 09.11.2009, Vormittag

Susan McCoy fegte über die A 30 und ignorierte dabei die äußeren Bedingungen so gut es ging. Ihr neuer Dienstwagen, ein polarblauer Mercedes der C-Klasse, lag gut auf der Straße und ließ Susan den Sturm kaum spüren. Der Scheibenwischer kämpfte tapfer gegen die schweren Regentropfen und Susan war über den guten Zustand der Schnellstraße froh. Dadurch sah sie keine übergroße Gefahr von Aquaplaning. Dennoch fuhr sie für ihre Verhältnisse relativ zurückhaltend.

Das zweihundert Quadratkilometer große Bodminmoor, schon an hochsommerlichen Tagen grau und abweisend und bis auf das kleine Dorf Bolventor unbesiedelt, lag jetzt vollkommen unwirklich rechts und links der Straße. Susan konnte sich gut vorstellen, dass hier irgendwo Sir Bedivere das Schwert Excalibur in irgendeinen der zahllosen Tümpel geworfen hatte, um es der Lady of the Lake zurückzugeben. Zwar wusste sie nicht viel über die Artussage, die keltische Mythologie hatte sie auch nie sonderlich interessiert. Im Angesicht dieser wilden und lebensfeindlichen Landschaft konnte sie sich jedoch gut vorstellen, dass die Menschen, die hier früher gelebt hatten, an den langen, fernsehlosen Abenden allerlei Geschichten zu erfinden und erzählen wussten. Susan fror bei dem Gedanken an ein Leben hier im Mittelalter und war froh, im späten 20. Jahrhundert geboren zu sein.

Aus dem Autoradio dudelten Westlife mit „No more heroes" im Rahmen der Ken Bruce Show auf BBC 2. Bislang wusste die Öffentlichkeit nichts vom Tod des bekannten Anwalts, jedenfalls war im Radio noch nichts davon zu hören, aber das würde sich sicherlich bald ändern. Noch war das Wetter ein guter Schutz vor den allgegenwärtigen Journalisten, die der Polizei meist die Arbeit nur unnötig schwer machten. Seit die Polizei von Devon und Cornwall mit PCI Rebecca Wynham eine professionelle Pressesprecherin hatte, die neben einer journalistischen auch eine polizeiliche Ausbildung aufwies, konnte die hungrige Meute zwar einigermaßen gebändigt werden. Dennoch herrschten an den Tatorten nach wie vor unwürdige Zustände, bei denen die Journaille sensationsgierig und respektlos über Opfer und Hinterbliebene herfiel, wie eine biblische Plage.

Bei diesen Gedanken wünschte sich Susan dann wieder, in einem früheren Jahrhundert zu leben und dieses verantwortungslose Pack kurzerhand festzunehmen. Allerdings hätte sie zu diesen Zeiten nicht die Möglichkeit gehabt, als Polizistin zu arbeiten, sondern würde putzen, waschen, eine ganze Schar hungriger Mäuler füttern und am Abend einem ungewaschenen Mann zu Willen sein, um weitere Kinder zu empfangen. Susan verwarf diesen Gedanken mit Grausen und konzentrierte sich wieder voll auf die Straße.

Kurz vor Bodmin wurde die A 30 wieder zweispurig, und bald hatte Susan die Ausfahrt erreicht. Über die Launceston Road näherte sie sich aus nördlicher Richtung dem Zentrum der dreizehntausend Einwohner zählenden Stadt am Rande des nach ihr benannten Moors. Die Launceston Road mündete in die Priory Road. Nach rund fünfhundert Metern durchquerte Susan den zentralen Kreisverkehr und bog bald in die Fore Street ein. Überraschenderweise – bei diesem Wetter vielleicht aber verständlich – fand Susan sofort einen Parkplatz in unmittelbarer Nähe der Anwaltskanzlei.

„Fletcher, Fletcher & Harris“ prangte in goldenen Lettern auf einer weißen Marmorplatte neben der Eingangstüre. Susan stieß die Türe auf und stand vor einer hölzernen Treppe. Der Geruch längst vergangener Epochen hing in der Luft. Ein deutlich weniger pompöses Plastikschild wies den Weg nach oben. Susan setzte ihren linken Fuß auf die erste Stufe und erschrak fast über das laute Knarren der Holzdiele.

„Die brauchen hier keine Klingel“, sagte sie leise zu sich selbst und stapfte die restlichen Stufen nach oben, wo sie die Klingel neben einer schäbigen Holztür, die nun wieder gar nicht zu der Marmorplatte auf der Straße zu passen schien, betätigte. Der Türöffner surrte und Susan trat ein.

Noch bevor sie ihren Blick durch den Empfangssaal schweifen lassen konnte, wurde sie schon von einer drallen Blondine mit himmelblauen Augen mit einem zuckersüßen Lächeln auf den rot geschminkten Lippen begrüßt. Sie trug ein knöchellanges, bordeauxrotes Kleid, das, im Gegensatz zu ihrem sonstigen Äußeren, eher einen konservativen Eindruck vermittelte.

„Guten Morgen, Ma'am. Willkommen in der Anwaltskanzlei Fletcher, Fletcher & Harris. Mein Name ist Samantha Forsythe. Wie kann ich Ihnen dienen?"

In diesem Moment ging Susan der Gedanke durch den Kopf, dass hier vielleicht noch gar nicht bekannt war, dass Harold Fletcher tot war.

„Miss Forsythe, ich bin Susan McCoy von der Kriminalpolizei in Middlemoor. Es tut mir leid, was geschehen ist."

„Der arme Mr Fletcher. Ich kann das nicht verstehen. So einen Chef kann man sich nur wünschen. Ich denke, Sie möchten mit dem Junior sprechen. Er ist hier."

Susan überlegte kurz, ob sie zuerst mit Samantha sprechen wollte oder mit dem jungen Fletcher, entschied sich dann für Letzteren.

„Bitte bringen Sie mich zu ihm."

„Folgen Sie mir einfach."

Samantha tippelte auf ihren hochhackigen Schuhen davon und wackelte aufreizend mit dem Hinterteil.

Hier muss ich mal Trevor vorbeischicken, das würde seine schlechte Laune wohl etwas heben, dachte Susan und folgte der Sekretärin. Sie liefen durch einen langen Flur mit allerlei surrealistischen Bildern an der Wand, die Susan allerdings überhaupt nicht einordnen konnte.

„Das sind überwiegend Werke von Yves Tanguy und Roberto Matta. Freilich keine Originale. Aber in Mr Fletchers Büro hängt ein echter Miró, und in seiner Privatwohnung soll es zahlreiche echte Bilder und Skulpturen geben."

Susan sagten die Namen überhaupt nichts, aber die Welt der Kunst und der Künstler war nicht die ihre. Sie war mit Leib und Seele Polizistin, liebte Autos und trank gerne das ein oder andere Glas Bier. Und wenn sie wirklich Zeit hatte, ging sie mit einer Freundin ins Kino oder zu einem Fußballspiel von Plymouth Argyle. Aber mit den Künsten hatte sie eigentlich keine Berührungspunkte und das war ihr auch ziemlich egal. Sie wollte schließlich keinen Führungsposten bei der Polizei, sondern war zufrieden mit ihrer Arbeit als Ermittlerin im Team von Middlemoor. Vielleicht würde sie sich irgendwann eine Stelle als Detective irgendwo auf einem Polizeirevier suchen und es vielleicht sogar zum Detective Inspector schaffen. Aber sie hatte nicht den Ehrgeiz von Debbie, die inzwischen als Chief Inspector das Team leitete und ihre Chefin war.

Das Klopfen von Samantha an eine Tür riss Susan aus ihren Gedanken. Ein brummendes „Herein“ war zu hören. Samantha öffnete die Tür, und am Ende eines lang gestreckten Raumes sah Susan einen Mann in ihrem Alter sitzen. Die mittellangen Haare waren nach hinten gegelt, dunkle, traurige Augen saßen versteckt hinter einer kleinen, randlosen Brille. Mark Fletcher hatte eine große Nase und einen kleinen Mund, der die beiden Frauen schief anlächelte.

„Ja, Sam?“

„Sir, Detective Seargent McCoy von der Polizei würde sich gerne mit Ihnen unterhalten.“

Fletcher nickte: „Danke, Sam. Kommen Sie doch bitte herein, DS McCoy.“

Irgendetwas in seiner Stimme oder seinem Blick sagte Susan, dass Samantha vermutlich mehr war als eine Sekretärin. Allerdings glaubte sie, dass die Sache nicht offiziell war – wenn es überhaupt stimmte.

Mark Fletcher erhob sich aus seinem ledernen Schreibtischsessel und streckte Susan die Hand entgegen.

„Guten Morgen, setzen Sie sich doch bitte.“ Fletcher wies ihr einen Stuhl an einem quadratischen Tisch. Er selbst setzte sich auf den Stuhl gegenüber.

„Mr Fletcher, es tut mir leid, dass Ihr Vater tot ist. Ich will Sie auch nicht übermäßig strapazieren, aber wir müssen uns ein genaues Bild von seinem Leben und Umfeld machen, um den Täter zu ermitteln.“

„Danke“, hauchte er ihr entgegen. Dann wieder mit fester Stimme: „Darf ich Ihnen etwas zu trinken anbieten?“

„Nein danke. Mr Fletcher, erzählen Sie mir doch einfach etwas über Ihren Vater. Was war er für ein Mensch, was hatte er für Gewohnheiten. Und: Hatte er Feinde?“

Fletcher lachte kurz auf. „Was war mein Vater für ein Mensch? Das weiß ich selbst nicht genau. Er war eben mein Vater. Meine Mutter starb früh und ich hatte nur ihn. Er stammt aus Bangor und kam in den 70er-Jahren hierher. Mein Vater hat viel gearbeitet, war streng mit anderen und mit sich selbst. Er lebte für seine Arbeit. Die Juristerei liebte er mehr als alles andere ...“

„Mehr als Sie, mehr als seinen Sohn?“

„So habe ich das nicht gesagt. Der Beruf war ihm eine Berufung. Kein Fall konnte verzwickt genug sein. Je aussichtsloser ein Fall, desto besser war mein Vater. Dann wuchs er über sich hinaus. Daher hat er auch viele Fälle weit über Cornwall hinaus übernommen. Deshalb hat er vor zwanzig Jahren auch Paul Harris in die Kanzlei mit hineingenommen. Er wollte die Basis und Cornwall nicht vernachlässigen. Mein Vater übernahm die Strafsachen und Paul die örtlichen Streitigkeiten.“

„Und was ist Ihre Aufgabe?“

Mark Fletcher beugte sich nach vorne und sah Susan ungehemmt in die Augen. „Wenn Sie Probleme mit Ihrem Mann haben, können Sie gerne zu mir kommen. Ich bin Scheidungsanwalt.“

„Wollen Sie nicht in die Fußstapfen Ihres Vaters treten?“

„Zu gegebener Zeit schon. Aber so kann ich leichter mein Geld verdienen. Sie glauben ja nicht, wie viele Paare sich scheiden lassen wollen.“

„Und Sie sind jetzt der Meinung, dass die Zeit gekommen ist?“

„DS McCoy“, Fletcher lachte sie genüsslich an, „Von Ihnen lasse ich mich nicht aufs Glatteis führen. Bemühen Sie sich bitte nicht mit Ihren Standardpolizeisätzen. Möchten Sie jetzt etwas trinken? Ein Glas Wasser, einen Sherry – Scotch?“

Susan begann Mark Fletcher zu hassen. Bislang war er ihr lediglich unsympathisch gewesen. Aber das war ein gutes Zeichen, denn Susan wurde erst so richtig gut, wenn sie einen Verdächtigen verachtete. Das war zwar kein besonders vornehmer Zug an ihr, doch ein sehr effektiver. Und schließlich war Mark Fletcher ein Hauptverdächtiger, da er in jedem Fall mindestens ein Motiv hatte. Vermutlich kamen noch weitere Motive zu Tage.

„Vielen Dank, Mr Fletcher, ich möchte wirklich nichts trinken. Ich bin hierher gekommen, um mich mit Ihnen zu unterhalten."

„Wie Sie wollen."

„Wer ist Eigentümer der Kanzlei?"

„Die Kanzlei heißt Fletcher, Fletcher & Harris."

„Das war nicht meine Frage."

„Mein Vater war alleiniger Eigentümer. Er sagte aber immer, dass es viel eindrucksvoller sei, wenn die Kanzlei nicht nur Fletcher, sondern Fletcher, Fletcher & Harris hieße."

„Mr Harris hat keine Anteile?"

„Nein, aber er arbeitet für die renommierteste Kanzlei im Südwesten."

„Und Sie?"

Wieder lächelte Fletcher mit einer unverschämten Offenheit.

„DS McCoy, ich bin der Sohn meines Vaters."

„Hatte Ihr Vater Feinde?"

„Kann ich mir eigentlich nicht denken. Die Polizisten vielleicht, die vergeblich unsere Mandanten ins Gefängnis bringen wollten. Unsere Mandanten sind eigentlich sehr zufrieden mit der Kanzlei."

„Wie sieht es im Privatbereich aus?"

„Mein Vater lebte sehr zurückgezogen."

„Wann haben Sie Ihren Vater das letzte Mal gesehen?"

„Das dürfte am Donnerstag gewesen sein. Hier im Büro. Ich war von Freitag bis Sonntag in London."

„Alleine?"

„Sie versuchen es schon wieder. Nächste Frage, bitte."

Susan ließ sich ihren Ärger nicht anmerken.

„Wann haben Sie vom Tod ihres Vaters erfahren?"

„Erst heute Morgen. Ich kam ins Büro, wie gewöhnlich um sieben Uhr. Miss Forsythe hat mir die traurige Nachricht mitgeteilt."

„Und Sie blieben hier seelenruhig im Büro sitzen?"

„Mein Vater ist in der Pathologie. Draußen geht die Welt unter. Was hätte ich denn anderes tun sollen? Hier kann ich mich wenigstens ablenken."

„Ist Mr Harris auch hier?"

„Paul ist den ganzen November in der Karibik unterwegs. Er kommt erst am 29. November zurück. Ich glaube, Sie können ihn als Täter ausschließen."

„Bleiben also Sie und Miss Forsythe."

Fletcher sah kurz aus, als würde er die Contenance verlieren. Er atmete tief ein und stand auf.

„DS McCoy. Ich hoffe, ich konnte Ihnen helfen. Sie müssen mich jetzt entschuldigen." Fletcher sah auf seine Rolex. „In wenigen Minuten kommt ein Mandant."

„Ich danke Ihnen, Mr Fletcher. Wir sehen uns noch. Auf Wiedersehen, ich finde hinaus."

Susan stand auf und verließ das Büro, ohne sich nochmals umzusehen. Jetzt wollte sie der Sekretärin mal auf den Zahn fühlen.

Kapitel 7 - Montag, 09.11.2009, Vormittag

Am Vormittag hatte sie sich einer schmerzhaften Zahnwurzelbehandlung unterziehen müssen und wollte nun den Tag mit gemütlicher Büroarbeit und jeder Menge Tee ausklingen lassen – eigentlich. Doch wie so oft im Leben eines Polizisten sah die Wirklichkeit anders aus als jede Theorie.

Detective Chief Inspektor Debbie Steer saß gerade mit weit offenem Mund auf dem Zahnarztstuhl und hoffte, dass die langwierige Prozedur sich dem Ende zu neigte, als sie ihr Handy in ihrer Jackentasche an der Wand wiederholt läuten hörte. Warum hatte sie das verdammte Ding nicht auf lautlos geschaltet? Der Zahnarzt warf ihr einen scharfen Blick zu und brachte so sein Missfallen zum Ausdruck. Alleine, ändern konnte Debbie in ihrer misslichen Situation nichts. Daher konzentrierte sie sich wieder auf den Urlaub im vergangenen Sommer und schwamm nochmals in Gedanken durch das traumhaft blaue Meer in der Karibik, während der Zahnarzt die Wurzelkanäle des entzündeten Zahns desinfizierte.

Nach beinahe zwei Stunden war die Tortur beendet und Debbie erhob sich leicht benommen aus dem Zahnarztstuhl. Sie hatte keine Chance, sich bei Dr. Martin für das Handygebimmel zu entschuldigen, da dieser sich bereits seinem nächsten Opfer zugewandt hatte. Die Assistentin des Doktors nannte ihr den nächsten Termin, und Debbie machte sich sofort an ihrem Handy zu schaffen. Dort konnte sie neben zahlreichen weniger wichtigen Meldungen lesen: „Superintendent Parker bittet um Rückruf!"

Sie rannte die wenigen Meter von der Praxis zu ihrem Auto und hoffte, schnell und einigermaßen trocken zu dem Wagen zu gelangen. Am Auto angekommen traute sie ihren Augen kaum. Die Parkzeit war seit fünfzehn Minuten abgelaufen, und unter dem Scheibenwischer hing ein ziemlich durchnässter Strafzettel. Sie war fassungslos, und das war etwas, das bei ihr nicht an der Tagesordnung war. Hatten diese Dorfsheriffs nichts Besseres zu tun, als bei diesem Wetter Parksünder zu verfolgen? 60£ für eine Viertelstunde, die sind ja nicht ganz dicht, dachte sie noch, als sie Parkers Nummer wählte. Eigentlich sollte sie das Ticket von der Zahnarztrechnung abziehen, denn Dr. Martin hatte von lediglich einer Stunde Behandlungszeit gesprochen.

Debbie betätigte die Rückruftaste, wartete und landete schließlich bei Vera Hartmann in Parkers Vorzimmer. DC Hartmann, in England geborene Tochter deutscher Einwanderer, die Mitte der 70er-Jahre auf die Insel gezogen waren, war zu Beginn des Jahres aus London nach Middlemoor gekommen und hatte die notorisch übellaunige Prudence Clearwater, die in den Ruhestand ging, im Büro des Superintendent ersetzt.

„Hallo Vera, hier ist Debbie, was gibt es denn so Dringendes, dass die halbe Kriminalabteilung mich zu erreichen versucht?"

„Was denn wohl, einen Mord natürlich."

„Wer und wo?"

„Ein Anwalt in Tintagel, das Team ist schon unterwegs, der Superintendent bei der Clough, und der Chef sitzt auf den Scilly Inseln fest."

„Und was soll ich tun, ins Hauptquartier kommen oder an den Tatort fahren?"

„Parker lässt ausrichten, dass du ins Polizeirevier nach Bodmin fahren und von dort die Ermittlungen leiten sollst."

„Dann mache ich mich mal auf den Weg. Erzähle mir mal alles Wichtige."

Debbie steckte ihr Handy in die Freisprechanlage, startete den Wagen und verließ Exeter in westliche Richtung.

„Gestern Abend wurde der Anwalt Harold Fletcher tot in der Burganlage Tintagel aufgefunden. In der Pathologie hat man festgestellt, dass er ermordet wurde. Jemand hat ihm Atropin verabreicht. Der Mann wurde vergiftet."

Debbie zog eine Grimasse und erinnerte sich, was sie über Atropin wusste. Atropin ist ein giftiges Tropan-Alkaloid. Seinen Namen erhielt es von der Schwarzen Tollkirsche, deren lateinischer Name Atropa belladonna lautet. Bei kleinen Dosen weiten sich die Pupillen, was vor allem in der Renaissance die Damen der höchsten Gesellschaftsschichten veranlasste, dass sie Tollkirschen aßen. Atropin führt neben weiten Pupillen zu einer Beschleunigung der Herzfrequenz und Austrocknung der Schleimhäute. Ab einer Dosis von zehn Milligramm, das entspricht einer Menge von etwa zwanzig Tollkirschen, setzen Halluzinationen ein. Ab hundert Milligramm kommt es zu einer tödlichen Atemlähmung. Aber Fletcher würde wohl kaum zweihundert Tollkirschen gegessen haben.

„Wie wurde das Gift verabreicht?", fragte Debbie nach einer Weile.

„Intramuskulär, vermutlich hat ihm jemand das Atropin per Spritze verabreicht."

„Hm, das könnte bedeuten, dass das Opfer seinen Mörder kannte. Wie wäre der Täter sonst so nahe an Fletcher herangekommen? Hat er sich gewehrt?"

„Kann ich dir nicht sagen. Aber es ist doch auch vorstellbar, dass der Täter beim Vorbeilaufen dem ahnungslosen Mann eine Spritze in den Arm verpasst hat."

„Na ja, das Spekulieren im luftleeren Raum bringt jetzt nichts. Das werden wir schon noch erfahren. Was gibt es sonst noch?"

„Gordon und Trevor sind am Tatort, Susan befragt die Angehörigen und John hält hier die Stellung. Pauline und ihr Team sind schon seit der Nacht vor Ort. Ach ja, der zuständige Beamte in Bodmin ist DI Victor Box – kennst du den?"

„Der Name sagt mir was, ja, er ist mir ein paar Mal über den Weg gelaufen, nicht mein Typ. Ist am liebsten da, wo schon gearbeitet, aber noch nicht gegessen wurde."

„Verstehe."

„Gibt es noch was, das ich wissen müsste?"

„Ich glaube nicht. Der Super wird dich anrufen, sobald er aus der Besprechung kommt. Gegen siebzehn Uhr trifft sich das Team in Bodmin. Und am Abend soll es eine Pressekonferenz geben."

„Wenn der Chief Super auf den Scillies ist, dann steckt Becks doch auch noch dort fest. Weiß Vanessa schon von ihrem Glück?"

PC Vanessa Ingram war die Mitarbeiterin von PCI Rebecca Wynham in der Presseabteilung und gehörte zu den wenigen farbigen Polizisten im Südwesten.

„Ich nehme an, auch im Pressezentrum kann man irgendwo aus dem Fenster schauen. Und so wie es aussieht, wird das Wetter heute nicht mehr besser. Ich bin vielmehr gespannt, wie sich die Clough schlägt."

„Das ist mir eigentlich egal", antwortete Debbie. „Ich will einen Mord aufklären."

„Mehr habe ich im Augenblick nicht. Fahr vorsichtig, bis später dann.“

„Also bis dann.“

Debbie drückte den roten Knopf am Lenkrad ihres dunkelgrünen Vauxhall Insignia, um das Telefon abzustellen, und schaltete das Radio ein. Die weltweite Finanzkrise hatte auch Auswirkungen auf die Polizei im Südwesten, und die waren eher positiv. Um die angeschlagene Autoindustrie zu stärken, wurden große Teile des Fahrzeugparks der Polizei erneuert. So kamen sie alle zu einem neuen Wagen: Susan, Emma, sie selbst, und sogar Hamilton, der bislang am liebsten mit seinem Privatwagen fuhr. Lediglich Gordon hatte sich geweigert, ein neues Auto zu fahren und war immer noch mit seinem alten Ford Mondeo, Baujahr 1995 unterwegs.

Als Debbie Bodmin erreichte, hatte der Sturm noch mehr zugelegt. Der Regen kam nicht mehr von oben, sondern direkt von der Seite, wie es schien. Sie war froh, ihr Ziel fast erreicht zu haben.

Das Polizeirevier von Bodmin lag direkt an der Priory Road, von der A 30 her kommend auf der rechten Seite, allerdings etwa zwanzig Meter hinter einer dichten Hecke versteckt. Kein Fehler, wie Debbie fand, denn das Gebäude war kein Zeugnis architektonischer Baukunst. Vor ihr stand ein langgestreckter, zweistöckiger Klotz mit Flachdach, viel hässlichem Beton und großen Kippfenstern.

Debbie parkte ihren Insignia auf dem Parkplatz vor dem Gebäude und rannte so schnell sie konnte zum Eingang. Dort wurde sie zunächst von einem älteren Polizisten am Empfang aufgehalten.

„Wo möchten Sie denn hin, meine Liebe?“, krächzte der Alte hinter seinem Glasfenster.

„Zu DI Box. Ich bin DCI Steer aus Middlemoor und leite den Mordfall Fletcher.“

„Soso. Und können Sie sich ausweisen?“

Irgendetwas nervte Debbie an dem Constable, aber sie wusste, dass er nur seine Arbeit tat.

„Hier."

Debbie hielt ihren Dienstausweis an die Glasscheibe. Der Polizist schaute sich den Ausweis lange an, als wollte er die Daten auswendig lernen, und sagte dann:

„Einen Moment bitte."

Er griff zu einem Telefonhörer und wählte eine Nummer. Dann murmelte er ein paar für Debbie unverständliche Brocken und legte den Hörer wieder auf.

„Sie können eintreten. DI Box ist noch außer Haus, sein Stellvertreter DS Ron Applegate wird Sie empfangen."

Debbie schüttelte den Kopf. Was war das für ein Laden hier? Sie wollte ihre Einsatzzentrale aufbauen und war nicht zu einem Kaffeekränzchen gekommen.

Langsam ließ die Betäubungsspritze nach und sie fühlte sich nicht mehr ganz so benommen. Das war ihr nur recht, denn sie spürte, dass dieser Einsatz in der Provinz nicht ganz einfach für sie werden würde.

Langsam kam ein kleiner Mann auf sie, mindestens Anfang sechzig, mit zerzausten, grauen Haaren. Sein schäbiger Anzug sah aus, als hätte er darin geschlafen, und Debbie konnte den Alkohol schon von weitem riechen.

„Ich bin Ron, Schätzchen, komm doch mit ins Büro ", sagte Applegate, drehte auf den Absätzen herum und ging den gleichen Weg zurück, den er gekommen war. Debbie blieb nichts anderes übrig, als ihm zu folgen. Am Ende des Flurs ging Applegate durch eine Tür auf der linken Seite in ein großes Büro. Dort standen drei lange Schreibtische u-förmig angeordnet, und in der Mitte des Raumes dominierte eine große Tafel mit Bildern von Tatort und Opfer die Szenerie.

„Hier ist dein neues Reich, Schätzchen. Ich gebe dir mal einen Tipp. Box ist eine Niete. Aber er ist ein großer Schleimer und daher sehr beliebt beim Establishment. Außerdem fickt er die Chefin, die seine schützende Hand über ihn hält."

Die Gedanken schwirrten wild durch Debbies Kopf und sie wusste nicht, ob es an der Wurzelbehandlung, der schlechten Luft oder den Zuständen in diesem Revier lag.

Mein Gott, dachte sie hoffentlich sind die hier nicht alle so abgedreht. Vielleicht macht das Wetter uns alle irre.

Debbie sah Appelgate mit hochgezogenen Augenbrauen an, legte den Kopf leicht schräg und sagte zu ihm: „Es ist mir vollkommen egal, wer hier wen fickt, wer wie viel säuft oder ein Nachfahre von Aleister Crowley ist. Ich werde hier eine Ermittlung leiten und einen Mörder finden. Es gibt zwei Möglichkeiten. Entweder bekomme ich von eurem Haufen Unterstützung oder ihr könnt euch alle zum Teufel scheren. Habe ich mich klar ausgedrückt? Und jetzt will ich eine Tasse Tee und alle Unterlagen, die es bislang zu dem Fall Fletcher gibt."

Sichtlich beeindruckt von der kleinen Frau mit den wilden Locken wies Appelgate Debbie einen Schreibtisch zu, auf dem eine Mappe mit der Aufschrift „Tintagel" lag.

„Dort steht alles drin, Ma'am. Ich hole Ihnen den Tee."

Kapitel 8 - Montag, 09.11.2009, Nachmittag

Gordon Douglas und Trevor Norman saßen inzwischen auf einem bequemen Sofa im sogenannten Herrenzimmer bei Stuart Melrose, dem für Tintagel verantwortlichen Mitarbeiter von English Heritage, und hatten jeweils ein gut gefülltes Whiskyglas in der Hand. Das Herrenzimmer war ein großer, anderthalb Stockwerke hoher Raum mit Blick auf den Garten. An den Wänden standen deckenhohe Regale mit unzähligen Büchern, die alle gänzlich zu lesen sicherlich mehr als eine Lebensaufgabe war. Im offenen Kamin knisterte ein gemütliches Feuer, das den Raum in eine mollige Wärme hüllte und Wind und Wetter draußen vor dem Fenster vergessen ließ.

Stuart Melrose war ein sportlicher Mann Anfang dreißig, mit kurz geschnittenen Haaren, die an den Schläfen schon deutlich graue Strähnen hatten. Im ersten Augenblick zeigten sich die beiden Polizisten ziemlich irritiert, als Melrose ihnen die Haustüre öffnete und sie ins Haus bat. Sie hatten einen älteren Herrn im feinen Zwirn mit dicken Brillengläsern und wilder Frisur erwartet, oder einen Langweiler, der im Habitus kaum von den alten Steinhaufen, die er betreute, zu unterscheiden war. Dieser Stuart Melrose jedoch entsprach keiner ihrer Vorstellungen. Freundlich hatte er die beiden begrüßt, sie ins Herrenzimmer geleitet, ihnen einen Platz zugewiesen und jedem ohne zu fragen, jedem ein Glas Auchentoshan in die Hand gedrückt.

Melrose setzte sich rittlings auf einen Stuhl vor die beiden, nippte an seinem Whisky und fragte: „Wie kann ich Ihnen weiterhelfen. Ich nehme an, Sie wollen sich nicht mit mir über das Wetter unterhalten."

„Das ist richtig, Mr Melrose. Was wissen Sie über Harold Fletcher?", fragte Norman.

„Nicht wirklich viel. Er kam seit Jahrzehnten jeden Sonntag auf die Burg. Vorher trank er eine Tasse Kaffee unten am Eingang und las die Sunday Times. Manchmal trank er noch etwas, wenn er von der Burg zurückkam. Er redete wenig, für einen Anwalt jedenfalls. Also, ich jedenfalls stelle mir Anwälte wie sprudelnde Wasserfälle vor. So war er überhaupt nicht. Er war eher still und unauffällig, fast nicht wahrnehmbar. Ich glaube, er hat hier in der Natur und den alten Steinen einen Ausgleich zu seiner Arbeit gesucht und vermutlich auch gefunden."

„Kam er immer alleine oder auch mal in Begleitung?"

„Seit ich hier verantwortlich bin, war er immer alleine. Der alte Michael Fowler, der früher an der Eintrittskasse saß, meinte, dass Fletcher damals regelmäßig seinen Sohn mitgenommen hat. Fletchers Frau war bei der Geburt wohl gestorben. Aber die letzten Jahre war er immer alleine hier."

„Und wie war es gestern?", fragte jetzt Douglas.

Melrose nippte am Whisky, legte seinen Kopf in den Nacken, schloss die Augen und antwortete:

„Ich selbst war gestern an der Kasse und habe ihn nach oben gehen sehen – alleine. Er hat mich gegrüßt, ich glaube wir haben ein paar Höflichkeitsfloskeln getauscht. Mehr kann ich Ihnen nicht sagen."

„Sitzen Sie oft an der Kasse? Das erscheint mir doch recht ungewöhnlich für jemanden in Ihrer Position."

„Im Moment haben wir einen hohen Krankenstand. Und in den Wintermonaten ist die Personaldecke sehr dünn. Da ich gestern ohnehin vor Ort war, habe ich mich an die Kasse gesetzt. Das ist nichts Ungewöhnliches. Aber jetzt ist so wenig los, dass ich in dieser Zeit noch jede Menge Bürokram nebenher erledigen kann."

„Könnte es da nicht sein, dass Ihnen jemand durch die Lappen gegangen ist?"

„Wir haben ein Drehkreuz, das durchschritten werden muss. Ich glaube nicht, dass da jemand unbemerkt durchgekommen ist."

„Können Sie das ausschließen?"

„Ausschließen kann ich gar nichts. Aber es ist nicht sehr wahrscheinlich, dass jemand ohne mein Wissen auf die Burg gekommen ist."

„Also haben Sie den Täter gesehen?"

„Vermutlich."

Eine spürbare Spannung lag plötzlich im Raum. Gordon Douglas hakte nach.

„Um welche Uhrzeit ging Fletcher nach oben?"

„Das muss gegen vierzehn Uhr gewesen sein. Fletcher war Mitglied auf Lebenszeit und daher habe ich kein Ticket ausgestellt. Da er mir gut bekannt ist, habe ich nicht einmal seinen Mitgliedsausweis sehen wollen. Aber es war gegen vierzehn Uhr."

„Sie schließen um sechzehn Uhr, ist das richtig?"

Melrose nickte.

„Dann können wir die Sache ziemlich eingrenzen. Wie viele Besucher kamen zwischen vierzehn und sechzehn Uhr von der Burg zurück?"

„Das kann ich Ihnen nicht genau sagen. Ich schätze so fünfzehn bis zwanzig."

„Das ist eine ganze Menge für die Jahreszeit."

„Na ja, wenn Sie bedenken, wie gut das Wetter gestern noch war. Es war aber niemand darunter, den ich kannte. Ich habe mir die Gesichter auch nicht näher angesehen. Es tut mir leid. Aber ich konnte auch nicht wissen, was dort oben passiert war."

„Und wie wurde die Leiche entdeckt?"

„Kurz nach sechzehn Uhr, ich war gerade dabei zusammenzupacken und abzuschließen, kam ein Mann von unten zurück und fragte mich, ob er nach oben gehen könne, um nach seiner Jacke zu suchen. Ich ließ ihn nochmals hoch, und zwanzig Minuten später kam er zurück, zwar mit Jacke, aber ziemlich außer sich. Er hatte Fletcher gefunden. Ich rief einen Notarzt und eilte nach oben, wo ich selbst die Leiche sah."

„War Fletcher da schon tot?"

„Ich glaube schon. Jedenfalls war der Rettungshubschrauber schon kurz nach mir vor Ort, und der Notarzt konnte nur noch den Tod feststellen."

„Und der Besucher, der die Jacke verloren hatte?"

„Das ist eine gute Frage. Er wollte mit mir zur Burg gehen und mir zeigen, wo er Fletcher gefunden hatte. Er war bei mir, bis der Hubschrauber kam. Danach habe ich ihn nicht mehr gesehen."

„Können Sie ihn beschreiben? Kennen Sie den Namen des Mannes?"

„Es tut mir leid. Es war ein Mann mittleren Alters. Ich habe der Polizei eine Beschreibung gegeben."

„Wie ging es dann weiter?"

„Später kam DI Box aus Bodmin. Der sperrte alles ab und stellte mir die gleichen Fragen wie Sie jetzt. Dann kam die Spurensicherung, und ich ging irgendwann nach Hause."

„Entschuldigen Sie die Frage, aber was haben Sie zu Hause gemacht?"

Melrose lachte laut heraus.

„Sie werden es nicht glauben, aber ich habe zuerst nach den Fußballergebnissen des Nachmittags geschaut. Chelsea spielte gegen Arsenal und ich wollte das Spiel eigentlich im Fernsehen anschauen. Danach habe ich mit meiner Frau telefoniert, die zur Zeit mit den Kindern bei ihren Eltern in Northumberland ist. Meiner Schwiegermutter geht es gesundheitlich nicht so gut, und meine Frau hilft ihr im Haushalt für ein paar Tage. Danach habe ich versucht zu schlafen, was mir nicht gelungen ist, und so habe ich ein paar Flaschen Bier getrunken und ein altes Buch von Charles Dickens hervorgezogen und darin gelesen, bis ich die nötige Bettschwere erreicht hatte."

„Mr Melrose", Trevor Norman rieb sich seinen kahlen Schädel, „Fletcher war Mitglied bei English Heritage. Hatte er eine besondere Funktion?"

„Wie Sie vielleicht wissen, ist English Heritage ein britisches Staatsorgan, das rund 370 000 Objekte, vor allem archäologisch und historisch bedeutsame Stätten in Großbritannien, verwaltet. Stonehenge ist übrigens das bekannteste. Wir erhalten öffentliche Gelder, sogar die allseits unbeliebte EU gewährt Zuschüsse und natürlich Spenden. Es gibt Einzelspenden von Privatpersonen und von Unternehmen. Eine Mitgliedschaft ist eigentlich nichts anderes als eine Spende. Ein Mitglied hat keine besonderen Rechte, lediglich freien Eintritt zu unseren Liegenschaften. Harold Fletcher war seit Jahrzehnten Mitglied auf Lebenszeit, das ist natürlich günstiger als jahrzehntelang einen Jahresbeitrag zu bezahlen. Und da Fletcher jeden Sonntag nach Tintagel kam, beschloss er, Mitglied zu werden. Nicht mehr, aber auch nicht weniger. Er hatte keine Ambitionen, übte keinen Druck aus, Dinge nach seinen Vorstellungen zu verändern. Für mich war er einfach ein netter, alter Mann, der seine Sonntage in Tintagel verbrachte."

„Er war also nicht weiter in die Denkmalpflege involviert?"

Melrose nippte abermals an seinem Whisky.

„Nein. Ich sagte Ihnen bereits, dass er nur seine Ruhe wollte. Ich denke, er hatte die ganze Woche über genügend Aufregungen und zog sich am Wochenende in seine Welt zurück. Er trank seinen Kaffee, las die Zeitung, wechselte mal ein paar höfliche Worte, ging zur Burg und wieder zurück."

„Und er war wirklich immer alleine?“

„In den letzten Jahren mit Sicherheit.“

„Sie können sich also nicht vorstellen, wer ihn ermordet haben könnte?“

„DS Norman, wenn ich das wüsste, hätte ich es Ihnen schon gesagt. Vielleicht können meine Mitarbeiter Ihnen etwas sagen. DI Box wollte sich darum kümmern. Allerdings habe ich ihn heute Morgen nicht gesehen. Ich war kurz auf der Burg, konnte aber nicht helfen und hatte außerdem keine Lust, bei diesem Wetter draußen herumzulatschen.“

„Wer sind Ihre Mitarbeiter, die gestern gearbeitet haben?“

„Da waren Pam Cook und Willie Wallace im Café, Ruth Grant kam gegen halb vier, um zu putzen. Ich selbst war an der Kasse. Mehr Personal haben wir im Winter nicht zu bieten.“

„Entschuldigen Sie die indiskrete Frage, aber wie können Sie sich dieses Haus leisten?“, platzte es aus Gordon Douglas plötzlich heraus.

„Ich hatte einen reichen Vater, der mir ein recht luxuriöses Leben ermöglicht hat. Nach der Schule reiste ich zwei Jahre in der Weltgeschichte herum, studierte dann Archäologie, nur so zum Spaß und erbte, als mein Vater vor fünf Jahren starb einen Haufen Geld, den ich kaum in meinem Leben ausgeben kann. Ich lernte meine Frau kennen und wir beschlossen, ein recht bürgerliches Leben zu führen. Schon immer historisch interessiert, bewarb ich mich bei English Heritage und suchte einen Platz, wo ich meine Interessen einbringen konnte. So bin ich hier gelandet. Ich bin zwar stinkreich, versuche aber, ein normales Leben zu führen und meinen Reichtum nicht übermäßig zur Schau zu stellen.“

„Haben Sie Feinde?“, fragte Norman unvermittelt.

„Was soll diese Frage jetzt?“ Melrose warf dem bulligen Polizisten einen bösen Blick zu.

„Wir haben unseren Job, Sie den Ihren. Bitte beantworten Sie meine Frage.“

„Nicht dass ich wüsste. Aber was hat das mit dem Mord an Fletcher zu tun?“

„Wahrscheinlich gar nichts. Aber wir müssen einen Mord aufklären und da ist es wichtig, so viele Details wie möglich zusammenzutragen, auch wenn es auf den ersten Blick unsinnig erscheint“, erklärte Douglas mit ruhiger Stimme.

„Nein, ich habe keine Feinde, und wie reich ich bin, weiß eigentlich niemand. Nicht einmal ich selbst. Für die Menschen hier bin ich nur der Direktor der Burgverwaltung, der mit seiner netten Familie in einem nicht übertrieben protzigen Haus in der Black Lane wohnt.“

Melrose wurde etwas unruhig, und Gordon Douglas hatte das Gefühl, dass er wünschte, das Gespräch möge zu einem baldigen Ende kommen. Douglas kannte dieses Phänomen. Menschen, die mit der Polizei zu tun hatten, wurden oftmals spätestens dann nervös, wenn es um ihre eigene Person ging. Das hatte nichts damit zu tun, ob sie verdächtig waren oder nicht. Im Gegenteil, Menschen mit Dreck am Stecken waren meist abgeklärter als diejenigen, die nichts zu verbergen hatten. Daher schenkte er der aufkeimenden Nervosität Melroses keine Bedeutung.

Douglas schaute auf die Uhr, leerte sein Glas und sagte dann:

„Vielen Dank ,Mr Melrose. Sie haben uns sehr geholfen.“

Douglas erhob sich vom Sofa, nestelte an seiner Gesäßtasche und zog eine Visitenkarte hervor.

„Hier haben Sie meine Karte. Wenn Ihnen noch was Wichtiges einfällt, können Sie mich jederzeit anrufen. Und vielen Dank für den Whisky. Genau das Richtige bei diesem Wetter.“

Er reichte die Karte Melrose, der sie kurz ansah und dann in seine eigene Hosentasche steckte.

„Gerne geschehen. Ich hoffe, ich konnte Ihnen helfen.“

Die beiden Polizisten verabschiedeten sich und rannten schnell zu dem alten Mondeo, der sich zuverlässig wie gewohnt starten ließ und eine dunkle Rußwolke aus dem Auspuff in die nasse, stürmische Novemberluft schickte.

Der Wind und der Regen hatten noch an Intensität zugenommen, so war das Fahren eine richtige Herausforderung.

„Wie lange brauchen wir denn bis Bodmin, das ist ja eine echte Katastrophe“, maulte Norman.

„Es sind dreißig Kilometer, normalerweise eine halbe Stunde, aber ich weiß nicht, wie es auf der B 3266 aussieht. Das ist ein enges, kurvenreiches Sträßchen. Ich hoffe, sie ist noch nicht weggeschwemmt. Eine Stunde werden wir wohl schon unterwegs sein."

Douglas schaute auf die Uhr, es war jetzt kurz vor zwei Uhr, also würden sie gegen drei in Bodmin sein, wenn alles gut lief.

„Wie sieht es eigentlich mit Mittagessen aus? Der Whisky war zwar gut, aber ich habe jetzt Hunger."

„Du hast immer Hunger, Trevor, aber in diesem Fall ausnahmsweise zu Recht. In Camelford gibt es eine Imbissbude, ich hoffe, die hat heute offen."

Sie hatte geöffnet. Die beiden Polizisten verschlangen einen pappigen Hamburger mit fettigen Pommes und spülten das Ganze mit einer lauwarmen Cola hinunter. Zehn Minuten später saßen sie wieder im Wagen.

Langsam schlich der Mondeo über die schmale Landstraße, die immer wieder von Sturzbächen, die sich aus den Hängen ergossen, überschwemmt wurde.

„Ein Boot wäre wirklich besser gewesen. So eine Scheiße.

Und was wissen wir jetzt?", fragte Douglas nach einer Weile.

„Nichts", war Normans lapidare Antwort.

„Hm, es hätte so schön sein können. Melrose kennt die drei Besucher, und wir haben unseren Täter."

„Hast du schon einmal einen einfachen Fall gehabt, bei dem der Täter nicht gleich offensichtlich war?"

„Du hast recht. Entweder ist die Sache von Anfang an klar, oder wir tappen in stockdunkler Nacht. Wir müssen allen möglichen Spuren nachgehen. Bislang gibt es keinen Anhaltspunkt. Zumindest nicht in Tintagel. Vielleicht hat die Befragung der anderen Zeugen etwas ergeben."

„Vielleicht hat uns Melrose auch ein Märchen aufgetischt und war selbst der Täter."

„Möglich, aber unwahrscheinlich."

Gordon verließ die B 3266, bog nach links ab, und bald überquerten die beiden die Helland Bridge.

„Gibt es hier noch schmalere Straßen?“, motzte Norman erneut.

„Wir wollen doch auf dem schnellsten Weg nach Bodmin, also sei jetzt zufrieden.“

Nach weiteren vier Kilometern hatten sie das Polizeirevier in Bodmin erreicht und parkten ihren Wagen zwischen dem grünen Insignia von Debbie und dem blauen Mercedes von Susan.

„Jetzt bin ich mal gespannt, was die haben. Hoffentlich mehr als wir“, meinte Norman.

Kapitel 9 - Montag, 09.11.2009, Vormittag

Das Polizeirevier in Hugh Town lag in der Garrison Lane auf einer leichten Anhöhe mit Blick auf den Hafen. Hamilton und Rebecca stemmten sich gegen Wind und Regen, dennoch waren sie nach nur wenigen Metern ziemlich durchnässt. Bald hatten sie das zweistöckige Gebäude erreicht, auf dessen Walmdach sich trotz des Sturmes ein paar Möwen niedergelassen hatten. Der weißgraue Putz wirkte bei den herrschenden Bedingungen nur grau und trostlos.

Das Innere des Polizeireviers war nicht minder betrüblich. Ein zerschlissener PVC-Boden, auf dem alte, abgewetzte Schreibtische standen, und die überquellenden Regale, gefüllt mit allerlei Papier aus den vergangenen Jahrzehnten sorgten bei Hamilton für ein spürbares Unbehagen. Die zugigen Fenster und der grimmige Gesichtsausdruck eines dicken Polizisten, der jetzt mürrisch hinter seinem Computerbildschirm hervorlugte, verstärkten dieses Gefühl.

„Was wollen Sie denn?“, fragte der Polizist. „Wir haben erst ab neun Uhr geöffnet.“

„Es ist drei Minuten vor neun, guter Mann“, antwortete Hamilton und schaute sich weiter im Raum um. Die Vorhänge an den Fenstern hingen wie graue Putzlappen von der Decke, die ebenso wie die Wände einen neuen Anstrich gut vertragen hätte. In einer Ecke lag ein großer Schäferhund zusammengerollt und schlief.

Der Polizist wurde zunehmend unsicher, als er beobachten musste, wie Hamilton und seine Begleiterin ungeniert das Büro musterten. Er erhob sich von seinem Stuhl und baute sich vor Hamilton auf.

„Also, um was geht es? Warum kommen Sie bei diesem Sauwetter hierher?"

„Ich nehme an, unser Besuch wurde angekündigt. Wir sind die Beamten aus Middlemoor, die der Sturm hier festhält", erklärte Rebecca.

Der Polizist blickte verstört zu Rebecca, als hätte er noch nie eine Frau gesehen. „Ich weiß von nichts. Vor einer Viertelstunde habe ich meinen Dienst begonnen. Ist etwas passiert?"

„Nur ein Mord drüben in Cornwall, nichts, was Sie in Ihrem Dornröschenschlaf stören könnte. Wir sind hier, um den Polizeicomputer zu nutzen."

Der Mann stand mit offenem Mund im Raum. Es war ihm anzusehen, wie die Zahnrädchen in seinem Kopf arbeiteten und er versuchte, die Zusammenhänge zu begreifen. „Das weiß ich nicht, ob das geht."

Hamilton verdrehte die Augen und wollte etwas antworten, als draußen die Haustüre zuschlug und er Schritte im Flur hörte. Plötzlich hellte sich das Gesicht des Polizisten auf, und zwei weitere Polizisten kamen ins Büro.

„Ich nehme an, Sie sind Chief Superintendent Hamilton", sagte einer der Hereinkommenden. „Ich bin PS Kenny Unsworth, Leiter des Reviers hier. Mein Kollege und ich kommen gerade von einem Verkehrsunfall draußen beim Flughafen. Ich hoffe, PC Morris konnte Ihnen schon weiterhelfen."

„Wir sind auch erst gekommen. Ich wäre froh, wenn ich Ihren Computer benutzen könnte."

„Selbstverständlich, Sir. Kommen Sie doch bitte mit in den Nebenraum."

Unsworth öffnete eine Tür, und die drei traten in einen kleinen, fensterlosen Raum. Ein großer Schreibtisch füllte ihn fast gänzlich aus, dennoch war die Atmosphäre hier irgendwie freundlicher als in dem anderen Zimmer. Vielleicht lag es einfach nur an dem gedämpften Licht und der Tatsache, dass dadurch das ganze Ausmaß des Elends nicht zu sehen war.

„Warten Sie, Ma'am, ich hole Ihnen noch einen Stuhl."

Einen Moment später kam Unsworth mit einem solchen zurück und schaltete den Computer ein.

„Sie müssen PC Morris entschuldigen. Er war viele Jahre Polizist in Truro. Bei einer Demonstration erlitt er schwere Kopfverletzungen und ist eigentlich nicht mehr dienstfähig. Chief Superintendent Carol Simms hat ihn dann zu uns geschickt. Und wir sind sehr froh über einen dritten Mann, denn Routinearbeiten macht Morris perfekt. Er hat nur große Probleme mit unvorhergesehenen Dingen. Und davon gibt es bei der Polizei mehr als genug. Ich möchte Sie nicht langweilen, Sir, aber ich glaube ..."

„Ich verstehe, was Sie meinen."

Inzwischen war Rebecca schon in die Tiefen des Zentralcomputers eingedrungen. „Bob, schau mal hier. Das könnte doch ein Motiv sein, oder findest du nicht?"

Hamilton starrte auf den Bildschirm und meinte nach einem Moment des Zögerns: „Das sieht doch ganz vielversprechend aus."

Kapitel 10 - Montag, 09.11.2009, Nachmittag

Emma Hughes, Mitte zwanzig, kurze blonde Haare und kobaltblaue Augen, saß in einem Vorlesungssaal im Polizei-Schulungszentrum ein paar Kilometer nördlich von Cambridge. Doch sie verschwendete weder einen Gedanken an die neuesten Methoden der Kriminaltechnik, über die ein oberlehrerhafter Chief Inspector mit polierter Glatze und abstehenden Ohren referierte, noch bemerkte sie das inständige Trommeln der Regentropfen am Fenster. Sie hatte mörderische Kopfschmerzen, gegen die selbst die beiden Schmerztabletten nichts nutzten. All ihre Sinne kreisten um eine Frage vom vergangenen Abend.

Es hatte so harmlos angefangen. Ihr Lehrgang dauerte zwei Wochen, und sie hatte beschlossen, am Wochenende nicht nach Hause zu gehen, sondern die Tage mit David in London zu verbringen. So fuhr sie am Freitagnachmittag in die Hauptstadt, wo sie sich mit ihrem Freund traf. David war ebenfalls bei der Kriminalpolizei in Middlemoor, allerdings beim Betrugsdezernat. Sie kannten sich seit etwa drei Jahren und waren seit knapp zwei Jahren ein Paar. Und in dieser Zeit hatten die beiden es nie geschafft, ein paar gemeinsame Tage in London zu verbringen.

Den Freitagabend genossen sie in ihrem Hotelzimmer, am Samstag unterstützten sie die Not leidende Wirtschaft und gaben erstaunlich viel Geld in unglaublich kurzer Zeit aus. Am Abend gingen sie ins Theatre Royal Haymarket, wo „Breakfast at Tiffany's" mit Anna Friel und Joseph Cross aufgeführt wurde. Und am Sonntag besuchten sie Kensington Gardens. Im warmen Licht der Herbstsonne schlenderten sie durch die zwischen 1728 und 1738 von Henry Wise und Charles Bridgeman geschaffene Gartenanlage, bewunderten die Springbrunnen des italienischen Gartens, überquerten die Serpentine Brücke und stießen schließlich auf die Peter-Pan-Statue. Besonders eindrucksvoll fanden sie die Elfeneiche, einen 900 Jahre alten Baumstumpf, der von zahlreichen Elfen und Gnomen bewohnt wird, jedenfalls waren jede Menge dieser kleinen Bewohner auf seiner Oberfläche vorzufinden.

Am späten Sonntag Nachmittag liefen sie kreuz und quer durch Westminster und fanden gegen Abend ein nettes Restaurant. Sie tranken einen trockenen Weißwein und aßen gebackenen Fisch. Die Atmosphäre war stimmungsvoll. Kerzen brannten auf den Tischen in ihren verschnörkelten Ständern, dazu erklang dezentes Klavierspiel aus den Lautsprechern, die in die Decke integriert waren. Emma fühlte sich großartig und fand, dieses Abendessen war der passende Abschluss für ein gelungenes Wochenende. Auf dem Heimweg zu ihrem Hotel, Emma hatte sich bei David untergehängt und ihren Kopf an seine Schulter gelegt, stellte er die Frage, die sie wie ein Faustschlag in die Magengegend traf: „Emma, willst du meine Frau werden?"

Ihr wurde ganz schwindlig und sie dachte, ihre Beine würden unter ihr wegbrechen. Sie war plötzlich wie gelähmt. David, der ihre Unsicherheit spürte, zog sie noch fester an sich und meinte: „Du brauchst jetzt keine Antwort geben. Ich weiß, es ist für dich vielleicht etwas überraschend, aber ich bin mir sicher, dass ich mein Leben mit dir verbringen will."

Der weitere Nachhauseweg verlief schweigend. Im Hotel angekommen stellte sich ein gewisse Normalität zwischen den beiden ein, die daraus resultierte, dass das Thema verdrängt wurde. Nach einer kurzen, unruhigen Nacht und einem knappen Frühstück verabschiedeten sie sich. David fuhr zurück nach Exeter und Emma nach Cambridge.

Sie zermarterte sich ihr Hirn. Was sollte sie nur tun? Normalerweise Am liebsten hätte sie einfach ja gesagt. Aber was würde eine Ehe mit David bedeuten? Sie müsste konvertieren, das war klar, denn David war Jude und für ihn kam nur eine Jüdin als Ehepartnerin in Frage. Gut, David war Mitglied einer liberalen jüdischen Gemeinde, daher wäre es für sie nicht allzu schwer, zum Judentum überzutreten. Ruths Erklärung an Naomi – „Dein Volk soll mein Volk sein und dein Gott soll mein Gott sein" – war für Reformjuden zunächst genügend Grundlage für eine Konversion. Mit einer solchen Aussage hätte sie wenig Mühe, denn sie glaubte an den christlichen Gott, der auch der Gott der Juden war. Und zum Volk des Mannes zu gehören wäre für Emma auch nicht schwer.

Aber könnte sie sich in ein jüdisches Alltagsleben einfügen? Ein Leben, das geprägt war durch Rituale und Gebote, selbst bei Reformjuden. Begriffe wie Schabbat oder Kaschrut, die jüdischen Speisegesetze, jagten durch ihren Kopf wie ein Jahrmarktkarussell. Dann die bange Frage, ob sie jemals in der Lage sein würde, hebräisch zu verstehen oder gar zu lesen. Nur gut, dass sie kein Mann war! So blieb ihr wenigstens der Gang zum Mohel und die damit verbundene Beschneidung erspart.

Regen und Wind hatten an Heftigkeit zugenommen und Emma aus ihren Gedanken gerissen. Sie versuchte, sich zu konzentrieren und dem Vortrag zu folgen, immerhin hatte sie sich ein paar Mal für diese Fortbildung bewerben müssen, und erst der persönliche Einsatz des Chief Supers hatte ihr diese ermöglicht. Und jetzt saß sie da und konnte sich nur mit Mühe an ihren eigenen Namen erinnern. Es war ihr, als würde sie in einen bodenlosen Abgrund stürzen.

Kapitel 11 – Montag, 09.11.2009, Nachmittag

„Wir wissen noch absolut nichts." Debbie Steer machte ein grimmiges Gesicht, trank einen Schluck Earl Grey aus der vom steten Gebrauch der Spülmaschine grau und rissig gewordenen Teetasse.

„Immerhin wissen wir, dass er vergiftet wurde. Und ich habe noch mehr herausgefunden. Fletcher hatte ein ausgewachsenes hepatozelluläres Karzinom. Offenbar war er nicht in Behandlung." Dr. Alford posaunte es heraus, ohne seine obligatorische Zigarre aus dem Mund zu nehmen. Alford war der Polizeipathologe und insoweit etwas Besonderes, da die Polizeiverwaltung von Devon und Cornwall die einzige in ganz England war, die eine eigene Pathologie unterhielt. Das seit ein paar Jahren geltende allgemeine Rauchverbot ignorierte Alford komplett. Anfänglich hatte er sich noch über den neumodischen Unsinn beschwert, inzwischen ging dieses Verbot komplett an seiner Lebenswirklichkeit vorbei. Da Alfords Pensionierung in Sichtweite lag, stand er gewissermaßen unter Naturschutz, und selbst der Chief Constable John Marshall drückte beide Augen zu.

„Heptawas? Können Sie sich nicht klarer ausdrücken?", beklagte sich Trevor Norman.

„Irgendwas mit Krebs. So viel habe ich verstanden. Und was bedeutet das für uns, Doctor?“, fragte Gordon Douglas etwas vorsichtiger als sein Kollege.

„Leberzellkarzinom, also Leberkrebs. Das Ganze resultierte aus einer schönen Leberzirrhose und die offenbar vom ziemlich exzessiven Saufen. Pass also auf, Trevor, nicht mehr als zwei Bier am Tag, sonst kann es dir genauso gehen.“

Norman verdrehte die Augen, und Alford fuhr fort.

„Anscheinend war Fletcher nicht in Behandlung. Sein Hausarzt, den er schon seit längerer Zeit nicht mehr konsultiert hatte, wusste nichts davon. Ich habe heute schon mit ihm telefoniert. Ob Fletcher zu einem dieser Scharlatane gegangen war, die wie Pilze aus dem Boden schießen und mit irgendwelchen Zaubersprüchen und Eselpisse auf die Menschheit losgehen, wissen wir nicht. Jedenfalls hat sich unser Mörder seine Mühe umsonst gemacht. Fletcher wäre in jedem Fall innerhalb der nächsten Wochen oder Monate gestorben.“

„Wäre dann nicht ein Suizid denkbar?“, bemerkte Susan.

„Ich kann mir nicht vorstellen, dass sich jemand mit Atropin umbringt. Da gibt es schmerzlosere Methoden, wie zum Beispiel Insulin, Barbiturate oder ...“

„Dr. Alford, danke“, Debbie fiel ihm ins Wort, denn sie fürchtete einen der gefürchteten Alford'schen Monologe. „Wenn es ein Suizid gewesen wäre, dann hätten wir eine Spritze finden müssen, mit dem sich Fletcher das Atropin verabreicht hat.“

„Und wenn er einen Helfer hatte, der die Spritze entwendet hat?“

„Das könnte natürlich sein, Susan. Was ist mit dem Typen, der seine Jacke vergessen hatte? Das scheint mir doch ziemlich fadenscheinig zu sein. Dort oben bläst doch selbst im Sommer der Wind, wieso sollte dann jemand im Herbst, selbst wenn die Sonne scheint, seine Jacke ausziehen und dort liegen lassen? Haben wir eine Beschreibung?“

„Melrose sagte uns, dass er DI Box den Mann beschrieben hat.“

„Und DI Box, wie sieht dieser Mann aus?“, fragte Debbie angriffslustig.

DI Victor Box, etwa einen Meter siebzig groß, blondes, nach hinten gegeltes Haar, blaue Augen mit einer krummen Nase, die offensichtlich schon mehrfach gebrochen war, hatte die Beine übereinandergeschlagen, so dass ein Loch in seiner Schuhsohle zum Vorschein kam. Er warf einen verächtlichen Blick zu Debbie und nuschelte dann bewusst unverständlich: „Der Melrose hat mir garnix gesagt. Der hat nur was von einem Mann gefaselt, der seine Jacke vergessen hatte. Er konnte ihn aber nicht beschreiben. Es tut mir leid, Ma'am.“

Debbie wunderte sich, dass Box sich nicht noch zusätzlich im Schritt gekratzt und ausgespuckt hatte. Eine große Hilfe waren die Kollegen aus Bodmin bislang jedenfalls nicht.

„Und Sie haben nicht nachgehakt? Der Mann ist unser wichtigster Zeuge.“

„Ihre Leute haben Melrose doch verhört.“

Debbie spürte, dass sie so nicht weiterkommen würden. „Pauline, hast du irgendwas Brauchbares?“

„Ich habe mir nur eine Erkältung eingefangen. Und die kann man auch nicht brauchen. Nein, wir haben nichts. Wie auch, bei dem beschissenen Wetter? Wenn der Täter die Spritze in Fletchers Arm gerammt hat und dann einfach weitergegangen ist, gibt es nur wenig, was wir finden können. Die Jacke von Fletcher wird noch auf Faserspuren untersucht, eventuell hat der Täter ihn festgehalten, aber ich glaube, das bringt auch nicht viel. Wir brauchen ein Motiv.“

Pauline Miller blätterte nochmals in ihrem Wust aus unzähligen Zetteln, schüttelte dann aber den Kopf. „Nein, es gibt bislang nichts, was wir verwerten könnten.“

„Also noch mal von vorne. Susan, was hast du?“

„Na ja, der junge Fletcher hätte ein Motiv, schließlich erbt er den ganzen Laden. Aber er gibt an, zur Tatzeit in London gewesen zu sein. Und als Sohn wusste er vermutlich, dass sein Vater krank war und früher oder später sterben würde. Er hätte nur warten müssen, bis er zum Zuge gekommen wäre. Mr Harris hat nichts zu melden und nichts zu erwarten, und selbst wenn er einen Riesenhass auf seinen Chef gehabt hätte, hat er ein wasserdichtes Alibi. Er ist in der Karibik, ich habe vorhin mit ihm telefoniert."

Debbie schaute ihre Kollegin verwundert an.

„Die Sekretärin hat mir die Nummer des Hotels in Nassau gegeben."

„Nassau? Die Bahamas sind doch zur Drehscheibe des internationalen Drogenhandels geworden. Könnte da etwas sein?", fragte Douglas plötzlich.

„Glaube ich nicht. Wenn er dort ermordet worden wäre ... nein, Mr Harris ist auf einer Fahrt kreuz und quer durch die Karibik. Er hat mir bestätigt, dass er lediglich ein Mitarbeiter in der Kanzlei war und diesen Job gerne ausübt. Jedenfalls hatte er keine Möglichkeit, Fletcher zu ermorden. Hier würde ich erst dann ansetzen, wenn wir gar nicht weiterkommen. Der Sohn hingegen macht mir keinen ganz koscheren Eindruck. Allerdings hege ich ein gesundes Misstrauen gegenüber allen Juristen im Allgemeinen und Anwälten im Besonderen. Die Sekretärin machte auf mich einen seriösen Eindruck, allerdings hat sie ein Verhältnis mit dem Junior – glaube ich jedenfalls. Das macht sie zwar nicht unmittelbar zur Verdächtigen, aber ganz außen vor ist sie nicht."

„Wir haben auch nicht unbedingt die heiße Spur", sagte Douglas. „Melrose kommt für mich als Täter nicht in Frage. Er hat Geld wie Heu und macht den Job für English Heritage nur aus Spaß an der Freud. Aber ich kann kein Motiv für einen Mord an Fletcher erkennen. Zumindest gibt es kein offensichtliches Motiv."

„Das heißt für uns Akten wälzen. John ist in seinem Element und hat mir schon mal ein umfangreiches Mail geschickt, das ich an euch weitergeleitet habe." Debbie rieb sich die Stirn.

„Es gibt jetzt verschiedene Möglichkeiten. Gehen wir davon aus, dass Suizid ausgeschlossen werden kann. Wer hatte ein Motiv, Fletcher zu ermorden? Vermutlich jemand, der nicht wusste, wie krank er war. Gordon, du konzentrierst dich auf den verloren gegangenen Zeugen. Trevor, du wirst dich mit den Kollegen aus Bodmin an die Befragung der Einwohner und Mitarbeiter von Tintagel machen."

„Ma'am, es tut mir leid. Ich kann leider nicht länger zur Verfügung stehen", nuschelte Box. „Ich muss meinen Resturlaub noch abbauen. Eigentlich habe ich heute schon Urlaub."

Debbie nickte und dachte, dass ihr das gerade recht war, denn jemand wie Box war nur eine Belastung für das Team und die gesamten Ermittlungsarbeiten.

„Schön, dass Sie heute noch hier waren, DI Box. Ich wünsche Ihnen schöne und erholsame Tage", sagte Debbie mit nicht zu überhörendem Sarkasmus.

„Susan, du nimmst dir nochmals die Kanzlei vor und alles, was dazugehört. Gab es irgendwelche Fälle, die nicht im Sinne Fletchers verliefen? Vielleicht finden wir in diesem Bereich unser Motiv."

„Und was machst du?", fragte Norman ungeniert.

„Ich werde mir einen netten Pub suchen und ein paar Biere trinken."

Debbie schenkte Norman ihr entwaffnendstes Lächeln. Irgendwie schaffte sie es, mit diesem ungehobelten Klotz gut auszukommen und er akzeptierte sie, obwohl sie eine Frau und dazu seine Vorgesetzte war.

„Und jetzt macht euch an die Arbeit. Ich will morgen früh um neun Uhr Neuigkeiten."

„Sollen wir die ganze Nacht durcharbeiten?" DS Ron Applegate schaute sie fassungslos an.

„Richtig erkannt. Wir haben einen Mord und keinen Fall von jugendlichem Vandalismus aufzuklären." Debbie wartete, bis Ron ergeben nickte und den Raum verließ. Dann winkte sie ihre Kollegin zu sich. „Susan, du bleibst noch kurz hier."

„Hast du noch was für mich?"

„Ich habe das Gefühl, dass wir ganz woanders suchen müssen. Wenn ich nur wüsste, wo. Ich gehe jede Wette ein, dass wir den Mörder nicht im direkten Umfeld Fletchers finden. Diejenigen, die ein offensichtliches Motiv haben könnten, bringen ihn gerade deshalb nicht um. Und jemand aus seinem Umfeld musste wissen, dass er todkrank war. Dennoch müssen wir alle Möglichkeiten ausschließen. Was denkst du?"

Susan setzte sich, tauchte den Arm in die Tiefen ihres Pullovers und kratzte sich am Rücken.

„Ich kann Anwälte nicht leiden."

„Was ist das für eine Antwort?"

„Na ja, ich finde, die haben alle Dreck am Stecken. Die verkaufen ihre Großmutter, wenn es zum Vorteil dient. Daher denke ich, es ist nicht unwahrscheinlich, dass ein von Fletcher tatsächlich oder auch nur vermeintlich ungerechtfertigt Geschädigter den Mord begangen hat. Vielleicht ist unser Unbekannter der Täter. Ich finde, es bringt nichts, irgendwo im Dunkeln zu stochern."

„Da bin ich anderer Ansicht. Ich denke, wenn man an unvermuteter Stelle etwas Staub aufwirbelt, kommen ganz unvermutete Dinge ans Licht."

„Na, du musst es wissen. Du bist schließlich Chief Inspector und ich nur Sergeant."

„Was ist denn mit dir los? Ihr seid plötzlich alle so empfindlich. John zickt schon seit längerer Zeit, Trevor ist ohnehin ein Sonderfall, Gordon ist auch nicht richtig bei der Sache – und jetzt auch noch du."

„Wann hast du dich zuletzt mit deinen Leuten richtig unterhalten?"

„Du meinst, ich bin zu distanziert?"

„Seit du befördert wurdest, spielst du irgendwie in einer anderen Liga. Früher waren wir ein Team, heute gehörst du nicht mehr dazu, nicht mehr zum Fußvolk, sondern zu den Chefs. Du wirkst abgehoben. Nicht fachlich, aber persönlich."

Debbie war überrascht von den deutlichen Worten. Sie spürte, wie das Blut in ihren Schläfen pochte.

„Und was soll ich machen? Du musst dich mal in meine Position versetzen. Gordon ist sauer, er lässt sich zwar nichts anmerken, aber er ist der Ältere und enttäuscht, dass Hamilton mich zur Ermittlungsleiterin in Middlemoor gemacht hat. Für Trevor sind Frauen ohnehin nur Sexobjekte und schon gar keine Chief Inspectors. Wer sich da nicht abgrenzt, hat gleich verloren."

„Ich weiß es auch nicht. Es ist irgendwie nicht mehr wie früher. Und über allem schwebt dieser Halbgott."

Debbie sah Susan fragend an.

„Na – Hamilton. Der meint doch, ohne ihn geht gar nichts. Er mischt sich in die Ermittlungen ein, anstatt sich um seinen Scheiß zu kümmern. Der sollte in seinem Büro bleiben und meinetwegen bei den Pressekonferenzen mit seiner Liebsten schlaue Reden halten."

„Jetzt wirst du aber ungerecht. Natürlich ist Hamilton im innersten seines Herzens ein Ermittler und kein Sesselfurzer. Aber er lässt uns ziemlich freie Hand. Klar, der alte Silversleeve ist fast nie beim Team aufgetaucht. Er hat strikt den Dienstweg eingehalten. Von oben nach unten. Daher hat er ausschließlich mit Parker verkehrt und nicht mit einfachen Detectives. War dir das lieber?"

„Jedenfalls hatte man seine Ruhe."

„Also, wenn du deine Ruhe willst, bist du bei der Polizei am falschen Ort."

„Was soll das jetzt?"

„Susan, ich will mich mit dir unterhalten. Ich spüre, dass einiges im Argen liegt und weiß nicht wieso. Die Männer blocken mir gegenüber jedes Gespräch ab. Emma hat in mir schon immer nur die Inspectorin gesehen, aber das wäre mir als junger Polizistin genauso gegangen. Aber was ist mir dir los?"

„Nichts. Ich habe dir gesagt, wie ich die Sachlage einschätze. Vielleicht ist das auch ganz normal. Ein Chef oder in deinem Fall eine Chefin ist nun mal nicht beim Fußvolk."

„Susan ..."

„Lass mich jetzt. Ich muss jetzt gehen, wenn ich noch was herausfinden will. Du hast doch gesagt, dass das hier ein Mord ist und kein Fall von jugendlichem Vandalismus."

Susan stand auf, ging grußlos aus dem Büro und ließ die verdutzte Debbie irritiert zurück.

Kapitel 12 - Montag, 09.11.2009, Abend

Der Sturm hatte im Laufe des Tages weiter zugenommen und fegte jetzt mit voller Orkanstärke über die Landspitze Cornwalls. Debbie hatte eine Unterkunft für die Truppe im Westberry Hotel in Bodmin organisiert. Das Hotel lag in der Rhind Street nur wenige hundert Meter vom Polizeirevier entfernt.

Douglas und Norman waren inzwischen aus Tintagel zurückgekehrt. Das Wetter ließ eine weitere Zeugenbefragung sinnlos erscheinen. Die Menschen hatten andere Sorgen, als sich mit der Polizei zu unterhalten. Daher beschloss Gordon, die Aktion in Tintagel zu beenden und nach Bodmin zurückzukehren. Susan war noch nicht ins Hotel gekommen, was einigermaßen verwunderlich war, da sie den kürzesten Weg hatte. Debbie, Gordon und Norman saßen auf hölzernen Barstühlen an einem hölzernen Tresen und starrten auf den Flachbildschirm, der an der Wand hing. Debbie und Douglas tranken ein Bier, Norman hatte sich gleich auf den erstbesten Whisky gestürzt. Die Fernsehbilder zeigten die Auswirkungen des Sturmes mit all den umgeworfenen Bäumen und den Überschwemmungen. Große Teile des Landes waren unter Wasser gesetzt worden. Es war kurz vor zwanzig Uhr, und die drei Polizisten warteten auf die Lokalnachrichten. Diese zeigten, nicht unerwartet, ebenfalls Bilder und Berichte von den Wetterauswirkungen.

Dann erschien das Porträt von Harold Fletcher auf dem Bluescreen neben der Moderatorin. Es folgte ein kurzer Bericht mit Bildern von Tintagel Castle, der Anwaltskanzlei und schließlich ein Auszug aus der Pressekonferenz der Polizei. PC Vanessa Ingram gab einen sachlichen, knappen Überblick über den Mord, dann sprach Assistant Chief Constable Carol Clough. Sie machte einen äußerst routinierten Eindruck und man sah ihr an, dass das nicht ihre erste Pressekonferenz war.

„Was wohl Hamilton an ihrer Stelle gesagt hätte?“, fragte Debbie.

„Er hätte jedenfalls etwas gesagt. Das waren doch nur austauschbare Worthülsen, vorgefertigt und freibleibend. Die kommt sicherlich noch weit“, stellte Douglas fest.

„Hauptsache weit weg von hier. Bei der Met ist doch bestimmt ein Deputy Commissioner Posten frei.“

„Ich glaube nicht, dass sie zu Scotland Yard geht, Trevor. Die will Chief Constable werden, und das schafft sie auch.“

„Das denke ich auch, Debbie. Zum Commissioner beim Yard schafft sie es nicht, da gibt es zu viele Anwärter. Und einen Stellvertreterjob, selbst beim Yard ...“, Gordon Douglas schüttelte den Kopf. „Sie will irgendwo die Nummer eins werden.“

„Die braucht ein paar Erfolge, dann wird sie irgendwo in der Provinz Deputy und beerbt kurze Zeit später den dortigen Chief.“

Plötzlich mischte sich eine Frauenstimme in ihr Geplänkel ein: „Was ihr alles wisst.“

„Wo kommst du denn her, Susan?“ Debbie schaute die Kollegin erstaunt an.

„Vom Inder.“

Debbies Augen wurden noch größer.

„Ich habe die Sekretärin abgefangen. Sie kam gerade aus der Kanzlei, als ich dort erneut vor der Türe stand. Sie hatte es eilig und sagte mir, sie wolle sich mit mir um sechs Uhr bei einem Inder in der Higher Bore Street treffen. Bis zu dieser Zeit habe ich in einem netten Pub in der Lower Bore Street die Akten gewälzt und ein Bier getrunken.“

„Komm zur Sache, Susan!“, sagte Douglas ungeduldig.

„Immer mit der Ruhe, Red.“

Diesen Namen hatte Gordon Douglas schon während der Polizeischule auf Grund seiner feuerroten Haare erhalten, die im Lauf der Jahre allerdings etwas an Leuchtkraft verloren hatten.

„Das Studium der Akten brachte mich zu einem interessanten Punkt. Vor fünf Jahren wurde ein Mordverdächtiger freigesprochen. Alle Indizien hatten auf den Mann hingewiesen. Vielleicht erinnert ihr euch, es geht um den Fall Valdas Janauskas.“

Debbie verzog das Gesicht, denn die Details des Falles waren ihr noch sehr präsent.

„Du meinst, der Mord an Fletcher hängt mit dem Mord an dem Jungen zusammen?“

„Es könnte doch sein.“

Vor fünf Jahren war der dreizehnjährige Valdas Janauskas, Sohn litauischer Einwanderer, in der Nähe von Plymouth ermordet aufgefunden worden. Vorher war er sexuell missbraucht worden, und alle Spuren wiesen zu dem einschlägig vorbestraften Paul Blackwell. Jeder rechnete mit dessen Verurteilung.

Harold Fletcher wurde auf den Fall aufmerksam, übernahm die Verteidigung Blackwells und erwirkte einen Freispruch für seinen Mandanten. Für die Eltern brach die Welt ein weiteres Mal zusammen. Nach dem furchtbaren Tod ihres Kindes wurde der mutmaßliche Mörder freigesprochen.

„Und jetzt hat Blackwell seinen Verteidiger umgebracht, oder was?“

„Trevor, du bist ein Idiot. Aber es wäre vorstellbar, dass die Familie Janauskas Fletcher umgebracht hat oder ihn umbringen ließ.“

„Susan, das ist fünf Jahre her.“

„Der Sohn ist aber immer noch tot. Ich finde, das ist ein gutes Motiv. Jedenfalls eine Sache, der wir nachgehen sollten.“

„Aber warum warten die Eltern fünf Jahre lang damit, den Befreier des mutmaßlichen Kindsmörders selbst ins Jenseits zu befördern?“

„Sind Morde etwas Logisches? Vielleicht ist der Hass auf Fletcher so sehr gewachsen und jetzt in dem Mord kulminiert. Ich weiß es zwar auch nicht, aber ich denke, die Spur ist es wert, verfolgt zu werden.“

„Das stimmt natürlich. Ich werde morgen früh gleich die Kollegen in Plymouth anrufen“, meinte Debbie.

„Was war jetzt mit der Schnecke von dem jungen Fletcher?“

„Ich vermutete bereits, dass sie was mit ihm hat, sicher war ich mir jedoch nicht, mein lieber Trevor. Jedenfalls kam ich kurz vor sechs ins Viraj, wo die gute Samantha Forsythe schon auf mich wartete.“

Susan bestellte zur Verwunderung der anderen ein großes Bier.

„Ich habe Durst wie ein Fisch, das indische Essen war teuflisch scharf."

„Jetzt spann uns doch nicht noch länger auf die Folter! Was hat sie dir erzählt?"

Susan trank zunächst ihr Glas in einem Zug halb aus. Dann wischte sie sich den Schaum von der Oberlippe und atmete tief ein.

„Samantha Forsythe ist am Freitag mit Mark Fletcher nach London gefahren. Im Laufe des Samstags haben sie sich gestritten, und Samantha ist mit dem Zug nach Cornwall zurückgefahren."

Trevor Norman machte ein verächtliches Gesicht. „Vielleicht bringt's die Alte nicht. Ich hatte auch mal so eine Tussi, die sah zwar spitze aus, stand aber nur auf Kuschelsex."

Da niemand auf seine Provokation einging, wandte sich Norman enttäuscht dem Fernseher und seinem Whisky zu.

„Also, der Zweck der Londonreise war kein beruflicher, sondern rein privater Natur?"

„Richtig, Debbie. Daher stellt sich die Frage, was der gute Mark am Samstag und vor allem am Sonntag gemacht hat. Sein Alibi ist momentan jedenfalls keinen Pfifferling wert."

„Den knüpfe ich mir morgen selbst vor. Und was hat die Forsythe sonst noch erzählt?"

„Sie hat seit zwei Jahren eine Beziehung zu Mark. Der Alte wusste nichts davon. Hätte er etwas gewusst, hätte das Damoklesschwert der Entlassung über ihr geschwebt."

„Dadurch wird sie natürlich auch zur Verdächtigen", stellte Douglas fest.

„Wieso sollte sie sich selbst belasten?"

„Sie hat zunächst einmal Mark belastet. Vielleicht ohne zu ahnen, dass sich diese Aussage auch für sie nachteilig sein könnte."

„Möglich. Wir müssen den Spuren einfach nachgehen. Was ist eigentlich mit dem großen Unbekannten?"

„Nichts. Ich war noch mal bei Melrose und habe eine Phantomzeichnung angefertigt. Aber du weißt ja, wie es mit diesbezüglichen Aussagen aussieht. Die Notärzte können sich nicht an den Mann erinnern, die hatten sich um das Opfer zu kümmern."

„Vielleicht hat Melrose den Mann nur erfunden", mutmaßte Debbie.

„Warum sollte er?"

„Na ja, der große Unbekannte ist eine gute Möglichkeit, vom wahren Täter abzulenken."

„Schon, aber Melrose hat gar kein Motiv. Und selbst wenn er eines hätte, wieso sollte er einen Unbekannten erfinden? Stellt euch vor, Melrose wäre der Täter. Er hätte Fletcher umgebracht und dann? Natürlich hätte er jederzeit auf die Burg gehen und Fletcher ermorden können. Dann hätte er aber – denn dass ein Sturm heraufzieht, war bekannt – nicht den Rettungshubschrauber verlangt, sondern gar nichts unternommen und abgewartet, bis irgendwer irgendwann die Leiche findet. Ich denke, der wirkliche Mörder hatte darauf spekuliert. Er oder sie hat Fletcher vergiftet und gehofft, dass der Sturm möglichst lange anhält. Wenn man Fletcher nicht am Sonntag gefunden hätte, hätte sein Leichnam möglicherweise ein paar Tage lang unbemerkt auf der Burg gelegen."

„Das stimmt natürlich. Bei Sturm hat die Burg nicht geöffnet, und dieser Sturm soll noch bis Mittwoch andauern. Ich hoffe, dass sich der Unbekannte selbst meldet. Er dürfte inzwischen wissen, dass wir ihn suchen."

„Ich weiß nicht, Debbie. Vielleicht hat er Angst, in die Sache hineingezogen zu werden."

„Und wie gefällt euch meine Theorie?" Susan leerte gerade ihr zweites Pint. „Könnte es sein, dass der Unbekannte der Vater des Jungen Valdas ist? Er hat den Mord in Auftrag gegeben oder selbst begangen und wollte sich vergewissern, ob Fletcher tatsächlich tot ist."

„Na ja, das ist schon ein bisschen weit hergeholt. Ich denke, es nutzt jetzt wenig, weiter zu spekulieren. Machen wir uns morgen mit neuem Schwung an die Arbeit und trinken jetzt noch ein Bier, damit wir gut und ungestört schlafen können."

„Das ist eine gute Idee. Die Runde geht auf mich". Jetzt war Trevor Norman wieder aus seinem Schmollwinkel zurückgekehrt.

Kapitel 13 - Dienstag, 10.11.2009, Vormittag

Lee Moor, ein kleiner Ort am Rande des Dartmoors, nur einige Kilometer nordöstlich von Plymouth gelegen, war geprägt vom Kaolinabbau. Auf mehreren Quadratkilometern um die Siedlung herum erinnerte die Landschaft an eine Filmkulisse aus einem endzeitlichen Film. Tief eingegraben waren die Krater und Schluchten, die von der menschlichen Gier nach dem Rohstoff für das weiße Gold zeugten. Tongruben gefüllt mit stahlblauem Wasser lagen in unregelmäßigem Muster am Fuß der weißgrauen Hänge. Und dennoch waren die braungrünen Farben des Dartmoors präsent, lugten immer wieder zwischen der Tonerde hervor und legten sich wie ein schützendes Band um diese vom Menschen geschaffene Ödnis. Und mittendrin lag wie eine fruchtbare Oase das Dörfchen Lee Moor.

Hier wohnte seit Mitte der neunziger Jahre in einer Doppelhaushälfte in Whitehill Gardens unmittelbar beim Sportplatz die Familie Janauskas. Adam Janauskas hatte 1992 eine Stelle als LKW-Fahrer bei einer Spedition in Plymouth gefunden und seine Frau Dalia und die beiden Söhne Romas und Valdas ein paar Jahre später zu sich nach Devon geholt.

Dalia Janauskas stand am Herd ihrer Küche und briet ein Stück Fleisch an. Sie trug ein blauweiß geblümtes Kleid und darüber eine rote Schürze. Ihre Haare waren blond gefärbt und hingen ihr in Strähnen in das von tiefen Falten durchzogene Gesicht. Dalia war froh, dass der Sturm und der Regen etwas nachgelassen hatten, denn ihr Mann war um sechs Uhr mit dem LKW in Plymouth aufgebrochen und nach Carlisle im äußersten Norden

Englands unterwegs. Wenn alles gut lief, würde er am Nachmittag sein Ziel erreichen, mit der Rückfracht noch am Abend gen Süden zurückfahren und am kommenden Morgen den LKW bei der Spedition abstellen. Danach würde er einen freien Tag genießen können, bevor es für eine ganze Woche auf den Kontinent ging. Sie wollte gerade die Zwiebelschalen nach draußen zum Kompost bringen, als jemand an der Haustüre klingelte. Dalia stellte den Plastikeimer mit der Schale zurück auf die Resopalplatte, wischte sich die Hände rasch an einem Küchentuch ab und ging langsam durch den unbeleuchteten Flur zur Haustüre. Sie schaute vorsichtig durch den Türspion und sah eine große, dunkelhaarige Frau mit blauen Augen und einem dunklen Teint in einer feuerroten Outdoorjacke. Vorsichtig öffnete sie die Tür, nicht ohne vorher die Kette einzuhängen.

„Kann ich Ihnen helfen?", fragte Dalia unsicher.

„Mrs Janauskas, nehme ich an. Ich bin DS Rachel Ward von der Kriminalpolizei in Plymouth. Ich hätte ein paar Fragen, darf ich hereinkommen?"

„Oh mein Gott, es ist doch nichts mit meinem Mann passiert?"

„Keine Sorge, Mrs Janauskas, ich habe nur ein paar Routinefragen."

„Dann kommen Sie doch bitte herein." Dalia Janauskas löste die Türkette und öffnete die Tür. „Entschuldigen Sie bitte mein Aussehen, ich bin gerade am Kochen."

„Ich hoffe, ich störe Sie nicht."

„Nein, nein, kommen Sie doch bitte mit in die Küche. Darf ich Ihnen etwas anbieten?"

„Nein danke. Ich bin auch ganz schnell fertig."

Rachel setzte sich auf einen wackligen Stuhl am Küchentisch, während Dalia sich ihren Töpfen auf dem Herd widmete.

„Mrs Janauskas, waren Sie schon einmal in Tintagel?"

Rachel beobachtet die Frau ganz genau, konnte jedoch keinen verräterischen Ausdruck erkennen.

„Nein, Tintagel, wo soll denn das sein?"

„In Cornwall, dort ist eine Burg, die König Artus zugeschrieben wird."

„Nein, also ... alte englische Könige interessieren uns weniger. Wissen Sie, wir sind nach England gekommen, weil es hier Arbeit für meinen Mann gab. In unserem Urlaub fahren wir gerne zu unserer Familie in Litauen."

„Begleitet Sie Ihr Sohn Romas ebenfalls nach Litauen?", fragte Rachel scheinbar beiläufig.

„Ist etwas mit Romas geschehen?"

„Nein, nur keine Sorge."

„Romas war früher immer mit uns in den Ferien. Seit er mit dieser Frau zusammenlebt, sehen wir ihn nur sehr selten. Die beiden wohnen in Cambridge. Er ruft immerhin einmal in der Woche an."

Die ohnehin ziemlich unscheinbar wirkende Dalia schien plötzlich noch grauer zu werden, als sie es ohnehin schon war.

„Wissen Sie", sagte sie und blickte Rachel tief in die Augen, „wir kamen hierher und waren glücklich. Glücklich, dem Sowjetimperium entflohen zu sein und im goldenen Westen eine Zukunft gefunden zu haben. Doch es gibt kein Paradies ohne Schlange."

Dicke Tränen flossen jetzt ungehemmt aus ihren geröteten Augen. Dalia versuchte, sie mit dem Handrücken abzuwischen.

„Und diese Schlange ermordete unseren Valdas. Haben Sie Kinder?"

Rachel schüttelte den Kopf.

„Dann können Sie sich vermutlich nicht vorstellen, wie es ist, ein Kind auf diese Weise zu verlieren. Vor fünf Jahren ist nicht nur unser Sohn ums Leben gekommen, unsere ganze Familie ist gestorben. Wir existieren nur noch, und eigentlich wäre ich froh, wenn ich bei unserem Kind sein könnte. Mein Mann arbeitet noch mehr als früher. Er redet nicht über den Mord, Männer verdrängen immer alles, aber er leidet genauso wie ich. Und Romas haben wir in dieser Zeit auch verloren. Ich hoffe nur, dass er bei dieser Frau einen Halt findet."

„Hatten Sie nie den Wunsch, Ihren Sohn zu rächen?"

„Hätte ihn das wieder lebendig gemacht? Nein, seit dem Tod von Valdas sind auch wir gestorben – Ende.“

„Mrs Janauskas, können Sie mir die Adresse Ihres Sohnes in Cambridge sagen?“

„Wieso sind Sie hier? Wollen Sie uns quälen, in den kaum verheilten Wunden bohren?“

„Es tut mir leid, Mrs Janauskas, aber wir ermitteln in einer Mordsache. Ich muss Ihnen diese Fragen stellen, das ist für Sie vielleicht unangenehm, aber unbedingt notwendig.“

Rachel dachte, dass es für sie ebenfalls unangenehm war, die Frau derart auszufragen. Auf der anderen Seite wäre es ziemlich unklug, gleich mit der Tür ins Haus zu fallen, falls die Janauskas' tatsächlich etwas mit dem Mord an Fletcher zu tun hatten. Sie hatte gelernt, dass es allemal besser war, erst einmal auf den Busch zu klopfen, auch wenn dies für alle Beteiligten wenig vergnüglich war. Jedoch war der Beruf des Kriminalpolizisten auch keineswegs vergnügungssteuerpflichtig.

„Mrs Janauskas, kannten Sie Harold Fletcher?“

„Wie sollte ich seinen Namen vergessen? Er hat schließlich das Ungeheuer verteidigt. Was ist mit ihm? Ist er gestorben?“

Offenbar wusste die Frau nicht, was geschehen war. Oder sie war eine exzellente Schauspielerin. Doch dies nahm Rachel nicht an.

„Er wurde ermordet und wir suchen ein Mordmotiv.“

Offenbar verstand Dalia nicht was die Polizei in Erwägung zog. „Das tut mir natürlich leid. Er hatte vermutlich auch Familie. Aber wie kann ich Ihnen dabei helfen?“

Rachel überlegte kurz, entschloss sich dann aber, nicht direkt auf die Frage einzugehen.

„Wo waren Sie und Ihr Mann am vergangenen Sonntag?“

Dalia legte ihren Kopf in den Nacken und schloss die Augen. Für eine geraume Zeit antwortete sie nicht, so dass Rachel schon die Frage wiederholen wollte. Doch dann blickte Dalia direkt in Rachels Augen und sagte: „Wir waren in Paignton im Zoo. Mein Mann ist ganz fasziniert von Krokodilen. Dort kann man zusehen, wie sie gefüttert werden. Ich habe sogar die Eintrittskarten noch, wenn Sie mir nicht glauben."

Dalia stand auf und wühlte in einem Papierberg auf einer Ablage des Küchenschrankes. Kurz darauf wedelte sie mit zwei Eintrittskarten für den Zoo. Auf den Ausdrucken war das Datum von Sonntag zu lesen, sowie eine Uhrzeit: 14:00 Uhr.

Die Eintrittskarten waren zwar kein Beweis, aber immerhin ... Die Antwort war für Rachel einigermaßen glaubhaft. Sie würde sich die Bilder der Überwachungskamera am Zooeingang beschaffen, dann würde sie Klarheit haben.

„Noch eine Frage hätte ich, Mrs Janauskas. Haben Sie jemals nach der Verhandlung Paul Blackwell gesehen?"

Jetzt wurde das Gesicht von Dalia Janauskas vollkommen weiß: „Mein Gott, wissen Sie das nicht?"

Nein, Rachel wusste es nicht.

Kapitel 14 - Dienstag, 10.11.2009, Vormittag

Sie wachte auf und wusste nicht, ob sie noch lebte oder schon in eine andere Lebensform übergegangen war. Ein plötzlicher Brechreiz trieb Emma aus dem Bett, und sie spurtete aufs WC. Immerhin war sie noch am Leben, denn Tote fühlen keinen Schmerz und müssen sich nicht übergeben, so viel war sicher. Auf allen Vieren kroch Emma zurück ins Bett, zog die Decke über den Kopf und fiel nochmals in einen komatösen Schlaf.

Gegen Mittag erwachte sie abermals und spürte einen heftigen Schmerz hinter der rechten Schläfe. Emma setzte sich auf, atmete tief durch und hoffte, dass dieses Mal der Brechreiz ausbleiben würde. Mit Mühe rekonstruierte sie, was am Abend vorher geschehen war. Nach Kursschluss war sie mit einigen Kollegen in einen nahe gelegenen Pub gegangen. Sie versuchte, das vergangene Wochenende zu verdrängen und die Kopfschmerzen, wenn sie sich schon nicht durch Schmerztabletten vertreiben ließen, in ein paar Gläsern Bier zu ertränken.

Zunächst schien dieses Vorhaben auch zu gelingen. Emma wollte gerade gehen, als ein Kollege eine ganze Flasche Whisky auf den Tisch stellte. Sie wusste nicht mehr, wie – jedenfalls war die Flasche irgendwann leer gewesen, was bedeutete, dass die vier um den Tisch sitzenden Polizisten schwer zugeschlagen hatten. Wie sie in ihre Unterkunft gekommen war, wusste Emma nicht mehr.

Der Schlaf war traumreich und unruhig gewesen. Emma konnte sich an Bilder von Thorarollen erinnern, die auf sie hinunterfielen, und an einen uralten Mohel, der mit einem riesigen Messer hinter ihr her war. Und dann waren da immer wieder die Bilder von einer Mikwe, in der sie beim rituellen Tauchbad, der Tewila, zu ertrinken drohte.

Plötzlich blickte sie sich hektisch um und wurde von Angst übermannt, im Zustand des Vollrauschs einen Kollegen mit aufs Zimmer geschleppt zu haben. Es sah, zumindest auf den ersten Blick, nicht danach aus.

Emma sah auf ihr Handy. Es war kurz vor zwölf, also war der Vormittag gelaufen. Sie hoffte, wenigstens am Nachmittag halbwegs aufnahmefähig zu sein und den Kurs besuchen zu können. Sie stand auf, ging zum Wasserkocher und wollte sich gerade eine Tasse Tee zubereiten, als ihr Handy klingelte.

Es war Debbie.

„Hi Debbie, was gibt's?"

Emma versuchte, annähernd normal zu klingen, wusste jedoch sofort, dass es beim Versuch bleiben würde.

„Hallo Emma, was ist denn mit dir los? Du hörst dich ja furchtbar an."

„Ach, frag besser nicht!"

„So schlimm?"

„Schlimmer."

„Verstehe. Also, hör mal zu. Wir haben hier einen Fall, und eine Spur führt nach Cambridge."

Debbie schilderte ihr kurz den Stand der Ermittlungen.

„Und was soll ich hier tun? Ich bin schließlich auf Lehrgang."

„Rachel hat nach der Adresse des Sohnes gefragt, der lebt in Cambridge, und hier kommst du ins Spiel. Deine Aufgabe für heute nach Kursende ist es, den jungen Mann aufzusuchen und nach seinem Alibi zu fragen, anstatt deine Gesundheit zu ruinieren. Ich schicke dir alles per mail, was du brauchst."

Emma war weder willens noch in der Lage, irgendetwas zu sagen. Sie hoffte nur, diesen Tag irgendwie zu überstehen.

Sie hatte gerade den ersten Schluck des herrlich süßen Tees zu sich genommen, als das Handy erneut klingelte. Dieses Mal war es Davids Nummer. Emma beschloss, den Anruf zu ignorieren. Was sollte sie ihrem Freund jetzt auch sagen? Dass sie einen fürchterlichen Kater hatte, da sie die letzte Nacht ein paar Bier und einen viertel Liter Whisky getrunken hatte? Und dies vor allem deshalb, weil sie nicht wusste, wie sie auf seinen Heiratsantrag reagieren sollte?

Das Handy klingelte inständig, aber Emma blieb hart. Dennoch wusste sie, dass sie irgendwann zurückrufen musste, um nicht alles noch viel schlimmer zu machen.

Sie duschte, zog sich an und schwor sich, nie wieder Alkohol zu trinken, jedenfalls ein paar Tage lang nicht.

Kapitel 15 - Dienstag, 10.11.2009, Vormittag

Der Sturm hatte sich über Nacht etwas gelegt und auch der Regen hatte nachgelassen. Bob und Rebecca waren gut ausgeschlafen, als der Wecker gegen halb acht klingelte. Das Rauschen des Meeres und die Regentropfen, die der Wind gegen das Fenster peitschte, klangen nun schon fast harmonisch. Hamilton sprang aus dem Bett und verschwand im Badezimmer. „Hey, was ist mit dir los, hast du Angst vor mir?" „Immer, das weißt du doch", tönte es hinter der Badezimmertür. „Außerdem ist unser

Urlaub beendet." „Das war er schon gestern." „Aber heute will ich zurück aufs Festland." Rebecca wunderte sich, verzichtete jedoch in Anbetracht des plätschernden Duschwassers auf eine Antwort, die Hamilton ohnehin nicht hören würde. Als er seinen nassen Kopf wieder ins Schlafzimmer streckte, meinte die immer noch unter ihren Kissen verkrochene Rebecca: „Kannst du mir sagen, wie du heute zurück willst? Bei dem Seegang fährt zwar vielleicht ein Boot, aber so wie ich dich kenne, kotzt du während der dreistündigen Überfahrt den ganzen Atlantik voll." „Meine liebe Becks: Ich nutze mein Amt schamlos aus, und wenn du anständig bist, nehme ich dich sogar mit." Rebecca sah ihn leicht irritiert, leicht herausfordernd an. „Was meinst du damit?" Hamilton grinste zurück und ließ sich wieder ins Bett sinken. „Ich lasse den Polizeihubschrauber kommen. Da sterbe ich zwar mindestens tausend Tode, bis ich wieder festen Boden unter mir spüre, kotze aber nicht. Außerdem bin ich so in einer guten Viertelstunde in Penzance." „Was da wohl deine Chefin meint?" „Ist mir ziemlich egal. Außerdem interessiert das eher die gute Alison. Die ist zwar auch ranghöher, hat mir aber nichts zu sagen." Assistant Chief Constable Alison Miller war für die Finanzen bei der Polizei in Devon und Cornwall zuständig, eine liebenswerte ältere Polizistin, die viel besser eine Buchhalterin im ausgehenden 19. Jahrhundert abgegeben hätte. Leider wurde sie dazu etwas zu spät geboren und hatte daher, eher zufällig, eine Polizeilaufbahn eingeschlagen. Da sie in diesem Metier nicht unbedingt überzeugte, jedoch mit unbändigem, fast penetrantem Ehrgeiz ausgestattet war, wurde sie recht schnell zu jeweils höher dotierten Stellen weggelobt. So landete sie schließlich in Middlemoor, wo sie der Chief Constable John Marshall als Leiterin des Finanzwesens installierte, in der Hoffnung, hier würde sie den geringsten Schaden anrichten. Um halb elf standen Bob Hamilton und Rebecca Wynham auf der Zufahrtsstraße zum Star Castle. Auf einer Wiese unweit der Festungsanlage sollte der Hubschrauber jeden Moment landen. Glücklicherweise hatte der Regen ganz aufgehört und der Orkan war zu einem mittelprächtigen Sturm geschrumpft. Beide standen in ihren Windjacken und Rucksäcken am Straßenrand und blickten in den östlichen Himmel. „Und du bist dir sicher, dass der Hubschrauber kommt?“ „Ich habe vor einer halben Stunde noch mit dem Piloten telefoniert. Keine Sorge, der kommt gleich.“ Die Minuten verrannen und Rebecca wurde leicht ungeduldig. „Mir ist kalt, ich warte hier nicht den ganzen Tag. Warum hast du es plötzlich so eilig? Die Leiche läuft dir nicht mehr davon. Außerdem, mein Lieber, du hast ein Team, das die Ermittlungen führt. Du bist nur der Chef.“ „Eben, ein guter Chef ist immer am Ball.“ „Du bist unverbesserlich, Bob! Übrigens, wie schlägt sich denn eigentlich Rachel in Plymouth?“ Die beiden hatten Rachel vor drei Jahren, kurz nachdem Hamilton von Manchester nach Middlemoor gewechselt war, kennengelernt. Damals gab es einen spektakulären Mord, der nahezu perfekt gewesen wäre, hätte Rachel Ward nicht eine gute Spürnase und noch mehr Ausdauer besessen. Rachel war damals normale Streifenpolizistin beim Polizeirevier von South Molton gewesen. Nach erfolgreichem Abschluss des Falles hatte Hamilton die engagierte Polizistin im Auge behalten und ihr ein knappes Jahr später eine Stelle beim Kriminalermittlungsteam in Plymouth angeboten. Rachel hatte ohne Zögern zugesagt und im vergangenen Sommer die Prüfung zum Sergeant absolviert. „Recht gut, glaube ich. Wir haben sie auf unsere Janauskas-Spur angesetzt. Wenn ich auch nicht glaube, dass viel dabei herauskommt ... Ich werde sie übrigens noch heute Nachmittag sehen.“ „Du führst also schon wieder Ermittlungen auf eigene Faust.“ „Nein, ich unterstütze lediglich das Team. Außerdem gleiche ich nur Parkers Zurückhaltung aus.“ „Jetzt sag bloß nicht, dass Steve seine Arbeit nicht gut macht!“ „Das habe ich auch nicht gemeint. Aber du musst doch zugeben, dass er bisweilen sehr an seinem Schreibtisch klebt.“ Superintendent Steve Parker hatte mit Hamilton die Polizeischule besucht, und beide waren seit dieser Zeit gut befreundet. Parker war derjenige gewesen, der Hamilton den Posten in Middlemoor schmackhaft gemacht hatte. Und tatsächlich ergänzten sich die beiden sehr gut. Plötzlich tauchte am Horizont der gelbe Hubschrauber mit der blauen Schnauze vom Typ Eurocopter BK 117 C1-C auf. Hamilton wedelte wie wild mit den Armen, als wäre er ein Schiffbrüchiger, der ein am Horizont vorbeisegelndes Schiff auf sich aufmerksam machen wollte. Wenig später kreiste er über ihren Köpfen und landete dann sanft auf der grünen Wiese. Hamilton und Rebecca rannten auf den Hubschrauber zu, der schon die Türe geöffnet hatte. Schnell stiegen sie ein und zogen sich die Kopfhörer über, ohne die eine Kommunikation aufgrund des Motorenlärms nicht möglich war. „Guten Morgen, Ma'am, guten Morgen, Sir, ich hoffe, Sie mussten nicht zu lange auf mich warten", meinte der Pilot. „Kein Problem", gab Hamilton zurück. „Fliegen Sie auf dem schnellsten Weg nach Penzance, dort steht unser Auto." „Bitte fliegen Sie vorsichtig, unser Chief Super hat furchtbare Flugangst", merkte Rebecca an und hatte dabei Mühe, ein Kichern zu unterdrücken. „Becks, untergrabe nicht meine Autorität!" „Keine Sorge, unsere Reisegeschwindigkeit liegt bei 250 Stundenkilometern, wir sind in fünfzehn Minuten am Ziel." Hamilton hoffte, dass diese fünfzehn Minuten nicht die längsten – oder schlimmer noch, die letzten – seines Lebens werden würden. Der Flug verlief ruhiger als Hamilton befürchtet hatte. Der Pilot setzte die beiden am Flugplatz ab und flog dann weiter zu seinem Stützpunkt. Auf dem Weg zu Hamiltons neuen Dienstwagen, einem orangefarbenen Discovery 4, fragte Rebecca: „Wieso musstest du diese Quietschfarbe auswählen? Etwas dezenter hätte dem Chief Super sicher auch gut gestanden." „Bin ich dezent?" Rebecca schüttelte den Kopf. „Du musst aber doch nicht immer auffallen." „Im Straßenverkehr falle ich gerne auf. Du hast zwar prinzipiell recht, aber ich kann nicht verstehen, wie heute die meisten Menschen diese grauen und anthrazitfarbenen Autos kaufen können. Understatement ist zwar lobenswert, auf der Straße jedoch lebensgefährlich. Außerdem finde ich mein Auto relativ leicht, wenn ich es auf einem großen Parkplatz abgestellt habe und nicht mehr genau weiß, wo es zu finden ist. Außerdem ist deine Karre auch nicht zu übersehen." „Das ist was anderes. Erstens handelt es sich bei meinem Auto um einen Privat- und nicht um einen Dienstwagen, und zweitens bin ich ein Mädchen." „Und was für eines!" Hamilton drehte sich zu ihr um, legte seine Arme um sie und gab ihr einen Kuss. Inzwischen hatten sie den Discovery erreicht, die Rucksäcke im Kofferraum verstaut und waren eingestiegen. „Wo fahren wir jetzt zuerst hin?“, wollte Rebecca wissen. „Den Hund abholen natürlich. Dein Vater wird froh sein, die Töle los zu werden.“ „Ich glaube eher, du hast Sehnsucht nach deinem Liebling. Du weißt doch, dass der Hund für meinen Vater keine Mühe bedeutet. Im Gegenteil, Mutter würde nie einem eigenen Hund zustimmen. Aber sie kann unsere Anfrage schlecht ablehnen. Zumal sich Vater um Duke kümmert.“ Duke war der vierjährige Weimaraner, den sich Hamilton nach der Scheidung von seiner Frau Lucy zugelegt hatte. Normalerweise waren Bob Hamilton und sein Hund unzertrennlich, aber in jüngster Zeit war er froh, den großen Vorstehhund bei Bedarf in zuverlässige und liebevolle Hände abgeben zu können. Und in Reverend Wynham hatte er solche gefunden. „Jedenfalls fahren wir jetzt erst mal nach Tavistock“, meinte Hamilton und schob „Stormbringer“ von Deep Purple in den CD-Spieler. Er bedauerte, dass das neue Auto keinen Anschluss für seinen Ipod hatte, denn das Herumhantieren mit den CDs während der Fahrt war ziemlich lästig. Doch bald würde er einen solchen einbauen lassen und das Ganze selbst finanzieren. „Hatten wir nicht schon genügend Sturm?“, fragte Rebecca – zweifellos eine rhetorische Frage. Es hatte wieder zu regnen begonnen, und der Regen wurde heftiger, je weiter sie nach Osten kamen. Zu dem Regen gesellte sich ein böiger Wind. Rebecca stieß Hamilton mit dem Ellbogen in die linke Seite. Der grinste sie nur an und sagte: „Wenn ich das Wetter beeinflussen könnte, wäre ich kein Polizist geworden. Da könnte ich viel einfacher viel mehr Geld verdienen.“ Sie näherten sich Bodmin und Hamilton kam ernstlich in Versuchung, die A 30 zu verlassen. Kurze Zeit später klingelte sein Handy. Zu seiner großen Verwunderung war es der Chief Constable, der ihn anrief. „Hallo Sir, was verschafft mir die Ehre Ihres Anrufes?“ „Bob, Sie müssen sofort zum Flughafen nach Plymouth. Auf einem Flug von London nach New York gab es einen Zwischenfall. Offenbar konnte ein Attentat nur knapp verhindert werden. Wir müssen die Sicherheitsvorkehrungen bei allen Flughäfen massiv ausweiten" „Sir, mit Verlaub, aber Sie wissen doch genauso gut wie ich, dass diese ganzen Aktionen nichts anderes als Augenwischerei sind. Und was soll ich dabei?" „Bob, natürlich weiß ich, dass dieser Aktionismus nichts bringt. Aber die Öffentlichkeit sitzt uns im Nacken. Stellen Sie sich die Schlagzeilen in der Zeitung vor, wenn wir nichts tun würden. Außerdem kommt die Anweisung von ganz oben. Da können wir gar nichts anderes machen, als mit den Wölfen zu heulen. " „Sir, wir haben einen Mord in Tintagel", protestierte Hamilton. „Sie haben gute Polizisten, die lösen diesen Fall schon. Darf ich Sie daran erinnern, dass Sie Chef der gesamten Kriminalpolizei sind und nicht nur Chef der Mordkommission? Sie können Rebecca übrigens gleich nach Plymouth mitnehmen. Sie kann sich dort der örtlichen Presse stellen und erklären, dass wir alle notwendigen Maßnahmen ergriffen haben und so weiter. Ich nehme an, Sie hören mit, Rebecca?" „Hallo Sir, ich habe Sie gut verstanden. Alles klar." „Dann hoffe ich, dass Sie beide wissen, was Sie zu tun haben. Vielen Dank und viel Erfolg." Chief Constable Marshall hatte aufgelegt, und Hamilton und Rebecca blickten einander fragend an. „Dein Hund muss warten, also los nach Plymouth." „Tell me gypsy, can you see me in your crystall ball?", sang David Coverdale und Hamilton fragte sich, ob er diesen Vers für ihn jetzt sang. „Diese Terrorismusscheiße regt mich auf! Als ob es sonst nichts auf der Welt gäbe. Wenn nur ein Bruchteil der hier verbratenen Ressourcen der Polizei vor Ort zur Verfügung stände! Es ist doch zum Verzweifeln." Und tatsächlich hatte sich die Polizeiarbeit seit dem 11. September grundlegend verändert. Die besten Leute wurden von der normalen Polizeiarbeit abgezogen und zur Terrorismusabwehr eingesetzt. Bataillone von Spezialisten saßen an Computern und suchten nach Islamisten, Al Kaida oder sonstigen tatsächlichen und vermeintlichen Gefahren für das Abendland. „Würde all dieses Geld und Personal an sozialen Brennpunkten und vor allem auf der Fläche eingesetzt werden, wäre die Welt kaum gefährlicher. Ich glaube sogar, wir hätten weniger Kriminalität und nicht unbedingt mehr Terroranschläge. Irgendein Schwachkopf, der sich und andere in die Luft jagt, findet sich immer. Da kann man noch soviel kontrollieren und überwachen. Selbst in einem totalitären Staat sind Anschläge möglich." „Das sehe ich ähnlich Bob. Auf der anderen Seite sind die Gefahren real und Sicherheit, vor allem auf den Flughäfen, ist schon wichtig." „Aber Becks, ich spreche mich doch gar nicht gegen die Kontrolle auf Flughäfen aus. Die ist notwendig und richtig. Mir geht es vielmehr um die Heerscharen von Polizisten, die das Internet durchpflügen. Das kostet nur Geld und bringt nicht viel. Und vor allem die schwachsinnigen Regelungen im Flugverkehr. Flüssigkeiten darf man nicht mit durch die Kontrollen nehmen. Nach den Kontrollen kommen die Duty Free Shops." „Stimmt. Und dort kann man notfalls auch das kaufen, was für einen Anschlag benötigt wird." „Mir haben sie in Heathrow vor zwei Jahren ein kleines Taschenmesser abgenommen. Das war so stumpf, damit konnte ich nicht einmal vernünftig schneiden, geschweige denn jemanden erstechen. Es war gerade gut genug, um Butter auf dem Brot zu verteilen. Später auf dem Flug gab es für das Essen ein Besteck, das wirklich gefährlich war. Die Gabeln waren speerspitz und die Messer waffenscheinpflichtig." Rebecca nickte. „Ich verstehe, was du meinst." Die letzten Klänge von „Soldier of Fortune" verklangen. Hamilton legte „Deep Purple in Rock" ein und stellte die Anlage deutlich lauter. Rebecca, eher in der klassischen Musik zuhause, hatte sich an die meisten Macken Hamiltons bereits gewöhnt und lehnte sich grinsend in ihren Sitz zurück.

Kapitel 16 - Dienstag, 10.11.2009, Nachmittag

Tintagel lag genau so trüb und grau an der Nordküste Cornwalls wie am Vortag. Gordon Douglas wollte sich an diesem Dienstag mit Michael Fowler, dem ehemaligen Kassierer der Burganlage, unterhalten. Am Vormittag hatte er noch mit Debbie und Steve Parker zusammengesessen und über die aktuelle Entwicklung des Falles diskutiert. Als dienstältestes Mitglied des Ermittlungsteams war er Debbies Stellvertreter, und sie legte großen Wert auf seine Erfahrung. In den letzten Wochen und Monaten hatte seine Motivation angesichts der schlechten Berufsaussichten für ihn in Middlemoor gelitten. Debbie, zehn Jahre jünger als er, war seit drei Jahren seine Vorgesetzte und hatte sicher keine Ambitionen auf einen anderen Job. Douglas hatte lange mit sich gerungen und sich im vergangenen Monat für eine Stelle als Detective Chief Inspector in Burnley beworben. Sicherlich war die alte Industriestadt im Norden mit all ihren Problemen kaum mit dem Südwesten vergleichbar. Burnley hatte einen hohen Anteil an Migranten und daher auch ein Problem mit dem Nationalismus: Die Stadt galt als eine der BNP-Hochburgen. Das Leben war für ihn und seine Familie im Süden vermutlich geruhsamer. Aber die beiden Kinder waren bereits ausgezogen und hatten ein Studium begonnen. Lisa studierte in Cambridge Philosophie – was auch immer sie mit einem solchen Studium anfangen wollte. Und Ken hatte in diesem Jahr sein Studium der Rechtswissenschaften in Plymouth aufgenommen. Daher war der Reiz des Neuen größer als alle Bedenken, und immerhin stellte Burnley mit den Clarets einen Fußballverein in der Premier Division. So hatte er sich für die ausgeschriebene Stelle beworben, ohne allerdings sehr viel Hoffnung auf Erfolg. Umso mehr überraschte ihn der Telefonanruf aus Burnley, der ihn während des Mittagessens, das aus einer versalzenen, dafür aber kalten Pizza vom Straßenrand bestand, erreichte. Gordon Douglas hatte die Stelle erhalten. Das Problem war nur, dass er sie am besten sofort, in jedem Fall Anfang des kommenden Monats antreten sollte. Das war zwar dienstrechtlich kein Problem, kam dann aber doch etwas unverhofft. Douglas fluchte über den wieder einsetzenden Regen und schaltete den Scheibenwischer des alten Mondeo ein, der quietschend über die Windschutzscheibe kratzte. Was sollte er jetzt tun? Er musste so bald wie möglich mit Debbie sprechen. Oder sollte er gleich mit Parker reden? Nein, das wäre ein Affront gegen Debbie.

Egal, jetzt wollte er erst einmal den ehemaligen Kassierer von Tintagel aufsuchen und sich auf den aktuellen Fall konzentrieren. Doch seine Gedanken waren bald wieder bei seiner neuen Stelle in Burnley. Nun hatte er doch noch eine realistische Chance, als Superintendent seine berufliche Laufbahn abzuschließen. Regen und Sturm wurden wieder stärker, als er sich dem Städtchen näherte. Die Wohnung von Michael Fowler lag im Erdgeschoss eines Hauses in der Nähe des alten Postamtes, das windschief und grau, als sei es extra für die Touristenmassen aus aller Herren Länder gebaut worden, dem Zahn der Zeit trotzte.

Gordon Douglas parkte den Wagen auf dem großen Parkplatz in der Stadtmitte, schlug seinen Mantelkragen hoch und ging in leicht gebückter Haltung, als könne er dadurch dem Regen ausweichen, zur Wohnung des alten Fowler. Bald saß er im Fowler'schen Wohnzimmer auf einer gepolsterten Eichenbank. Mrs Fowler hatte Teewasser aufgesetzt und brachte eine Kanne kräftigen Assams und eine große Platte mit selbst gebackenen Scones, Butter und Himbeermarmelade ins Wohnzimmer. „Die Marmelade ist auch selbst gemacht, Inspector. Greifen Sie nur zu.“ „Vielen Dank, Mrs Fowler.“ Gordon Douglas griff mit großem Appetit zu. Ein echter englischer High Tea war immer noch das Beste, was es gab, besonders bei solchem Wetter. Jedenfalls kein Vergleich zu der Pizza, die er vorhin heruntergeschlungen hatte. Nachdem er ein paar Bissen gegessen, einen ordentlichen Schluck des heißen Tees getrunken und einige Höflichkeitsfloskeln ausgetauscht hatte, widmete er sich dem eigentlichen Grund seiner Anwesenheit. „Mr Fowler, Sie wissen, weshalb ich hier bin. Mr Melrose sagte uns gestern, dass Sie das Opfer kannten. Was können Sie uns über Mr Fletcher erzählen?“ „Nun, gekannt habe ich ihn nicht.“ Michael Fowler fuhr sich mit den knochigen Fingern durchs schüttere, graue Haar. Er hatte ein adlerhaftes Aussehen mit wachen, hellblauen Augen und einer Hakennase. „Ich war viele Jahre lang bei der Burg beschäftigt. Ursprünglich habe ich als Maurer gearbeitet. Die Firma, bei der ich angestellt war, hatte einen Auftrag vom Heritage, einige Mauern zu sichern. Die Arbeit hat mir sehr gut gefallen, und da es ständig etwas zu sichern gab, war ich sehr oft mit irgendwelchen Maßnahmen bei der Burg beschäftigt.“ Gordon Douglas war zwar nicht an Fowlers Lebenslauf interessiert. Allerdings hatte ihn die Erfahrung gelehrt, wann es notwendig war, ein Gespräch zu steuern und wann es besser war, es einfach laufen zu lassen. Hier war Letzteres der Fall und er hoffte, aus dem langen Bericht etwas Brauchbares zu erfahren. „Und später, in der Wirtschaftskrise der siebziger Jahre, wurde ich arbeitslos. Ich fragte bei der Burgverwaltung, ob sie einen Job für mich hätten. Der Vorgänger von Melrose sagte mir, dass ein guter Maurer immer gebraucht würde. So arbeitete ich als Maurer, wenn es vonnöten war. Den Großteil der Zeit saß ich jedoch an der Kasse, bis ich vor fünf Jahren pensioniert wurde. Noch heute helfe ich in der Hauptsaison aus.“ „Und wann haben Sie Harold Fletcher kennengelernt?“ „Das war irgendwann Ende der siebziger Jahre. Mir fiel auf, dass Fletcher und sein Sohn – er war damals zwei oder drei Jahre alt – jeden Sonntag zur Burg kamen. Da kommt man eben ins Gespräch; nichts Wesentliches, einfach ein paar nette Worte, wie sie Menschen wechseln, die sich zwar regelmäßig sehen, aber nicht kennen. Sie wissen, was ich meine?“ Douglas nickte. „War Fletcher mit seinem Sohn immer alleine, oder waren manchmal weitere Personen dabei? Können Sie sich daran erinnern, jemanden zusammen mit den beiden gesehen zu haben?“ „Nein, niemals. In den ersten Jahren kam Fletcher mit seinem Sohn, später immer alleine. Sonntag für Sonntag.“ „Und Sie können sich nicht erinnern, dass sich Fletcher jemals mit irgend jemandem unterhalten hat?“ „Soweit ich weiß, nicht. Ich kann natürlich nicht beschwören, dass er sich nicht mit irgend jemandem oben getroffen hat. Er war immer alleine. Auch Willie vom Café ist aufgefallen, dass Fletcher zwar jeden Sonntag kam, aber niemals mit jemandem an einem Tisch saß. Für Fletcher war das so eine Art Ritual. Vermutlich hatte er in seinem Beruf genug mit Menschen zu tun und wollte an einem Tag in der Woche einfach seine Ruhe.“ „Versuchen Sie sich zu erinnern, ob Fletcher Ihnen gegenüber etwas erwähnt hat, was möglicherweise von Bedeutung ist?“ Michael Fowler trank einen Schluck Tee, kratzte sich abermals am Kopf und kniff die Augen zusammen. „Einmal hat mir Fletcher erzählt, dass er als Jugendlicher die Burg besucht hatte. Irgendwie muss das ein besonderes Erlebnis für ihn gewesen sein. Mehr weiß ich leider nicht. Er hat dies auch nur einmal erwähnt.“ „Wann war das?“ „Vor vielleicht zehn Jahren.“ „Können Sie sich vorstellen, was der Grund dafür war, dass er dieses persönliche Erlebnis Ihnen gegenüber erwähnt hat?“ „Keine Ahnung. Vielleicht hatte er einfach einen sentimentalen Tag. Ich weiß es nicht. Glauben Sie, dass diese Geschichte eine Bedeutung hat?“ „Das kann ich nicht sagen. Wir tappen noch absolut im Dunkeln. Wenn wir wenigstens wüssten, nach was wir suchen. Ich hätte noch eine weitere Frage.“ Douglas kramte umständlich das Phantombild des unbekannten Zeugen aus seiner Manteltasche und breitete es auf dem Tisch zwischen Teekanne, Scones, Butter und Himbeermarmelade aus. „Kennen Sie diesen Mann?“ Michael Fowler stand auf, zog eine Brille aus einer Schublade des mächtigen Wohnzimmerschrankes und setzte sie auf seine Hakennase. Er sah das Bild intensiv an und schloss dann die Augen. „Ich bin mir nicht sicher, aber ich glaube, das könnte der Kapitän sein.“ „Wer?“ „Ich weiß nicht, wie er heißt, aber er kam früher oft zur Burg. Und meistens hatte er eine Seemannsmütze auf dem Kopf. Deshalb nannten wir ihn Kapitän.“ „Und wissen Sie, wo dieser Kapitän wohnt?“ „Es tut mir leid. Ich kann mich nur an seinen walisischen Dialekt erinnern. Wir konnten ihn kaum verstehen.“ Gordon Douglas lehnte sich zurück und spürte, wie die Gedanken blitzschnell durch seine Gehirnwindungen strömten. Fletcher stammte aus Wales, dieser Kapitän hatte einen walisischen Dialekt, konnte es da einen Zusammenhang geben?

Kapitel 17 - Dienstag, 10.11.2009, Abend

Den Nachmittag hatte sie einigermaßen unbeschadet überstanden. Falls irgendwelche Kollegen sie fragten, wo sie am Morgen gewesen sei, überhörte sie die Fragen geflissentlich. Immerhin beruhigte es sie, dass ihre Zechkumpanen auch am Nachmittag durch Abwesenheit glänzten. Dennoch war sie froh, als sich der Zeiger der Fünf-Uhr-Marke näherte und der Kurs dem Ende. Emma ging zurück zu ihrer Unterkunft, verbrachte eine halbe Stunde im Badezimmer und startete dann das Notebook, um die E-Mail von Debbie zu studieren. Vorher kochte sie sich noch eine Portion Wasser und gab einen Boullionwürfel dazu, den sie unterwegs gekauft hatte. Die salzige Suppe war jetzt genau das Richtige. Romas Janauskas wohnte mit seiner Freundin Patma Bramapur zusammen, deren Großeltern vor fast fünfzig Jahren aus Pakistan nach England gekommen waren. Er jobbte als Lagerarbeiter in einer Eisenwarenhandlung, sie gelegentlich als Aushilfsverkäuferin in einem polizeibekannten Eckladen, in dem es nicht nur legale Konsumgüter zu kaufen gab. Offenbar hatte der Schuppen auch Verbindungen zur islamistischen Szene.

Kein Wunder, dass Romas' Eltern nicht unbedingt glücklich über die Beziehung ihres Sohnes waren. Aber das brauchte Emma nicht zu interessieren. Sie interessierte es vielmehr, ob Romas Verbindungen zu Fletcher hatte. Gestärkt von der Boullion und einigermaßen gut informiert machte sich Emma auf den Weg zu Romas' Wohnung, und ihr schwante nichts Gutes, als die Straßen immer dreckiger und die Beleuchtung immer spärlicher wurde. Emma wunderte sich fast, dass es selbst im noblen Cambridge derart heruntergekommene Viertel gab.

Endlich war sie am Ziel angekommen. Sie parkte ihren Wagen und hoffte, ihn später in komplettem Zustand wiederzufinden. Ein Hochhauskomplex mit himmelblauem Anstrich aus den späten sechziger Jahren, ursprünglich eine Wohltat des Sozialstaates, war nach vierzig Jahren zu einem baufälligen Betonklotz verkommen. Die Außentreppe zum vierten Stockwerk, in dem Romas und seine Freundin wohnten, war unbeleuchtet, und

Emma hatte Bedenken, sie zu betreten. Nicht so sehr wegen möglicher Belästigungen – da wusste sie sich schon zu wehren! – , sondern vielmehr wegen des maroden Putzes, der überall herunterzubrechen drohte. Bald stand sie vor einer grauen Metalltür, die ebenso wie das ganze Gebäude mit Graffitis übersät war. Neben der Tür hing ein klappriger Briefkasten und eine Klingel, die Emma gespannt betätigte. Sie funktionierte überraschenderweise: Von drinnen war ein aufdringliches Läuten zu hören. Nach kurzer Zeit öffnete sich die Tür, und ein ungekämmter Mann mit pickelübersätem Gesicht und einer offenbar gebrochenen Nase stand unter dem Türrahmen. „Romas Janauskas?" „Wer will das wissen?" „DS Hughes." Der Mann wollte schon wieder die Tür zuschlagen, doch Emma hatte schnell ihren Fuß über die Schwelle geschoben und trat ihrerseits unter die Tür. „Darf ich hereinkommen?" „Sie sind ja schon drin. Das ist Hausfriedensbruch. Ich rufe sofort meinen Anwalt an." „Tun Sie das bitte. Aber dazu gibt es keinen Grund, ich habe nur ein paar unverfängliche Fragen." „Um was geht's?" „Können wir uns setzten?" Romas Janauskas brummte irgendetwas Unverständliches und schlurfte durch den kahlen Flur, der lediglich von einer Glühbirne beleuchtet war. Sie kamen in ein Wohnzimmer, das aussah, als wäre es im vergangenen Jahrzehnt weder geputzt noch aufgeräumt worden. Janauskas warf einen Kleiderberg von einem zerschlissenen Sofa und bot Emma den Platz an. Er selbst hockte sich rittlings auf einen beträchtlich ächzenden Holzstuhl. „Was könnte die Polizei von mir wollen?", fragte Janauskas mit aufgesetzter Unschuldsmiene. „Es geht um den Rechtsanwalt Harold Fletcher. Sagt Ihnen der Name etwas?" „Was sollte mir der Name eines Anwaltes sagen?" „Harold Fletcher hat Paul Blackwell, den Mörder Ihres Bruders verteidigt." „Hm – und?" „Fanden Sie nicht, dass der Freispruch ungerechtfertigt war?" „Spielt das eine Rolle? Mein Bruder war tot." „Und hatten Sie keinen Hass auf Blackwell oder seinen Verteidiger?" „Nein, ich hatte nur einen Hass auf meinen Bruder." „Wieso denn das?" „Können Sie sich vorstellen, wie es ist, mit einem toten Bruder aufzuwachsen? Wenn es immer nur den toten Bruder gab und die Eltern so taten, als gäbe es mich nicht? Ich habe meinen Bruder gehasst, weil er sich hatte umbringen lassen." Emma hörte gespannt zu und blickte sich langsam in dem Zimmer um. Hinter unzähligen Postern mit Bildern idealisierter Landschaften lugte eine Siebziger-Jahre-Tapete hervor, die scheinbar aus der Wand herausfallende Kugeln zeigte. An der Decke hing ein alter Leuchter, der ebenfalls aus dieser Zeit stammen dürfte. Der Fußboden war übersät mit Wäsche, teils gewaschen, zum größten Teil jedoch ungewaschen, Zeitungen, Zeitschriften ... und in einer Ecke entdeckte Emma einen Stapel Pornohefte. Eine wackelige Wohnwand, die einen nagelneuen Flachbildfernseher trug, war neben dem Sofa, dem Stuhl und einem speckigen Holztisch das einzige Möbelstück. „Wissen Sie, ich war froh, als ich endlich zu Hause ausziehen konnte. Meine Eltern taten so, als sei Valdas noch am Leben. Er war schon immer ihr Liebling, doch als er tot war, war er für mich noch lebendiger als vorher. Das Leben war für mich die Hölle. Was interessierte mich da dieser Blackwell oder sein Anwalt? Wissen Sie, ich war fast froh, dass mein Bruder tot war, so habe ich ihn als Teenager gehasst. Ist doch paradox, nicht. Und irgendwann haben meine Eltern angefangen, mich genau zu kontrollieren und mir nachzuspionieren. Sie wollten wissen, mit wem ich mich treffe, was ich neben der Schule alles mache – es war die Hölle!" „Denken Sie nicht, Ihre Eltern haben sich um Sie Sorgen gemacht und hatten nur Angst, dass es Ihnen ebenso ergeht wie Ihrem Bruder?" „Dann hätten sie doch normal mit mir reden können. Ihre Kontrolle war krankhaft. Sie können sich nicht vorstellen, wie die sich angestellt haben, als ich meine erste Freundin hatte." „Nein, das kann ich nicht." „Sie kamen polternd in mein Zimmer und wollten wissen, was wir machen. Dabei haben wir nur etwas rumgeknutscht. Meine Mutter ist fast ausgeflippt. Sie hat mir Schimpfworte an den Kopf geworfen, als hätte ich einem Blinden den Hund vergiftet. Meine Freundin hat unser Haus fluchtartig verlassen und mir den Laufpass gegeben. Das kann ich ihr nicht einmal verdenken. Nein, ich hatte keinen Gedanken an diesen Anwalt verschwendet." „Auch nicht später, nachdem Sie hierher gezogen waren?" „Wie käme ich dazu? Hier geht es mir gut. Ich habe meine Freiheit, und, wenn ich meine Eltern einmal in der Woche anrufe, sogar meine Ruhe. Und sie wissen, wenn sie anfangen, über Patma zu jammern, lege ich sofort den Hörer auf. Was wissen die denn überhaupt – verklemmtes katholisches Volk! Klar ist Patma Muslima, aber das hat für mich viele Vorteile. Sie hat nicht diese überzogenen Ansprüche westlicher Frauen, sondern sie hat ganz vernünftige Ansichten. Wenn ich mit ihr schlafen will, zickt sie nicht blöd rum, sondern lässt sich gerne vögeln." Emma war sich nicht sicher, ob diese Bereitwilligkeit ganz uneigennützig war, wollte sich jedoch nicht auf Nebenschauplätzen verlieren. „Mr Janauskas, wo waren Sie am vergangenen Sonntag zwischen vierzehn und sechzehn Uhr?", fragte Emma bestimmt und kam damit zum eigentlichen Thema zurück. Sie musterte den ungepflegten Mann und dachte sich, dass er, hätte er in Tintagel die Burg betreten, bestimmt jemandem aufgefallen wäre. „Ich war hier und habe das Fußballspiel im Fernsehen angeschaut. Sie können Patma fragen." Emma glaubte ihm und war überzeugt, dass Romas Janauskas, mochte er auch sonst in dubiose Sachen verwickelt sein, in diesem Falle unschuldig war.

Kapitel 18 - Mittwoch, 11.11.2009, Vormittag

Sturm und Regen hatten sich gelegt, und am dritten Tag nach dem Mord an Harold Fletcher waberten dichte, nahezu undurchdringliche Nebelschwaden durch den Südwesten und verbreiteten eine fast heimelige Stimmung. Gordon Douglas war es gar nicht heimelig zumute, als er um kurz nach acht vor Debbies Büro in Middlemoor stand. Er klopfte an und trat ein, ohne auf eine Antwort zu warten. Debbie schaute erstaunt von ihrem Schreibtisch auf. „Red, was gibt's?" „Darf ich mich setzen?" Gespannt wies Debbie ihm den Besucherstuhl an dem runden Tisch unter einem der beiden Fenster zu und setzte sich zu ihm. „Also, ich bin ganz Ohr. Du hast doch was auf dem Herzen, wenn du so in mein Büro kommst." Douglas schluckte einmal, räusperte sich dann, holte tief Luft und sagte: „Debbie, ich habe eine Stelle in Burnley. Ich verlasse euch nur ungerne, aber das war meine letzte Chance, mich zu verändern. Es tut mir leid, dass ich bislang nichts gesagt habe, aber ich wollte die Gäule nicht unnötig scheu machen." „Das verstehe ich gut", sagte Debbie nach einer kurzen Pause und nickte dabei mehrfach mit dem Kopf. Jetzt war ihr schlagartig klar, weshalb sich Douglas in den letzten Wochen so sonderbar verhalten hatte. Es lag also nicht an ihren mangelnden Führungsqualitäten. „Und wann bist du weg?" „Es fällt mir nicht ganz leicht, das so zu sagen, aber ich möchte darum bitten, so schnell wie möglich gehen zu dürfen. Es hängt davon ab, wann du mich weg lässt." „Das hängt nicht von mir ab, das entscheidet der Chief Super. Ich verliere dich nicht gerne, du bist, du warst mein bester Mann. Aber ich verstehe dich gut. An deiner Stelle hätte ich mich vermutlich auch irgendwo beworben, wo eine Aussicht nach oben besteht. Dann gehen wir mal zu Hamilton. Ich hoffe, dass er noch nicht beim Chief ist. Die haben später eine Besprechung wegen der blöden Terroristen." Douglas verdrehte die Augen und Debbie lachte laut auf. Hamiltons Büro erinnerte mehr an das Domizil eines Verbandsvertreters der Aberdeen Angus Züchter als an das eines Kriminalpolizisten. An den Wänden hingen unzählige Bilder der schwarzen Rindviecher, außerdem Aufnahmen von Hochlandrindern und Galloways. Dazu lag in der Ecke unter einer Fotografie des Ben Nevis ein eindrucksvoller Weimaranerrüde in einem großen Hundekorb. Auf dem Schreibtisch stand ein riesiges Angusrind aus massivem Messing, das in jedem zweitklassigen Krimi ein erstklassiges Mordwerkzeug hergegeben hätte. Daneben ein nagelneuer iMac auf dem säuberlich aufgeräumten Schreibtisch. Hamilton hatte durchgesetzt, dass er und seine engsten Mitarbeiter Rechner von Apple benutzen durften. Superintendent Steve Parker, in Sachen Computer ein kleines Genie, hatte diesen Zugang hergestellt, nachdem Hamilton den Chief von den Vorteilen eines Apple überzeugen konnte. „Wenn Sie die Kisten selbst bezahlen, soll es mir recht sein“, hatte Chief Constable Marshall schließlich entschieden. Und da Hamilton von der Investition absolut überzeugt war, stellten die Finanzen kein Problem dar. Sollten sich andere mit steinzeitlicher Soft- und Hardware herumschlagen, er sicherlich nicht.

Die Rindviecher in seinem Büro stellten reine Sentimentalität dar, denn seine Familie züchtete in Schottland seit Generationen Rinder. Nur er schlug irgendwie aus der Art, was seiner Mutter, einem waschechten Großstadtgewächs aus Glasgow, zugeschrieben wurde. Sie hatte ihm auch den ausgeprägten Dialekt der Industriestadt, den er weidlich pflegte, und die Liebe zu den Rangers mitgegeben. Letztere waren in diesem Jahr wieder Grund genug zur Freude, auch wenn sich die Blauen international nicht mit Ruhm bekleckerten. „Ihr habt Fletchers Mörder?“, fragte Hamilton scherzhaft, als Debbie und Gordon Douglas auf seiner Türschwelle standen. „Leider nein, wir haben einen Abtrünnigen in unseren Reihen“, antwortete Debbie. „Setzt euch erst mal. Also, schieß los.“ „Sir, ich habe mich für eine Stelle als Chief Inspector in Burnley beworben und eine Zusage erhalten.“ „Schön für Sie, Gordon, wenn Sie das Regenwetter im Norden mögen. Und was sagst du, Debbie?“ „Was soll ich sagen? Ich verliere ihn nicht gerne. Die Frage ist nun, wann er gehen kann.“ „Reisende soll man nicht aufhalten. Wenn Sie in Burnley eine Stelle haben, werden die Leute dort schon auf Sie warten und Sie selbst bestimmt nicht mehr die volle Motivation aufbringen, hier Mörder zu fangen. Wenn Sie wollen, können Sie noch heute Ihre Sachen packen. Ich verliere zwar auch nicht gerne gute Mitarbeiter – und Sie sind einer der besten –, aber Sie noch länger hier aufzuhalten bringt meiner Ansicht nach nichts. Jetzt entschuldigt mich bitte, der Chief wartet auf mich.“ Hamilton stand auf, gab Douglas die Hand, verabschiedete sich und entschwand aus seinem Büro. „Und das war's schon?“, fragte der frisch gebackene Detective Chief Inspector überrascht. „Es scheint so. Wenn du mir alles, was du über den Fall weißt, erzählt hast, kannst du gehen. Um einen ordentlichen Ausstand kommst du aber nicht herum.“ „Das versteht sich doch von selbst. Ich war jetzt fünfzehn Jahre lang in Middlemoor und kenne euch alle, seit ihr hier angefangen habt, nur Trevor ist noch länger hier als ich.“ Die beiden gingen schweigend in ihren Gebäudeflügel zurück. „Ich sage es jetzt Parker und den anderen. Wenn ich meinen Schreibtisch geräumt habe, schaue ich nochmals bei dir vorbei.“ „Ist gut, Red.“ Debbie ging in ihr Büro zurück und dachte daran, wann die Stelle von Douglas wieder besetzt werden könnte. Obwohl sie dessen Beweggründe verstand, wurmte sie es, ihn mitten in diesen schwierigen Ermittlungen zu verlieren. Aber so wie sie Hamilton kannte, hatte dieser bestimmt schon einen Joker in der Hinterhand. Bob Hamilton indes hörte nur mit halbem Ohr die Ausführungen des Chiefs und seiner Chefin zum Thema Terrorismusabwehr. Seine Gedanken kreisten fast ausschließlich um die Person, die bald in Gordon Douglas' Fußstapfen treten würde.

Kapitel 19 - Mittwoch, 11.11.2009, Nachmittag

Am Nachmittag war es deutlich kühler geworden. Der Nebel hatte sich weitgehend aufgelöst und die Sonne lugte mancherorts zwischen den Wolken hindurch. Ein Mann im blauen Overall kehrte mit einem Besen das auf dem Parkplatz verstreute Herbstlaub zusammen und lud es auf die Pritsche eines grünen Anhängers, der von einem nagelneuen Unimog, ebenfalls eine Anschaffung in Folge der Finanzkrise, gezogen wurde. „Ist jetzt komplett der Wohlstand ausgebrochen?“, fragte Hamilton den Arbeiter, als er auf dem Weg zu seinem Wagen war. „Ist doch besser als der alte Traktor, Sir“, der Arbeiter strahlte wie ein Honigkuchenpferd. „Der Unimog hat sogar eine Seilwinde, die wir bei Bergungsarbeiten gebrauchen können“, sagte der Mann voller Stolz. „Dann wünsche ich Ihnen viel Spaß bei Ihrer Arbeit, einen schönen Tag noch.“ Hamilton und Duke liefen weiter zum Discovery, wo Debbie Steer schon auf die beiden wartete. „Hallo Bob, und wie war deine Besprechung?“ „Frag nicht, ich war lediglich körperlich anwesend. Am schlimmsten war das pastorale Geschwätz von diesem Commander vom Yard. Ich wusste ja, dass die Met die weltbeste Polizei ist, aber dass sie so gut sind, wie der Alte uns heute Morgen weismachen wollte, habe ich bisher nicht annähernd geahnt." „Und was heißt das für uns bei der praktischen Arbeit?" „Gar nichts. Wir können froh sein, neue Autos zu haben und in Middlemoor eine eigene Pathologie zu betreiben. Das wenige Geld geht zukünftig noch mehr in die Terrorabwehr. Glücklicherweise müssen wir kein zusätzliches Personal abstellen. Aber wenn du schnell Superintendent werden willst, kannst du dich zur Terrorabwehr versetzen lassen." „Da gefallen mir die Büros nicht", Debbie grinste, denn die Büros der Abteilung für Verhinderung und Aufklärung terroristischer Verbrechen lagen in einem Kellergeschoss tief unter der Erde und sollten auch im Verteidigungsfall nutzbar sein. „Da lasse ich dich auch gar nicht hin. Es gibt genügend dieser Schauspieler, Lackaffen und Möchtegern-Rambos, die dort Karriere machen wollen und von mir auch aus sollen." „Und wo geht es jetzt hin?" „Überraschung", sagte Hamilton und stieg in den Wagen. Debbie stieg ebenfalls ein und wunderte sich nicht über die Antwort ihres Chefs, der manchmal zur Geheimniskrämerei neigte. Die beiden fuhren in südliche Richtung, und schon bald ahnte Debbie, wohin die Reise gehen sollte. „Und, wie sieht es im Fall Harold Fletcher aus?" „Wir tappen noch im Dunkeln. Unser Hauptzeuge, offensichtlich ein Mann aus Wales, ist unauffindbar. Wäre schön, wenn er unser Täter wäre, dann müssten wir nur nach einer Person suchen. Die Janauskasspur ist kalt wie ein toter Hund und Blackwell ist bei irgendwelchen Sexspielen in Thailand unter mysteriösen Umständen ums Leben gekommen. Die Sache wurde vor zwei Jahren in der Yellow Press ziemlich breitgetreten, komischerweise findet sich nichts davon in unseren Polizeiakten." „Nun ja, wenn die Sache in Thailand passiert ist und kein britischer Staatsbürger involviert war, dann geht uns das Ganze nichts an – ergo findet sich auch nichts in unseren Akten. Hatte Blackwell Angehörige?" „Ist uns nichts bekannt. Seine Eltern sind schon lange gestorben, Geschwister hatte er keine." „Gut, und wie machen wir jetzt weiter?" „Wir müssen ganz von vorn anfangen. Susan sitzt zwar dem jungen Fletcher im Nacken, aber ich glaube nicht, dass er es war, für mich hat er kein plausibles Motiv." „Wie sieht das Täterprofil aus? Habt ihr da schon was?" „Na ja, nicht wirklich." „Also, stellen wir uns mal die Frage, wer hätte Fletcher ermorden können?" „Eigentlich jeder. An Atropin zu kommen ist ja nicht allzu schwierig. Mir fehlt einfach ein Motiv." „Wie sehen Motive aus? Geld, Ruhm und Ehre scheiden in diesem Fall aus. Ich würde schätzen, dass es sich bei dem Mord um einen Racheakt handelt, und zwar von jemanden begangen, der nicht aus dem unmittelbaren Umfeld von Fletcher stammt, zumindest nicht mehr. Was könnte Fletcher getan haben, das jemanden zu dieser Tat veranlasst hat?" „Wenn dieser Typ nur normal gelebt und vernünftige private Kontakte unterhalten hätte!" „Und was heißt das jetzt für dich als Leiterin der Ermittlungen?" „Nachdem die Spurensuche auf der Burgruine rein gar nichts gebracht hat, müssen wir mehr über Fletchers Privatleben erfahren. Gewöhnlich werden die meisten Morde im privaten Umfeld begangen. Pauline macht sich morgen mit ihren Leuten über Fletchers Bungalow her. Einen professionellen Auftragsmord würde ich ausschließen, denn hier haben wir eine ganz andere Handschrift." „Mann oder Frau, was denkst du, Debbie?" „Ein Giftmord spricht eigentlich immer für eine Frau, muss aber nicht sein. Kannst du mir jetzt sagen, warum wir nach Plymouth fahren? Dort geht doch unsere Reise hin, wie ich vermute." „Gute Polizistin. Richtig, wir fahren nach Plymouth und treffen uns mit deiner neuen Mitarbeiterin." Debbie staunte nicht schlecht. „Und wen hast du da so schnell aus dem Hut gezaubert? Sind die Kollegen hier nicht sauer, wenn jemand abgezogen wird?" „Sie kriegen ja bald einen Ersatz, aber ich glaube, du brauchst im Moment dringend jemanden, um deinen Fall zu lösen." „Du hast die erste Frage nicht beantwortet. Wen willst du nach Middlemoor holen?" „Wen würdest du holen, wenn du wählen könntest – bitte eine spontane Antwort." Debbie rieb sich mit dem Finger an der Nasenspitze und sagte dann: „Rachel." „Genau, sie passt ausgezeichnet in dein Team und hat die beste Spürnase, die mir in den letzten Jahren begegnet ist.“ „Hm“, Debbie legte die Stirn in Falten. „Findest du nicht, dass das Team zu weiblich wird? Außerdem fehlt jemand mit viel Erfahrung. Damit sinkt das Durchschnittsalter beträchtlich. Aber nicht, dass du mich falsch verstehst, ich finde Rachel eine optimale Lösung. Sie passt auch gut in unsere Mannschaft. Der arme Trevor wird sich schon an die vielen Frauen gewöhnen.“ „Der freut sich doch, wenn er viele Frauen um sich hat.“ „Ja, wenn sie nicht viel denken und schnell ja sagen. Rachel ist wohl nicht gerade der Typ, auf den er steht. Und hast du Rachel schon informiert? Was sagt sie dazu?“ „Sie wollte schon immer nach Middlemoor. Als ich sie zur Kriminalpolizei geholt habe, habe ich ihr versprochen, sie ins Hauptquartier zu holen, sobald sich die Gelegenheit bietet. Und jetzt ist sie da. Ich habe noch heute Morgen – in einer vermeintlichen Pinkelpause während der Besprechung – mit ihr telefoniert. Sie ist schon ganz heiß auf ihre neue Herausforderung und freut sich auf die Zusammenarbeit mit dir und den anderen.“ „Und wieso fahren wir jetzt nach Plymouth? Sollte nicht Rachel bei uns anfangen, oder willst du mich ganz subtil in die Großstadt abschieben?“ „Richtig geraten“, Hamilton lachte laut heraus. „Nein, leider muss ich mich wieder auf dem verdammten Flughafen sehen lassen, als ob meine schiere Anwesenheit potenzielle Terroristen in Furcht und Panik versetzen würde. Ich habe dich mitgenommen, um mich persönlich mit dir zu unterhalten – wann sollte ich das sonst tun? Ich schaffe es kaum, mich mit meinen Superintendents abzustimmen.“ „Na ja, ich will dir nicht zu nahe treten, aber du bist ja kein Ermittler, sondern der Boss, der in seinem Büro zu sitzen hat.“ „Wenn du nicht Becks beste Freundin wärst, würde ich dich jetzt aus dem Auto werfen“, sagte Hamilton und grinste bis hinter beide Ohren. „Wenn ich nicht Becks beste Freundin wäre, hätte ich das auch nicht so direkt gesagt. Aber ich bin trotzdem froh, dass du dich ab und an ins Tagesgeschäft einmischst.“ „Da bin ich aber froh, dass ich deinen Goodwill habe. Ich gebe dir jetzt sogar noch einen Tipp mit auf den Weg.“ „Nämlich, ich bin ganz Ohr?“ „Wenn ich die Ermittlungen leiten würde, würde ich ganz vorne anfangen – und zwar buchstäblich." „Das heißt?" „Schicke jemanden, am besten Susan, nach Bangor und begib dich auf die Spuren Fletchers." „Hm, ja, wir müssen alles über Fletcher erfahren, da könnte es wirklich nicht schaden, am Ort seiner Kindheit und Jugend anzufangen. Äh, meinst du, wir bekommen die Reisekosten nach Wales genehmigt?" „Das lass mal meine Sorge sein, ich habe bei der guten Alison noch was gut." Inzwischen standen sie vor dem Haupteingang des Polizeigebäudes und Hamilton stoppte den Wagen. „Ich lass dich hier raus und fahre weiter zum Flughafen. Ich denke, Rachel nimmt ihre neue Chefin mit zurück nach Middlemoor." „Das will ich ihr geraten haben. Also sei tapfer und eloquent, wenn die Presse über dich herfällt." „Wir sehen uns spätestens am Freitag um neun Uhr bei Parker im Büro. Ich hoffe, du bist bis dann einen Schritt weiter, die Clough will Ergebnisse sehen, und je erfolgreicher wir sind, desto schneller sind wir sie los." Debbie stieg aus, schlug die Beifahrertüre zu und winkte ihm beim Zurückweichen auf den Gehweg nochmals zu.

Kapitel 20 - Donnerstag, 12.11.2009, Vormittag

Über Nacht hatte es heftig geschneit und jetzt lagen die alten Chalets eingehüllt in jungfräuliches Weiß unter strahlend blauem Himmel, ein Bild wie aus einem Wintermärchen. Lucy Parker stand am Fenster des Palace Hotels und blickte in das Städtchen Gstaad, das sich unterhalb des Nobelhotels ausbreitete. Wie jedes Jahr war sie auch in diesem ins Berner Oberland gekommen, dorthin, wo sich die Reichen und Schönen dieser Welt treffen. Im Gegensatz zu ihrem Mann, der sich inmitten der Alpen lediglich mit Kollegen traf - als hätte er dies nicht auch in Manchester tun können! -, hatte Lucy ihre Skier mitgebracht und war fast täglich auf einer Piste. Am Vortag war sie noch in 3000 Metern Höhe auf dem Gletscher gefahren, doch heute würde der

Schnee ausreichen, um auf dem 1557 Meter hohen Eggli, dem Hausberg von Gstaad, vernünftige Talabfahrten zu absolvieren. Sie wollte gleich nach dem Frühstück mit der Seilbahn nach oben fahren. Ihr Mann war schon nach unten in den Speisesaal gegangen, als Lucys Handy klingelte. „Hallo?“ „Guten Morgen, Lucy, gut geschlafen?“ „Guten Morgen, Bob, was verschafft mir die Ehre?“ „Deine Anwaltskollegen.“ „Wie meinst du das?“ „Kennst du Harold Fletcher?“ „Wer kennt den nicht? Einer der besten unserer Zunft. Wieso, was ist mit ihm? Hat er dich im Visier, weil du mal wieder abseits der rechtsstaatlichen Pfade gewandelt bist?“ „Liest du keine Zeitung?“ „Wir sind im Urlaub und da kümmere ich mich nicht um das Weltgeschehen. Also komm zur Sache, ich bin auf dem Weg zum Frühstück und will dann Ski fahren.“ „Ach, du bist mit deinem Liebsten wieder bei diesen eingebildeten Schnöseln ... Also, hör zu! Harold Fletcher wurde ermordet. Wir haben keine Spur und kein Motiv. Kannst du dir vorstellen, wieso jemand ihn umgebracht hat?“ „Na ja, er war nicht unbedingt beliebt bei den Kollegen. Früher hatte mein Vater viel mit ihm zu tun. Er war schon immer ziemlich eingebildet. Später hat er sich mehr und mehr zurückgezogen, hat nur noch für seinen Beruf gelebt und sich auf die spektakulären Fälle gestürzt – je aufsehenerregender, desto besser.“ „Hatte er Feinde?“ „So weit ich weiß, haben ihn die meisten Kollegen verachtet. Aber Feinde ... Er wurde zunehmend ignoriert und isoliert. Ich denke vielmehr, er hätte Grund gehabt, seine Anwaltskollegen umzubringen, denn seine Kanzlei war für alle anderen ein rotes Tuch und keiner wollte etwas mit ihm zu tun haben. Aber er war ja selbst daran Schuld.“ „Hatte er irgendwelche Macken, Besonderheiten?“ „Auf was willst du hinaus?“ „Hatte er einen besonderen Spleen, gab es Frauengeschichten, war er homosexuell, liebte er exotische Urlaubsorte – irgendetwas, das für uns interessant sein könnte. Du warst lange genug mit mir verheiratet, um zu wissen, was ich meine.“ „Schwul war er nicht, so weit mir bekannt ist, aber mit Frauen hatte er es auch nicht so. Er war verheiratet, und seine Frau starb früh. Mir ist nicht bekannt, ob er nach ihrem Tod irgendwelche Beziehungen hatte.“ Lucy stutzte für einen Moment. „Aber irgendwas war da komisch. Ich erinnere mich da an eine Begebenheit. Mein Vater kam einmal nach Hause, das war zu einer Zeit, als der alte Fletcher noch zugänglich war, und erzählte etwas Seltsames. Offenbar hatten beide zu viel getrunken und Fletcher erzählte ihm irgendwas von seiner Melinda. Anscheinend gab es da eine tatsächliche oder eingebildete Frau in seinem Leben, der er wie einem Phantom nachjagte. Ich weiß auch nicht mehr genau, aber Daddy war schwer beeindruckt von Fletchers fixer Idee. Was meinst du? Denkst du, da könnte irgendwas sein? Eine geheime Beziehung, die im Fiasko endete?“ „Das könnte gut möglich sein. Wir sind gerade dabei, sein Privatleben auszuleuchten, aber das gestaltet sich mühsam.“ „Du musst jetzt entschuldigen, die Piste wartet.“ „Dann wünsche ich dir viel Spaß, grüße Phil von mir. Und wenn dir noch etwas einfällt, dann rufe mich doch bitte zurück. Meine Nummer hast du ja.“

„Mach's gut Bob.“ Nachdem er aufgehängt hatte, dachte Bob zurück an die Zeit, in der er mit Lucy verheiratet war. Heute fragte er sich, wie er damals Lucy hatte heiraten können, die Frau aus besserem Hause, die so andere Vorstellungen vom Leben hatte als er selbst. Immerhin öffneten ihre Verbindungen ihm einige Türen, die ihm sonst verschlossen geblieben wären. Und die mondänen Urlaubsorte hatten ihm ebenfalls gefallen, wenn er auch für die Reichen, Superreichen und Möchtegern-Reichen, die dort ihren Prunk zur Schau stellen mussten, nur Kopfschütteln übrig hatte. An Gstaad, wo Lucys Familie mehrmals im Jahr war, erinnerte er sich gerne. Vor allem die Wanderungen im Sommer waren ihm in guter Erinnerung geblieben. Seine Gedanken entschwanden nach Lauenen und den Lauenensee, ein kleines Dorf mit seinem Gebirgssee, wenige Kilometer von Gstaad entfernt. Die Libellen schwirrten um ihn herum, als er am Ufer des Sees lag, ein paar dicke Rindersteaks lagen auf dem Grill und das Bier wartete in der grünen Kühlbox unter der astigen Fichte. Sie waren mit der Seilbahn von Gstaad auf die Wispile gefahren und zum Lauenensee gewandert. Am Abend sollte es mit dem Postbus, der bis hoch zum See fuhr, zurück nach Gstaad in die

Ferienwohnung gehen. Lucy und eine Freundin hatten ein Ruderboot gemietet und waren durch den Schilfgürtel hindurch in den oberen Seeteil gepaddelt, und er träumte vom Leben auf dem Land. Damals arbeitete er noch als verdeckter Ermittler in Manchester und begann, die Stadt und die Städter zunehmend mit Unbehagen wahrzunehmen. Er liebte die Einsamkeit und Ruhe in der Natur, die es hier im Berner Oberland im Überfluss gab, vorausgesetzt man entfernte sich von den handschuhtragenden Fahrzeuglenkern mit ihren Seidenschals und Pelzmänteln. Wildhorn, Geltenhorn und Spitzhorn überragten majestätisch das grüne Lauenental, und irgendein Raubvogel kreiste am Himmel auf Suche nach seinem Abendessen. Bob Hamilton konnte die frische Bergluft förmlich riechen, als sich seine Tür, ohne dass es geklopft hätte, öffnete und er aus seinen Erinnerungen gerissen wurde. Steve Parker stürzte kreidebleich ins Zimmer, als hätte er einen Geist gesehen.

Kapitel 21 - Donnerstag, 12.11.2009, Vormittag

Sean Bellamy hatte sich selbst bei der Polizei gemeldet, als er sein Bild in der Zeitung entdeckt hatte. Durch das Unwetter der vergangenen Tage war er in seinem Cottage draußen im Bodmin Moor komplett von der Umwelt abgeschnitten gewesen. Die Straßen waren überflutet und die Stromleitung gekappt. Daher konnte er weder in Zeitungen noch im Fernsehen von der Suche nach seiner Person erfahren. Nachdem er zusammen mit Stuart Melrose zur Leiche auf der Burg zurückgekehrt war und sich dort oben niemand für ihn interessierte, kehrte er zum Parkplatz zurück und fuhr nach Hause. Sturm und Regen zwangen ihn in den beiden Folgetagen, in seinem kleinen Häuschen zu bleiben und den Regentropfen beim Herunterfallen zuzuschauen. Am Donnerstag funktionierte die Stromleitung immer noch nicht, aber immerhin war die Straße wieder frei und nicht mehr überschwemmt, so dass sich Bellamy mit seinem alten Morris, der zu seiner eigenen Verwunderung auch im 21. Jahrhundert zuverlässig über die Straßen des Südwestens tuckerte, auf den Weg ins nahe gelegene St Breward machte. Dort kaufte er sich eine Tageszeitung und ging in den „Black Swan“, sein Stammpub. Hinter dem Tresen stand ein ihm unbekanntes Mädchen mit langen, blonden Haaren und einer lustigen Lücke zwischen den oberen Schneidezähnen. Bellamy bestellte ein Carling Lager und nahm es mit an einen Tisch in einer Nische mit Fenster zur Straße. Er schlug die Zeitung auf und fand bald sein Phantombild inmitten eines großen Berichtes über den Fletchermord. Nach einem großen Schluck Bier lehnte er sich zurück und versuchte, das Gelesene einzuordnen. Er nahm einen weiteren Schluck und las den kompletten Bericht nochmals durch. Dann leerte er sein Glas, ging zum Tresen, ließ es wieder füllen und verlangte nach einem Telefon. Die Blondine hinter dem Tresen sah ihn an, als hätte sie seine Bitte nicht verstanden. „Ein Telefon, Mädchen, bitte sofort, ich muss mit der Polizei sprechen.“ „Einen Moment bitte.“ Sie drehte sich um und zog eine Schublade aus einem Schrank. Sie griff hinein, zog ein rosarotes Handy heraus und reichte es Bellamy. „Wie funktioniert so ein Ding?“ „Sie müssen einfach wählen und auf den grünen Knopf drücken.“ Bellamy nickte und ging mit Bier und Handy an seinen Tisch zurück. Nach einem weiteren kräftigen Schluck wählte er die Nummer der Polizei. Nach einer halben Stunde kam Trevor Norman in den „Black Swan“. Da Bellamy immer noch der einzige Gast im Pub war, war es für Norman nicht schwer, ihn als den Anrufer zu identifizieren. Außerdem hatte er eine recht große Ähnlichkeit mit dem Phantombild. Er ging zu Bellamy an den Tisch, dann zum Tresen, holte ebenfalls ein Bier und kehrte dann zu dem alten Mann zurück. „DS Norman, ich möchte mich mit Ihnen über den toten Mr. Fletcher unterhalten. Kannten Sie das Mordopfer?“ „Nein, ich habe ihn nicht gekannt. Also nicht wirklich. Nur vom Sehen. Früher, als meine Frau noch lebte, war ich hin und wieder in Tintagel. Sie war absolut vernarrt in den alten King Artus. Und Tintagel bietet alles, was man als Artusfan erwartet. Von der sagenhaften Burg über Merlins Cave bis hin zum Thronsaal mit der Tafelrunde, was natürlich ein absoluter Touristenblödsinn ist, aber meiner Frau hat es gefallen und ich bin mit ihr nach Tintagel gefahren. So hatte sie ihren Spaß und ich meine Ruhe. Sie verstehen, was ich meine?" „Und dabei haben Sie Fletcher gesehen?" „Klar, er war doch jeden Sonntag da. Am Anfang ist er mir nicht aufgefallen, aber mit der Zeit schon. Er hat uns gegrüßt, mehr aber nicht. Nachdem meine Frau gestorben war, bin ich eine ganze Zeit lang nicht mehr nach Tintagel gegangen. Doch irgendwann habe ich mich entschlossen, diese alte Tradition wieder zu beleben, aus purer Sentimentalität. Und seit zwei Jahren besuche ich in unregelmäßigen Abständen das Städtchen und die Burg. Was sollte ich als alter Mann auch sonst tun?" „Und ist Ihnen dabei etwas aufgefallen, also an Fletcher? Hat er sich mit jemanden getroffen, wenn er in Tintagel war?" „Nicht dass ich wüsste. Früher war er mit seinem Sohn auf der Burg. Aber später kam er immer alleine. Jedenfalls habe ich nie jemanden bei ihm gesehen. Das bedeutet aber nicht, dass er auch alleine gewesen wäre. Ich habe ihn schließlich nicht überwacht. Es war so, wie wenn man jeden Tag mit dem Bus zur Arbeit fährt und immer die gleichen Menschen sieht. Man grüßt sich, mehr aber nicht, und man wundert sich auch nicht, wenn sie an einem schönen Tag nicht mehr in den Bus einsteigen. Verstehen Sie, was ich meine? Ich hätte mich vermutlich nicht mal mehr an ihn erinnert, wenn ich am Sonntag nicht seine Leiche gefunden hätte." „Haben Sie Mr Fletcher gesehen, als er noch lebte oder erst später, als Sie Ihre Jacke suchten und er schon tot war?" „Nein, vorher ist er mir nicht aufgefallen. Ich bin nach oben gegangen, um die Jacke zu suchen, die ich auch dort fand, wo ich sie ausgezogen hatte. Dann habe ich ihn am Boden liegen sehen. Ich dachte zuerst, da liegt eine andere Jacke, es war jedoch schnell klar, dass da ein Mensch lag." „Was haben Sie dann gemacht, als Ihnen bewusst wurde, dass es sich um einen Menschen handelte?" „Ich bin hingelaufen und habe nachgesehen, ob er noch lebt." „Was genau haben Sie gemacht?" „Alles ganz klassisch. Ich habe ihn angesprochen, er hat nicht geantwortet, ich habe nach seinem Puls gefühlt und weder Puls noch Atem festgestellt. Danach bin ich zurück zum Ausgang gegangen und habe Mr Melrose gesagt, dass dort jemand liegt." „Wieso haben Sie überhaupt Ihre Jacke ausgezogen?" „Es war ziemlich warm, falls Sie sich erinnern. Und da habe ich meine Jacke ausgezogen und über eine Mauer gelegt, mich auf eine Bank gesetzt und den Möwen zugesehen. Ich habe ein Sandwich und eine Dose Bier aus meinem Rucksack genommen und mir die Sonne ins Gesicht scheinen lassen. Da es in diesem Bereich ziemlich windstill war, habe ich meine Jacke vergessen. Das habe ich erst bemerkt, als ich unten am Ausgang war. Also bin ich zurückgelaufen." Norman hatte sein Pint inzwischen geleert und sah, dass auch Bellamys Glas fast leer war. „Soll ich Ihnen auch ein neues Glas mitbringen?", fragte er den alten Mann. „Nein danke. Ich habe schon mein drittes Glas, ich denke, das reicht, schließlich muss ich noch nach Hause fahren. Aber vielleicht können Sie mir ein Glas Wasser mitbringen, und die Speisekarte, es ist schließlich schon fast Mittagszeit." Norman nickte nur, ging und kam mit seinem Bier, dem Mineralwasser und zwei Speisekarten zurück. „Können Sie sich erinnern, ob vielleicht noch jemand auf dem Burggelände war, als Sie zum ersten Mal zurückgekommen sind, um die Jacke zu suchen?" „Nein, da war niemand, den ich gesehen habe. Es könnte sich aber schon jemand auf dem Plateau aufgehalten haben." „Und vorher, ist Ihnen da etwas aufgefallen? Hat sich jemand seltsam verhalten?" Bellamy schüttelte den Kopf. „Mr Bellamy, welchen Eindruck machte Stuart Melrose auf Sie? War er überrascht, als Sie ihm sagten, dass Sie eine Leiche gefunden haben?" Bellamy runzelte die Stirn, trank den letzten Schluck Bier aus seinem Glas und sagte dann: „Er wirkte erschrocken. Ich glaube nicht, dass er etwas mit dem Tod von Fletcher zu tun hatte, falls Sie darauf hinaus wollen. Melrose war echt überrascht, und als wir oben bei der Leiche waren, ziemlich schockiert." „Und Sie selbst? Waren Sie auch schockiert?" „Sergeant Norman, ich war Journalist und zu Beginn meiner beruflichen Laufbahn Kriegsberichterstatter im Algerienkrieg, in Vietnam und beim Sechs-Tage-Krieg, da habe ich mehr Leichen gesehen als mir lieb war. In den siebziger Jahren habe ich eine Stelle bei einem Käseblatt in Bristol angenommen und von den politischen Vorgängen im Südwesten berichtet. Das war zwar weniger spektakulär, aber sicherer, denn als Familienvater hat man eine gewisse Verantwortung." Trevor Norman war zufrieden mit den Antworten des älteren Mannes, wenn es auch so schien, als würde diese Spur ebenso wie die bisherigen im Sand verlaufen. „Und was würden Sie als Mittagessen empfehlen?" Sean Bellamy zeigte sich leicht überrascht von der Frage, antwortete jedoch nach kurzem Zögern eindeutig: „Ich esse heute das Lammrack mit Reis. Wenn der Koch gestern nicht zu viel gesoffen hat und schon wieder nüchtern ist, ist das Lammrack ein Gedicht. Probieren Sie es einfach aus. Auf den Salat, der auf der Karte dabei steht, können Sie getrost verzichten, der ist ungenießbar." Trevor Norman lachte: „Ich bin schließlich keine Kuh, die auf Grünzeug steht. Fleisch und Reis und ein gutes Bier reichen mir aus." Norman winkte das blonde Mädchen zu sich an den Tisch, blickte ihr so tief in den Ausschnitt, dass Bellamy schon dachte, er würde gleich zu sabbern beginnen, bestellte das Lammrack, dazu ein weiteres Bier und starrte, als das Mädchen zurück zum Tresen lief, gebannt auf ihren Hintern. „Schon lange keine Frau mehr gesehen, was?", frage Bellamy amüsiert. „Nein, bei der Polizei haben wir nur Emanzen, Lesben und Leichen. Nur gut, dass man hin und wieder hinaus ins wahre Leben kommt."

Kapitel 22 - Donnerstag, 12.11.2009, Vormittag

Die Privatwohnung von Harold Fletcher glich einer Mischung aus Museum und Rumpelkammer. Pauline Miller und ihr Team von der Spurensicherung mussten sich erst einmal durch ein Labyrinth aus Kartonagen und Zeitungsstapeln kämpfen, das sie erwartete, als sie die Eingangstür zu dem kleinen Bungalow am Ortsrand von Wadebridge geöffnet hatten. Hinter diesem Labyrinth führte eine Tür ins Wohnzimmer. Hier hatte Fletcher den Fußboden komplett mit echten Orientteppichen ausgelegt. Zwei Wände waren mit Bildern von Tanguy, Miró und Matta förmlich zugepflastert – Pauline hatte den Eindruck, dass es Originale waren. An der dritten Wand stand ein deckenhohes Regal, das von Büchern überquoll. Hier gab es nahezu alles zu finden, was die klassische Literatur zu bieten hatte: angefangen bei Homer über Julius Cäsar und Josef Flavius, mittelalterliche Elegien, darunter sogar das Book of Taliesyn, eine komplette Shakespeare-Sammlung, Goethe, Schiller, bis hin zu philosophischen Werken von Hume, Fichte, Hegel und Kant. Manche Bücher waren Originalausgaben und hatten sicherlich einen unschätzbaren Wert. Die vierte Wand bestand aus einer riesigen Glasscheibe, die den Blick auf das offene Feld freigab. In der Mitte des Raumes stand ein Mahagonitisch mit vier dazu gehörenden Stühlen, der von Fletcher offenbar als Arbeitsplatz genutzt worden war.

Hinter einer Tür lag ein weiteres Zimmer, das sich als komplette Müllhalde entpuppte. Ursprünglich hatte sich hier die Küche befunden, die jedoch offenbar schon seit längerer Zeit nicht mehr benutzt wurde. Pauline runzelte die Stirn und dachte mit Grauen an die viele Arbeit, die hier noch auf die Spurensicherung wartete. Sie öffnete gerade die nächste Tür, die von der Küche in das Schlafzimmer führte.

Am hinteren Ende stand ein einfaches Bett, über dem wiederum ein echter Miró hing. Der Kleiderschrank war ein barockes Möbelstück und hätte in jedem Museum als Schmuckstück gegolten.

Was Pauline jedoch fast den Atem nahm, war eine auf einem Stuhl mit Handschellen gefesselte Person mit einer zugeschnürten Plastiktüte über dem Kopf. Vorsichtig näherte sich Pauline diesem Menschen, und stellte schnell fest, dass die Leichenstarre bereits eingesetzt hatte. Pauline löste die Plastiktüte und erschrak, als sie sah, wer darunter steckte: Detective Sergeant John Clark. Pauline zückte ihr Handy, rief umgehend Superintendent

Steve Parker an und informierte ihn über die neueste Entwicklung im Fall Harold Fletcher. John Clark war einundvierzig Jahre alt und seit einigen Jahren im Ermittlungsteam von Middlemoor. Aufgewachsen in East Anglia und Bristol begann er seine polizeiliche Laufbahn in Barnstable, bevor er zur Kriminalpolizei ging. Allgemein waren sein ruhiges Wesen und seine Zuverlässigkeit geschätzt. Von seinem Privatleben war wenig bekannt, aber offenbar hatte er keine feste Beziehung und lebte bei seiner Mutter in Exeter. Üblicherweise arbeitete er mit Emma Hughes zusammen und war ein Spezialist, wenn es darum ging, Daten im Polizeicomputer zu finden und auszuwerten. Zu seinen Kollegen hatte er ein gutes Verhältnis, lediglich mit Trevor Norman gab es zuweilen Spannungen, die allerdings weder Clark noch Debbie und die anderen als erwähnenswert betrachteten, da Trevor mit den meisten seiner Mitmenschen im ständigen Clinch lebte. „Was zum Teufel hatte John in Wadebridge verloren?“, fragte ein äußerlich ruhig wirkender, innerlich jedoch brodelnder Hamilton seinen Freund Steve Parker. „Keine Ahnung. Er war gestern bis um sechs Uhr im Büro und dabei, alle möglichen Daten abzugleichen. Er hatte keinen Auftrag, nach Wadebridge zu gehen.“ „Denkst du, er ist auf etwas gestoßen und wollte der Sache auf den Grund gehen?“ „Dazu war er nicht der Typ. Emma oder Susan wären solche Alleingänge zuzutrauen, nicht aber John. Erstens hätte er zu viel Schiss gehabt und zweitens war er viel zu korrekt, als dass er sich auf solche Unternehmen eingelassen hätte.“ „Scheiße“, fluchte Hamilton, der, abgesehen von der menschlichen Tragödie, jetzt auch noch einen Polizistenmord am Hals hatte. „Die Frage stellt sich doch, ob der Tod von Clark irgendwie mit dem Fletchermord zusammenhängt.“ „Das muss er ja wohl, oder wieso sollte er sonst in Fletchers Schlafzimmer gewesen sein?“ „Wurde er dort ermordet?“ „Sieht ganz so aus. Pauline sagte, er sei auf einem Stuhl mit Handschellen gefesselt gewesen. Deshalb hätte er sich nicht die Plastiktüte vom Kopf ziehen können, die jemand fest um seinen Hals gebunden hatte. Schrecklicher Tod, so unter einer Plastiktüte zu ersticken.“ „Denkst du, John hat etwas entdeckt und jemand hat davon erfahren?" „Wenn er was entdeckt hätte, hätte er sofort Debbie oder mich informiert. Vielleicht hat sich der Mörder auch nur einen schlechten Scherz erlaubt, John auf dem Nachhauseweg abgefangen, ihn getötet und dann zu Fletchers Wohnung gebracht." „Wir sollten erst einmal die Obduktion abwarten. Vielleicht wissen wir dann mehr. Ist seine Mutter schon informiert?" „Glaube ich nicht. Ich schicke mal ein Kriseninterventionsteam vorbei. Das wird ein ziemlicher Schock für die Arme werden. Ich glaube, John war das einzige Kind." Seit einigen Jahren gab es diese Kriseninterventionsteams, bestehend aus einem Seelsorger, einem Polizisten und einer medizinischen Fachkraft, die Angehörigen von Unfall- und Mordopfern die Schreckensnachrichten überbrachten und sie anschließend betreuten. Solche Teams gab es in jedem größeren Polizeirevier. Hamilton erinnerte sich mit Schaudern an die Zeit, als psychologisch ungeschulte und völlig überforderte Polizeibeamte solche Hiobsbotschaften quasi im Vorübergehen überbrachten und die Hinterbliebenen ihrem grauenvollen Schicksal alleine überließen. „Und was kommt dann?", fragte Parker einigermaßen ratlos. „Weiß Debbie schon davon?" Parker nickte: „Sie hat die anderen informiert. Zumindest hat sie es versucht. Emma konnte sie nicht erreichen, die ist im Moment noch in Cambridge, und Trevor konnte sie auch nicht erreichen. Der erhielt vorhin, kurz bevor wir von Johns Tod erfuhren, einen Anruf und ist weggefahren. Anscheinend hat er sein Handy ausgeschaltet, oder er ist in einem Funkloch. Susan ist am Morgen nach Bangor aufgebrochen und ging bislang auch nicht ans Handy. Bleibt also noch Rachel." „Gut. Wir treffen uns alle, zumindest diejenigen, die hier sind, in einer halben Stunde in deinem Besprechungszimmer. Die Clough nehme ich auch mit, sei also vorgewarnt." Die Nachricht vom Mord an John Clark verbreitete sich wie ein Lauffeuer im gesamten Polizeiapparat von Devon und Cornwall. Nur eine halbe Stunde, nachdem Hamilton davon erfahren hatte, berichtete ein regionaler Radiosender detailgenau von John Clarks gewaltsamem Tod. Rebecca Wynham, die sämtliche lokalen und überregionalen Medien im Blick hatte, informierte umgehend den Detective Chief Superintendent. „Woher wissen die das alles?" „Da muss irgendwo eine undichte Stelle sein. Irgendwer, der meint, er müsse sich ein paar Pfund nebenher verdienen. Den werden wir vermutlich nicht finden." „Ich kenne jemanden, der das herausfindet." „Legal?" „In seiner Freizeit." „Was hast du vor?" „Ich werde Trevor bei diesen Radiofritzen vorbeischicken. Der soll mal jemanden am Kragen packen und den Namen aus ihnen herausschütteln." „Das werden sich die Damen und Herren des Senders aber nicht gefallen lassen." „Du kennst doch unseren Trevor. Natürlich wird er nicht ins Studio marschieren. Und wenn ich den Namen weiß, dann kann der- oder diejenige sich auf etwas gefasst machen." Nachdem er den Hörer wieder aufgelegt hatte, machte sich Hamilton auf den Weg in Parkers Besprechungszimmer. Dorthin unterwegs traf er den Chief Constable John Marshall. „Verdammte Scheiße, Sir, nicht wahr?" „Hm", knurrte der Chief. „Jetzt können mir die Terroristen aber gestohlen bleiben. Wir müssen uns voll auf unsere Morde konzentrieren. Fordern Sie einen dieser Superhelden vom Yard an. Die Metropolitan Police schickt sicherlich gerne einen ihrer Profis, um den Landeiern zu zeigen, wie man Terroristen fängt." „Ich kümmere mich um die Terroristen, kümmern Sie sich um die Mörder." „Und nach außen? Wie üblich?" „Ja, aufgrund der laufenden Ermittlungen können wir keine Einzelheiten an die Öffentlichkeit weitergeben." „Wir wüssten auch gar nicht, was wir weitergeben könnten, selbst wenn wir wollten." „Finden Sie den Schweinehund!", forderte der Chief Constable und Hamilton verstand es so, dass er ziemlich freie Hand hatte und sich durchaus in die Ermittlungen einschalten sollte, jedenfalls wollte er es so verstehen. Und so würde er es auch seiner Chefin vermitteln, falls sie irgendwelche sonderbaren Vorstellungen haben sollte.

Kapitel 23 - Donnerstag, 12.11.2009, Vormittag

Es herrschte betretenes Schweigen, als Hamilton ins Besprechungszimmer kam. Neben Carol Clough, Steve Parker, Rachel Ward und Vera Hartmann waren noch die Detective Constables Roger Convery, Jimmy Hawkes, Billy Cockayne und Zoe Weston im Raum, alleine Debbie Steer fehlte noch. Doch schon wenige Augenblicke nach Hamilton kam sie gehetzt herein. „Entschuldigt bitte meine Verspätung, ich habe noch mit Pauline telefoniert." „Schon in Ordnung", sagte Parker. „Ma'am, wollen Sie die Besprechung leiten?" „Nein, machen Sie das ruhig, Parker. Ich will auch nicht viele Worte verlieren, denn für meine warmen Worte kann man sich jetzt nichts kaufen. Verlieren wir keine Zeit, Parker." Hamilton war beeindruckt von dieser Aussage. Er hätte erwartet, dass seine Chefin in ergreifenden Worten einen formvollendeten, aber sinnleeren Monolog halten würde, wie die meisten anderen Polizisten in ihrer Position. Entweder war sie wirklich eine gute Führungskraft, oder sie wollte sich nur bei Parkers Mannschaft Pluspunkte verschaffen. Hamilton hoffte auf Ersteres. „Also, fassen wir mal zusammen. Was wissen wir?", fragte Parker in Debbies Richtung. „Pauline hat mir eben mitgeteilt, dass das Opfer" – Debbie wählte bewusst diesen Begriff, denn sie spürte, dass sie objektiver an das Ganze herangehen konnte, wenn sie verdrängte, dass ihr Kollege John Clark der Tote war – „vermutlich durch das Badezimmerfenster gekommen ist. Das Badezimmer liegt hinter dem Schlafzimmer, und das Fenster schließt nicht mehr richtig. Es musste nur nach oben geschoben werden, ohne dass ein Schaden angerichtet wurde. Eine andere Möglichkeit schließt Pauline aus, denn der Mörder hätte sein Opfer, selbst wenn er einen Haustürschlüssel besitzt, niemals durch diese Müllhalde bringen können, ohne etwas umzuwerfen."

„Müllhalde? Was meinen Sie damit, Chief Inspector?", fragte Carol Clough irritiert. „Offenbar war Harold Fletcher ein ... wie sagt man da noch? Ich glaube ... ja, ein Messie. Jedenfalls sind einige Zimmer des Bungalows kaum zugänglich und mit allerlei Zeitungen, Kartonagen und allem möglichen Gerümpel zugestellt." „Verstehe, fahren Sie bitte fort." „Wir können natürlich nur vermuten, dass der Täter sein Opfer ins Haus geschleppt oder gelockt und dort ermordet hat." „Gab es Spuren eines Kampfes?", fragte jetzt Hamilton. „Pauline sagt nein. Das lässt vermuten, dass das Opfer schon vorher betäubt war, aber die Obduktionsergebnisse sind frühestens heute Abend da. Ich kann mir nicht vorstellen, dass sich das Opfer freiwillig in diese Lage bringen ließ." „Und wenn alles sehr schnell ging? Stellen wir uns mal vor, dass der Täter sein Opfer gezwungen hat, ins Haus zu gehen, ihn dann gefesselt und ihm blitzschnell das Plastik über den Kopf gestülpt hat", merkte Vera Hartmann an. „An der Plastiktüte sind nur die Fingerabdrücke des Opfers, sagte mir Pauline. Das könnte natürlich bedeuten, dass der Täter Handschuhe trug. Da stellt sich dann aber die Frage, wieso die Fingerabdrücke des Opfers am Plastik zu finden sind. Es war ein Einkaufstüte von einer Boots-Drogerie. Vielleicht hat sie dem Opfer gehört." „Haben wir schon das Auto des Opfers?", fragte Rachel Ward. „Ja, das steht etwa dreihundert Meter von Fletchers Bungalow entfernt am Straßenrand, Paulines Leute sind schon dran." Steve Parker ging zum Kaffeeautomaten, stellte eine Tasse unter den Stutzen und drückte auf den rot leuchtenden Knopf. Während der Kaffee in die Tasse lief, fragte er: „Was hat John gestern gemacht? Gab es einen Anruf, der ihn beunruhigt oder besonders beschäftigt hat? Und wie lange war er im Büro?" „Er hat zahlreiche Fälle, die Fletcher vor Gericht vertreten hat, durchgestöbert, aber so weit ich weiß nichts Brauchbares gefunden. Leider kann ich Susan nicht erreichen, die war gestern Nachmittag mit ihm im Büro. Vielleicht ist ihr was aufgefallen. Ich verstehe nicht, warum sie nicht an ihr Handy geht, es klingelt nämlich. Selbst wenn sie nicht sofort abnehmen kann, wieso ruft sie nicht zurück?" Plötzlich schwebten die dunkelsten Befürchtungen wie eine unsichtbare Wolke bleiernen Giftes durch das Besprechungszimmer. „Ist Susan heute Morgen noch im Büro gewesen?" „Nein, ich war gestern am späten Nachmittag bei ihr im Büro. Am Morgen sind wir zusammen in Bodmin gewesen und ich hatte noch eine Frage wegen des Protokolls, da sagte sie, sie wolle heute schon früh von zu Hause aus aufbrechen", antwortete Zoe Weston, die am Vortag nochmals Marc Fletcher und Samantha Forsythe verhört hatte, ohne jedoch weitere Erkenntnisse zu gewinnen oder Widersprüche zu finden. „War John da noch im Büro?" „Ja, es war so gegen siebzehn Uhr, und er war in seinen Computer versunken." „Und, ist dir was aufgefallen an ihm?" fragte Debbie weiter. „Nein, er war wie immer. Mir gegenüber hat er sich immer sehr zurückhaltend verhalten." „Nun, bei Frauen war er immer etwas unsicher. Vor allem, wenn er sie nicht gut kannte oder sie sehr selbstbewusst auftraten", warf Bob Hamilton ein. „Bin ich so Furcht einflößend?" „Also die Tugenden einer viktorianischen Jungfrau legst du nicht gerade an den Tag", meinte Billy Cockayne. „Einen eher schüchternen Jungen wie John konntest du mit deinem koketten Augenaufschlag schon recht verunsichern." „Du meist doch nicht, dass John Angst vor mit hatte?" „Angst nicht, aber er war einfach unsicher", antwortete Cockayne. „Könnte der Tod von John nicht mit seiner Unsicherheit zusammenhängen?", fragte Rachel plötzlich. „Wie denn das? Er lässt sich von Zoe verschrecken und läuft dann dem Mörder von Fletcher in die Arme?", Parker machte eine abweisende Handbewegung. „Wer sagt uns eigentlich, dass die beiden Fälle zusammenhängen?", warf Carol Clough ein. „Sie haben recht, Carol", Hamilton stimmte seiner Chefin zu. „Wäre es nicht möglich, dass der Mörder nur zusätzliche Verwirrung stiften wollte und das Opfer kurzerhand in Fletchers Bungalow geschleift hat? Aber ich denke, wir sollten nicht zu viel mutmaßen und uns mehr auf Fakten stürzen." „Das sagt gerade der Richtige", stellte Steve Parker fest. „Aber ich muss dir zustimmen. Also, Debbie, was hast du vor?" „Rachel soll sich mit Zoe und Billy um Johns Umfeld kümmern. Der Rest bleibt an der Fletchergeschichte dran. Wenn ich nur wüsste, wo Trevor und Susan stecken." „Und wenn irgendwo ein irrer Polizistenmörder umherstreift? Ich will ja keine Gäule scheu machen, aber ich bin leicht beunruhigt." Roger Convery sprach das aus, was die andern dachten. „Bleiben wir bei den Fakten", mahnte

Hamilton an, dem dieser Gedanke ganz und gar nicht gefiel, auch wenn er durchaus im Bereich des Möglichen lag.

Kapitel 24 - Donnerstag, 12.11.2009, Mittag

Das Royal Oak lag in einer Seitenstraße mitten in Exeter und galt als Geheimtipp unter der polizeilichen Führungsriege. Vielleicht auch deshalb, weil jeder in Middlemoor wusste, dass die Dienstränge Superintendent und oberhalb dort verkehrten, was dazu führte, dass sich andere Polizisten dort nicht sehen ließen.

Das alte, eineinhalbstöckige Sandsteingebäude stammte aus dem späten 17. Jahrhundert und wirkte wie ein Fremdkörper zwischen den weiß verputzten Büro- und Wohnhäusern aus den sechziger und siebziger Jahren des vergangenen Jahrhunderts. Die grüngraue Fassade war mit Mauerfarn und gelben Flechten bewachsen, unterhalb der Fenster im oberen Stockwerk Blumenkästen befestigt, die im Sommer mit Geranien vollgestopft, jetzt aber leer waren. Zwei schwarze Schiefertafeln zu beiden Seiten der Eingangstüre wiesen auf die entsprechenden Tagesmenüs hin. Am schwarzen Türsturz prangte in goldenen Lettern die Geschichte der Royal Oak: einer Eiche, in dessen Krone sich König Charles II nach der Schlacht von Worcester im Jahre 1651 während des Bürgerkriegs erfolgreich vor der Parlamentsarmee versteckt hatte.

Kaum war man durch die Eingangstür getreten, stand man auch schon vor einem langen Tresen mit schier unzähligen Zapfhähnen. Dahinter, vor einer unglaublichen Batterie von Biergläsern, standen in aller Regel die beiden Brüder Callum und Craig Morton, die das Royal Oak von ihrem Vater geerbt hatten.

Auf der linken Seite waren ein paar Tische und ein Dartbrett an der Wand zu sehen. Rechts vom Tresen führte eine Tür in ein kleines Nebenzimmer mit einem halben Dutzend Tischen, selbstverständlich aus alter englischer Eiche, mit den dazu gehörenden

Stühlen. An den weiß getünchten Wänden hingen zahllose Fotografien alter Eichen aus dem ganzen Königreich.

Carol Clough und Bob Hamilton saßen an einem der sechs Tische und studierten die Speisekarte, während Steve Parker nach draußen gegangen war, um drei Pints zu holen.

„Was denken Sie, Bob?“, fragte Carol, „ist DCI Steer der Situation gewachsen, oder sollen wir Plymouth auf den Fall ansetzen?“

Hamilton machte offenbar einen etwas desorientierten Eindruck auf seine Chefin, weshalb sie anfügte: „Ich finde nicht, dass Debbie eine schlechte Polizistin ist, aber vielleicht fehlt ihr der nötige Abstand. Immerhin wurde ein Beamter ihres Teams tot aufgefunden.“

„Nun“, Hamilton zupfte an seinem Ohrläppchen, „ich denke, es wäre kontraproduktiv, wenn wir ein neues Team auf den Fall ansetzen würden. Einerseits verlieren wir Zeit, die wir gar nicht haben, bis eine neue Mannschaft sich in die Materie eingearbeitet hat. Auf der anderen Seite, und das fände ich viel fataler, würden wir sowohl Debbies als auch die Reputation des gesamten Teams aufs Spiel setzen. Natürlich ist die Situation für Debbie nicht ganz einfach, aber gerade die Nähe zum Opfer bedeutet auch eine gewisse Chance für die Ermittlungsarbeiten.“

„Finden Sie nicht, dass Debbies Team zu jung und ...“, Carol Clough zögerte einen kurzen Moment „... zu weiblich ist?“

„Haben Sie Probleme mit jungen und weiblichen Polizisten?“

Jetzt konnte sie ein Lachen nicht unterdrücken, und Hamilton blickte seine Chefin mit einem breiten Grinsen an. Steve Parker, der in diesem Moment mit drei Biergläsern an den Tisch kam, zeigte sich irritiert: „Habe ich etwas verpasst?“

„Nein, Steve, wir haben uns nur gerade darauf verständigt, dass es weder junge noch alte, weder weibliche noch männliche, sondern nur gute und schlechte Polizisten gibt.“

„Und das heißt?“

„Das heißt, dass ich vollstes Vertrauen in die Ermittlungsbeamten habe“, stellte Carol Clough fest. „Zum Wohl, meine Herren.“

Die Polizistin nahm einen großen Schluck des schäumenden Gerstensaftes und hatte plötzlich die Überzeugung gewonnen, dass sie sich nicht weiter um Ermittlungsdetails kümmern musste.

„Nur noch eines, Bob.“ Sie schaute ihn mit zusammengekniffenen Augenbrauen an. „Bevor Sie die Öffentlichkeit über wesentliche Ergebnisse informieren, setzten Sie mich bitte in Kenntnis.“

Steve Parker blätterte leicht verwirrt in der Speisekarte und konnte sich nicht erklären, was während seiner kurzen Abwesenheit geschehen war.

Kapitel 25 - Capernwray Hall - Juli 1984

Es war der erste Urlaub ohne meine Mutter und ich weiß nicht, was sie bewogen hat, mich aus ihren Fängen zu lassen – kurzfristig jedenfalls. An einem regnerischen Tag im April, wie sollten die Tage in Bury St. Edmunds auch sonst zu dieser Jahreszeit sein?, kam sie ganz aufgeregt in mein Zimmer gestürzt und wedelte mit einer Zeitschrift.

„John, schau mal, was ich da gefunden habe. Das ist doch was für dich, mein Darling.“

Ich habe es schon immer gehasst, wenn sie „mein Darling“ zu mir sagte. Da war kein liebevoller Klang in ihrer Stimme, sondern ein strenger, besitzergreifender Ton, fast ein metallisches Bellen.

Sie zeigte mir eine Anzeige in der Kirchenzeitung unserer Gemeinde St. Mary's und St. Peter's: „Noch wenige Plätze frei. Samstag 14. Juli bis Dienstag 31. Juli. Bibelschule Capernwray Hall bei Carnforth mit Reverend Tim Holroyd und Schwester Amy Rees. Für Mädchen und Jungen von 15 bis 17 Jahren. Anmeldungen beim Pfarrbüro.“

Mein Gott, dachte ich, zweieinhalb Wochen Kasernierung mit dem senilen Holroyd und dieser verklemmten Jungfer Rees. Doch dies war die einmalige Chance, zusammen mit anderen Jugendlichen einen Urlaub zu verbringen. Die vormittägliche Bibelschule würde ich schon ertragen, wenn ich mich so der Kontrolle durch meine Mutter entziehen konnte. Daher ging ich schnell auf ihr Angebot ein, auch wenn ich damals überhaupt keine Ahnung hatte, wo Carnforth und Capernwray Hall liegen. Nur weg, dachte ich.

Carnforth liegt in Lancashire, wie ich bald feststellte, und Capernwray Hall ist ein Herrenhaus aus dem 19. Jahrhundert inmitten einer 70 Hektar großen Parklandschaft. Es war der Wohnsitz der Familie Marton, deren männlichen Sprosse Lancaster im Parlament vertraten. Ein oder zwei Martons waren sogar Sheriff von Lancaster. Ich habe bis heute nicht verstanden, zu was ein Sheriff gut ist. Na ja, Politik eben. Nach dem zweiten Weltkrieg verkauften die Martons Capernwray Hall, das seit dieser Zeit als Bibelschule und Tagungsort benutzt wird.

Unser Bus verließ Bury im strömenden Regen und fuhr gen Norden. Die Ferienplätze waren alle vergeben und am Schluss gab es noch ein richtiges Gerangel. Ich war froh, dass der aufgeblasene Alan Sharpe sich zu spät anmeldete. Iris Thomas schnappte ihm den letzten Platz weg, und darüber war ich sehr froh. Iris war ein paar Wochen jünger als ich, und ich kannte sie schon seit der 1. Klasse. Sie hatte langes, blondes Haar und grüne, geheimnisvolle Augen. Ihren Busen versteckte sie, wie alle Mädchen in den frühen 80ern, hinter einem weiten Pullover oder T-Shirt. Während die Teenager heute ihre Weiblichkeit nicht früh genug zur Schau stellen können, war dies damals, zu Zeiten der atomaren Nachrüstung keineswegs der Fall.

Außer Iris kannte ich noch Collin Howard, David Keer, Cecil Johnson und Paula McIntire. Die übrigen Mitreisenden waren mir unbekannt.

Wir fuhren auf der A 14 bis nach Coventry und nahmen dann die M 6, die uns nach Norden führte. Nach und nach besserte sich das Wetter, und ich saß mit meinem Walkman in meinem Sitz und schaute zum Fenster hinaus. Neben mir saß Collin, der ebenfalls größtenteils schweigend die Fahrt verbrachte.

Collin war ein Jahr älter als ich, hatte kurze, braune Haare, ein pickelübersätes Gesicht und eine viel zu große Brille in seinem langen Gesicht. Sein Vater war Metzger in einer Großschlachterei und seine Mutter mit den sieben Kindern mehr als überfordert. Ich frage mich noch heute, wie sich die Howards diesen Urlaub für Collin leisten konnten. Vielleicht verdiente er durchs Zeitungsaustragen so viel, dass er es selbst zahlen konnte. Collin sagte nie viel, und darüber war ich in diesem Moment besonders froh. Die Musik von Barclay James Harvest durchflutete meine Gehörgänge, und ich war in Gedanken ein paar Sitzreihen weiter vorn bei Iris und stellte mir vor, wie ich mit ihr durch die grüne Landschaft Lancashires spazierte. Immer wieder wagte ich einen Blick nach vorn, konnte aber nur ein paar blonde Haare hinter der Sitzlehne erhaschen.

Nach sechs Stunden Fahrt waren wir endlich angekommen. Bis auf eine kurze Rast, irgendwo bei Manchester, waren wir ohne Halt und ohne verkehrsbedingte Probleme an unserem Ziel angekommen. Unser Bus parkte auf dem Parkplatz vor dem eindrucksvollen Sandsteingebäude, wo wir von einem jungen Mann in zerrissener Jeans empfangen wurden. Schwester Amy Rees, wie immer in ihre altmodische Tracht gezwängt, scharte die Mädchen um sich und verschwand mit ihnen im Eingangsbereich. Wir Jungs folgten Reverend Holroyd in einen anderen Teil des Gebäudes, wo sich unsere Schlafräume befanden.

Schon im Vorfeld und während der Busfahrt hatten Holroyd und die alte Schachtel Rees gebetsmühlenartig die Vorschriften im Umgang der beiden Geschlechter heruntergeleiert. Kurz gesagt, der Umgang war eigentlich untersagt. Nicht nur, dass das Betreten der jeweils anderen Schlafräume verboten war, selbst ein normaler Kontakt, der über ein paar höfliche Grußworte hinausging, blieb untersagt. Damals ernteten die Belehrungen allenfalls ein Augenrollen, aus heutiger Sicht muss ich sagen, dass solche Maßnahmen gar nicht scharf genug sein können, denn es gibt kaum etwas Unkalkulierbareres als eine Herde pubertierender Teenager. Und unser Reverend hätte eine von der Bibelschule mitgebrachte Schwangerschaft eines Mädchens wohl kaum über-

standen. Beruflich jedenfalls nicht. Doch so weit kam es in diesem Sommer nicht, der Reverend und sein Drache hatten uns gut im Griff – meistens immerhin.

Und so wurde es schwierig, mein Vorhaben, mich an die süße Iris heranzumachen, in die Tat umzusetzen. Dennoch sollte sich die Zeit in Capernwray Hall ganz aufregend gestalten.

Collin und ich wurden in ein Zimmer gesteckt, in dem auch zwei Deutsche und zwei Norweger untergebracht waren. Die Namen der Norweger habe ich vergessen, zwei in sich gekehrte Langweiler, die den ganzen Tag dämlich grinsend herumhockten und irgendwelche Bücher über längst verfaulte Missionare lasen. Die Deutschen hingegen waren eher nach Collins und meinem Geschmack. Nicht dass wir die absoluten Überflieger gewesen wären. Nein, wir waren selbst mehr als schüchtern, hatten jedoch die Hoffnung, die große, weite Welt kennenzulernen. Und Lancashire lag immerhin auf der anderen Seite Englands und die vielen jungen Leute aus ganz Europa und sogar aus Übersee verbreiteten ein schon fast exotisches Flair.

Peter Reichart war damals 17, in unseren Augen also schon ziemlich erwachsen, und unterstrich seine Reife auch mit der Tatsache, dass er rauchte wie ein Schlot und in jedem Satz mindestens zwei „fuck" unterbrachte. Michael Stern hingegen, ein Jahr jünger als Reichart, klein und unscheinbar, war so etwas wie Reicharts Adjutant. Jedenfalls befolgte er dessen Anweisungen, ohne zu murren und sagte kaum mehr als unbedingt notwendig. Die beiden waren aus Karlsruhe, einer Stadt, die irgendwo im Südwesten Deutschlands liegt.

Am Morgen, nach dem Frühstück, gingen wir alle brav in den Konferenzsaal und ließen die warmen Worte der Referenten über uns ergehen. Ich weiß heute nicht mehr viel von damals. Nur eines der Themen beschäftigt mich bis heute: „Living in the overlap" – Leben im Übergang. Ist es wirklich so, dass wir, wenn wir Jesus als Erlöser annehmen, uns vom weltlichen Dasein lösen und bis zu seiner Wiederkunft in diesem Übergang leben, um dann schließlich in seinem Reich zu sein?

Collin verstand überhaupt nicht, um was es dabei ging, Peter Reichart

war spürbar desinteressiert und Michael Stern überaus verunsichert. Die blöden Norweger hingen an den Lippen der Referenten und schienen beglückt – fast schon orgiastisch.

An einem Nachmittag saß ich vor dem Beehive, dem kleinen Kiosk im Innenhof des Hauptgebäudes von Capernwray Hall, als sich plötzlich Iris neben mich setzte. Mir fiel fast meine Cola aus der Hand, wie sie mich mit ihren grünen Augen ansah und lächelte. Vor lauter Schreck war ich wie gelähmt und unfähig, nur einen Ton herauszubekommen. Ich machte vermutlich einen ziemlich bescheuerten Eindruck auf Iris, die sicherlich denken musste, ich sei nicht ganz richtig im Kopf, der inzwischen eine bedenkliche Rotfärbung angenommen hatte.

Ich weiß nicht, wie lange wir so nebeneinander gesessen haben. Mir kam es vor wie Stunden, tatsächlich waren es vielleicht zehn bis fünfzehn Minuten. Jedenfalls war ich, außer einem dämlichen Grinsen, zu keinerlei Regung fähig. Ich weiß nicht einmal mehr, ob Iris etwas zu mir gesagt hat. Im meinem Kopf war nur ein Brummen, als sei der Beehive kein Kiosk, sondern tatsächlich ein Bienenstock.

Irgendwann stand Iris wieder auf und ging durch den Torbogen hinaus auf den Parkplatz. Ich war immer noch wie versteinert, nicht in der Lage, ihr zu folgen oder sonst irgendetwas zu tun. So verstrich die einmalige Chance, meiner Angebeteten etwas näher zu kommen. Und es war meine letzte Chance, denn nach den Schulferien musste ich mit ansehen, wie Alan Sharpe mit meiner Iris im Arm über den Schulhof stolzierte.

Es war für mich, als wäre die Sonne für immer untergegangen, und selbst meine Mutter verlor allen Schrecken im Angesicht dieser Tragödie.

Dennoch ist der Aufenthalt im Juli 1984 in Capernwray Hall eine meiner schönsten Jugenderinnerungen. So voller Hoffnung, Freiheit und Abenteuer, auch wenn diese im Nachhinein betrachtet sich als sehr unschuldig und naiv erweisen. Doch damals bestand immerhin noch die Hoffnung auf ein glückliches Leben, ein

Umstand, der sich bald, langsam aber unaufhaltsam, verändern sollte.

Kapitel 26 - Donnerstag, 12.11.2009, Mittag

Die Geschichte Bangors reicht bis ins 6. Jahrhundert zurück. Jetzt, 1.500 Jahre später, lag die kleine Stadt an der Irischen See unter wolkengrauem Himmel, als duckte sie sich aus Furcht vor Wetter und Gezeiten. Doch der graue Eindruck rührte nicht nur vom Wetter, die Stadt selbst, die Dächer waren grau. Kein Wunder, die Region Gwynedd ist ein Zentrum des Schiefers. Nur wenige Kilometer südöstlich von Bangor liegt der Penrhyn Steinbruch, der größte Schiefersteinbruch der Welt. Seine Blütezeit erlebte Penrhyn im 19. Jahrhundert, doch auch im 21. Jahrhundert baut die Welsh Slate Limited noch Schiefer ab, der zu Dachschindeln gespalten wird.

Susan McCoy hatte sich am Vorabend im Internet kurz über ihr Ziel informiert und war schon seit gut sechs Stunden unterwegs, als sie die Ausfahrt des Steinbruchs passierte und sich langsam ihrem Ziel näherte. Gegen fünf Uhr in der Früh war sie abgefahren und hatte gehofft, um die größten Verkehrsstaus herumzukommen. Schließlich, nach knapp sechseinhalb Stunden und 470 Kilometern sah Susan die Universitätsstadt vor sich liegen und sich selbst einer plötzlichen Hungerattacke ausgesetzt. Das war auch nicht überraschend, denn außer einer Tasse Kaffee und einer überreifen Banane zum Frühstück hatte Susan noch nichts zu sich genommen.

Also ließ sie ihre Blicke über den Fahrbahnrand hinaus schweifen, in der Hoffnung, einen netten Pub oder wenigstens einen akzeptablen Imbiss zu finden. Das sollte doch nicht so schwer sein, immerhin waren die Hälfte der gut 20.000 Einwohner Studenten. Entlang der Straße fanden sich etliche Restaurants und Fast-Food-Buden, die Susan jedoch nicht zusagten. Sie parkte ihr Auto am Straßenrand und fand in der High Street ein Einkaufszentrum, in dem ein Subway untergebracht war, der ihren Vorstellungen entsprach.

Mit einer Cola und einem Thunfischsandwich setzte Susan sich auf einen der unbequemen Stühle an einem kleinen Tisch am Fenster und schaute nach draußen ins Leere. Ihre Gedanken waren bei dem jungen Harold Fletcher, der hier geboren war und hier seine Kindheit und Jugend verbracht hatte. Wer war nur auf die Schnapsidee gekommen, nach Bangor zu fahren? Was sollte sie hier eigentlich? Wonach sollte sie suchen – und vor allem wo?

Hungrig schlang sie das Sandwich herunter und spülte mit der Cola nach. Jetzt brauchte sie noch einen Kaffee. Er war heiß und erstaunlich gut – für einen Fast-Food-Schuppen jedenfalls. Danach fühlte sie sich wieder besser und spürte, wie ihre Gedanken ins Fließen kamen.

Harold Fletcher war am 15. April 1945, kurz vor Kriegsende, als Sohn des städtischen Angestellten Richard Fletcher und seiner Frau Sheila geboren. Er war das einzige Kind des Paares, die ihm die beste Ausbildung zukommen lassen wollten. Daher ermöglichten sie ihm auch ein Studium, was damals, Mitte der sechziger Jahre, für Kinder aus kleinbürgerlichen Kreisen noch nicht üblich war.

Susan McCoy ging zu ihrem Mercedes zurück, stieg ein und griff nach einem Papierstapel auf dem Beifahrersitz. Sie suchte nach einem bestimmten Blatt, fand es und wühlte dann nach ihrem Handy. Nachdem sie in allen Taschen, Fächern, Ritzen und unter den Sitzen nachgeschaut hatte, fiel ihr ein, dass sie das gute Stück zu Hause auf dem Sideboard bei der Garderobe vergessen hatte. Jetzt wurde ihr auch schlagartig klar, weshalb es den ganzen Tag noch nicht geklingelt hatte.

Sie schaute nochmals auf die Adresse, die sie gesucht hatte, gab sie in ihr Navigationsgerät ein und hoffte, dass Paul Mosley zu Hause war. Am Vortag hatte sie mit ihm telefoniert, einem Schulfreund von Harold Fletcher. John Clark war irgendwo in den Tiefen des Internets auf seinen Namen gestoßen und konnte ihn mit Fletcher in Verbindung bringen. Susan hatte sich für den heutigen Tag mit ihm verabredet und wollte ihn am Mittag bei ihm zu Hause treffen.

Paul Mosley wohnte in einem der vornehmen Häuser an der Ffordd Silwen in unmittelbarer Nähe eines Steinkreises, die zu Hauf im Norden von Wales zu finden waren. Susan hatte ihr Ziel nach wenigen Minuten erreicht und parkte ihren Wagen auf einem kleinen Parkplatz an der Einmündung der Ffordd Meirion in die Ffordd Menai. Schräg gegenüber stand das Haus Mosleys, genauso grau wie die ganze Stadt. Susan hatte inzwischen den Eindruck gewonnen, dass selbst die Menschen in Bangor eine schiefergraue Gesichtsfarbe hätten.

Sie zog ihre dunkelblaue Windjacke an, stellte den Kragen auf und ging in leicht gebückter Haltung, um dem strammen Wind, der vom Meer her kam, besser standhalten zu können. Nach wenigen Minuten saß sie im Wohnzimmer von Paul Mosley bei einer Tasse heißen Tee und süßen Butterkeksen.

Paul Mosley war ganz anders, als sie ihn sich vorgestellt hatte. Mosley war klein von Statur und mindestens so breit wie hoch. Sein kreisrunder Kopf saß halslos auf den breiten Schultern und hatte eine dunkelviolette Farbe, die Susan befürchten ließ, er würde alsbald platzen. Das volle, lockige Haar war so gleichmäßig schwarz, dass Susan davon ausging, dass er es färbte. Eine randlose Brille saß auf Mosleys viel zu klein geratener Nase und gab den wassergrauen Schweinsäuglein einen noch groteskeren Ausdruck. Mosley trug einen dunkelblauen Anzug, ein weißes Hemd und eine bordeauxrote Krawatte, die zwar zu seiner Gesichtsfarbe, nicht aber zum sonstigen Outfit passte.

Dennoch war ihr der alte Mann sofort sympathisch, denn er offenbarte keinerlei Standesdünkel und bat sie derart freundlich in sein Haus, als wäre sie eine alte Bekannte. Noch bevor sie auf dem Louis XV-Sessel Platz genommen hatte, wusste Susan schon, dass Mosley gerade von einer Indienreise zurückgekehrt war, wo er seiner Teeplantage einen Besuch abgestattet hat. Die Familie Mosley betrieb seit den 1870er-Jahren eine Teeplantage in Assam – der Ururgroßvater von Mosley, ein Oberst der britischindischen Armee, ließ sich nach seiner Pensionierung in Indien nieder, fand Geschmack am Tee und kaufte eine Plantage, die Paul Mosley vor drei Jahren wiederum seinem Sohn überschrieben hatte. Dennoch konnte er vom Tee nicht lassen und reiste noch immer zwei bis drei Mal im Jahr in die ehemalige Kolonie.

„Wissen Sie, Miss McCoy, der im Herbst geerntete Tee gehört zwar nicht mehr zu den Spitzentees, doch ich schätze seinen vollmundigen Charakter und mag ihn fast lieber als den First Flush."

Ehe Susan sich versah, wusste sie, dass der Durchschnittsbrite rund fünf Pfund Tee im Jahr konsumiert und dass sich die Teeproduktion in den vergangenen zwanzig Jahren verdoppelt hatte.

„Die meisten Menschen meinen, Indien sei der weltgrößte Teeexporteur. Weit gefehlt. Indien liegt erst an vierter Stelle. Den meisten Tee exportiert Kenia", dozierte Mosley weiter, und Susan überlegte fieberhaft, wie sie dem Redeschwall des netten Herrn Einhalt gebieten sollte, ohne ihn zu verärgern. Glücklicherweise wurde Mosley von einem heftigen Hustenanfall übermannt, und bevor er sich wieder vollständig gefasst hatte, übernahm Susan die Initiative.

„Mr Mosley, Sie waren ein Jugendfreund von Harold Fletcher. Hatten Sie später, nachdem er aus Bangor weggezogen war, immer noch Kontakt zu ihm?"

Mosley hatte es sich inzwischen auf dem Ledersessel unter einem riesigen klassizistischen Gemälde bequem gemacht. In aller Gemütsruhe stopfte er umständlich eine Pfeife, und Susan war sich nicht sicher, ob er sie überhaupt noch wahrnahm.

„Harold! Früher waren wir unzertrennlich. Wir waren gleich alt, wohnten in derselben Straße und hatten allerlei Unsinn im Kopf. Meine Mutter sah es nicht gerne, dass wir die ganze Zeit zusammen waren. Schließlich war sein Vater lediglich ein kleiner Angestellter, der im Rathaus staubige Akten wälzte, und das war in ihren Augen nicht der richtige Umgang für mich. Die Bedenken meiner Mutter haben mich jedoch nicht besonders beeindruckt." Mosley paffte ein paar Rauchwölkchen Richtung Decke.

„Später, als Harold zu studieren begann, verloren wir uns aus den Augen. Ich selbst war überwiegend in Indien – Sie wissen vielleicht, wie das mit Kinderfreundschaften so ist. Irgendwann wird der vertraute Freund zum Fremden. Ich habe Harold in den vergangenen dreißig Jahren kaum gesehen. Immerhin haben wir uns jeweils an unseren Geburtstagen eine Karte geschickt, bis zum Schluss. Diese Sentimentalität war auch alles, was von unserer Freundschaft blieb.“

Der Raum war zwischenzeitlich in einen hellgrauen Nebel aus Pfeifenrauch gehüllt, als ob die Stadt nicht schon grau genug gewesen wäre. Immerhin roch die Pfeife angenehm süßlich nach einer Mischung aus Vanille und Kirschlikör.

Susan wusste nicht, ob ihre Dienstfahrt nach Wales irgendeinen Sinn hatte, sie war schon vorher skeptisch gewesen und hatte jetzt das Gefühl, dass sie sich die Reise hätte sparen können.

„Wie würden Sie Fletcher charakterisieren?“

„Hm.“ Eine weitere Rauchwolke stieg aus der Pfeife empor. „Schüchtern, ziemlich unsicher im Auftreten, manchmal fast etwas verklemmt. Aber er war schon immer ziemlich ehrgeizig. Wenn er etwas wollte, dann bekam er es auch. Seltsam, jetzt, wo Sie mich danach fragen, fällt es mir auf. Er bekam meistens, was er wollte. Aber fragen Sie mich nicht, wie er es angestellt hat. Er war niemand, zumindest als Kind und Jugendlicher nicht, der Forderungen stellte. Aber er hat es meistens geschafft, ans Ziel zu kommen. Aber damals, in den fünfziger und den frühen sechziger Jahren gab es für uns nur wenig außer Fußball und Rock'n'Roll. Und am meisten Spaß hatten wir, wenn es mir gelang, das Kleinkalibergewehr aus dem Schuppen meines Großvaters zu schmuggeln – immer, wenn er nicht da war –, dann ging es auf die Rattenjagd. Wir lagen auf der Lauer am Kanal unten am Hafen und warteten, bis sich eine unvorsichtige Ratte zeigte. Wir hatten nicht so viel Abwechslung wie die jungen Leute heutzutage.“

„Hatte Fletcher noch andere Freunde außer Ihnen?“

„Eigentlich nicht. Wie gesagt, er war zurückhaltend bis schüchtern und er war froh, in mir einen gleichgesinnten Kumpan gefunden zu haben."

„Und wie war es mit Ihnen? Hatten Sie andere Freunde?"

„Na ja, ich bewegte mich etwas selbstsicherer durch die Welt als Harold, aber ich war mit unserer Freundschaft ganz zufrieden."

„Und wer hatte zuerst eine Freundin?"

„Das war damals auch noch anders als heute, wo schon die 13-Jährigen miteinander ins Bett gehen. Da tanzte man miteinander, und wenn man das ein paar Mal gemacht hatte, war das schon so was wie eine feste Freundschaft. Und wehe, die Eltern hätten davon etwas gewusst!"

„Das war nicht meine Frage, Mr Mosley."

„Ich hatte zuerst eine Freundin, also eine richtige Freundin, wenn Sie verstehen, was ich meine. Mit zwanzig. Als ihre Eltern davon erfuhren, hätten sie mich fast umgebracht. So waren die Zeiten eben. Ich habe es überlebt und sie auch."

„Und Fletcher?"

„Der war einfach zu schüchtern. Solange er hier in Bangor war, solange wir engen Kontakt hatten, hatte er keine Freundin."

„War er zu schüchtern oder war es etwas anderes?"

„Sie meinen, ob er schwul war?" Mosley fing an, laut zu lachen.

„Er war zwar schüchtern, aber nicht schwul. Er hätte schon gerne eine Freundin gehabt, wenn er sich nur getraut hätte. Kandidatinnen gab es genügend! Wenn ich da nur an unsere Reise nach Cornwall zurückdenke ... Das war so 1961 oder 1962. Wir fuhren mit dem Zug nach Wadebridge und wanderten quer durch Cornwall. Damals waren wir auch in Tintagel."

Mosley stutzte. „Wer hätte damals gedacht, dass Harold fünfzig Jahre später in dieser Ruine stirbt."

Er holte tief Luft, bevor er fortfuhr. „Damals haben wir zwei Mädchen in unserem Alter aufgegabelt. Die waren echt klasse. So Kumpeltypen, mit denen man Pferde stehlen konnte.

Schon komisch, was einem da so alles einfällt. Wir haben in Scheunen übernachtet und bei einem Bauer ein Huhn geklaut. Das wurde am Abend über einem Feuer gegrillt, war zwar wahnsinnig zäh, so weit ich mich erinnern kann, aber wir fanden das ganz toll."

Paul Mosley sank in seinen Sessel zurück und versank in Gedanken.

„Und mit den Mädchen, lief da was?"

„Nein, das war irgendwie kumpelhaft. Aber Harold hat sich schwer in die Dunkelhaarige verguckt. Aber anstatt sie anzubaggern, ist er in Ehrfurcht erstarrt."

„Und Sie selbst?"

„Wie ich gerade sagte, die beiden waren mir nicht weiblich genug. Damals hatten wir noch genaue Vorstellungen, wie eine Frau sein muss."

„Wie denn?"

„Na ja, häuslich, pflichtbewusst, ordentlich, sauber und vor allem zurückhaltend. Das waren die beiden keinesfalls. Aus heutiger Sicht würde ich das wohl anders sehen, aber das waren eben andere Zeiten."

Susan hatte keine Ahnung, was sie mit den alten Geschichten anfangen sollte. Da es jedoch keinerlei aktuelle Spuren und Ansatzpunkte gab, wollte sie mehr von der damaligen Zeit hören. Vielleicht war doch was Brauchbares dabei. Immerhin wurde die Person Fletcher, bisher phantomgleich, doch etwas greifbarer.

„Was meinen Sie damit, dass Fletcher in Ehrfurcht erstarrte?"

„Er schaute sie an und sprach von ihr, als ob sie das achte Weltwunder wäre. Das wurde immer schlimmer. Sie war für ihn irgendwie sakrosankt. Manchmal habe ich den Eindruck, er sah in ihr das Idealbild der Frau und wollte von keiner anderen etwas wissen."

„Und war sie so besonders?"

Mosley grinste irgendwie in sich hinein. „Sie war schon eine Marke, klaute Schnaps und Bier in den Läden und soff uns unter den Tisch. Wir waren natürlich kein Maßstab, Alkohol war für uns damals ziemlich tabu. Ab und zu mal ein Bier. Mehr nicht. Aber sie war nicht das Ideal, das Harold in ihr sah, es war nur eine fixe Idee."

„Und wie ging es dann weiter? Wie ging Ihr Urlaub zu Ende?"

„Unspektakulär. Zwei Tage vor unserer Abreise trennten wir uns wieder. Harold und ich gingen zurück nach Wadebridge, und die Mädchen wollten weiter nach Pencanze."

„Hört sich wirklich nicht nach großer Liebe an, sonst wären sie ja bis zum letzten Tag zusammengeblieben, hätten vielleicht sogar noch zusammen die Heimreise angetreten."

„Es war eine tolle Zeit ... aber die Mädchen hätten genauso gut Jungs sein können. Kumpels eben."

„Und Harold?"

Mosley kratzte sich am Hinterkopf, stopfte seine Pfeife und sog heftig daran, so dass erneut eine graue Wolke aus dem Pfeifenkopf emporstieg. „Harold war zunächst ganz unverändert. Später hat er immer wieder von dieser Melinda angefangen. Ich weiß nicht ..."

„Was wissen Sie nicht, Mr Mosley?"

„Es ist so viel Zeit vergangen und ich weiß nicht, ob ich mir da was einbilde."

„Erzählen Sie nur, welchen Eindruck Sie haben. Vielleicht kann es wichtig sein."

„Aus heutiger Sicht betrachtet, kommt mir Harold fast vor wie Goldmund aus dem Roman von Herrmann Hesse."

Susan machte vermutlich einen etwas irritierten Eindruck auf Mosley.

„Ja, die jungen Leute kennen Herrmann Hesse nicht mehr. Hesse war ein deutscher Schriftsteller aus dem 20. Jahrhundert. Einer seiner Romane heißt ‚Narziss und Goldmund'. Darin geht es um zwei Freunde, die in einer Klosterschule aufwachsen und erzogen werden. Narziss wird später Abt des Klosters und Goldmund, der Handwerker, zieht hinaus in die Welt. Eines der Themen ist die Liebe. Goldmund sieht gut aus und kann alle Frauen haben. Die einzige jedoch, die er wirklich liebt, bekommt er nicht. Sie verschwindet, wie auch Melinda verschwunden ist: spurlos."

„Sie meinen, Melinda sei etwas zugestoßen?"

„Nein, nein." Mosley schüttelte heftig den Kopf. „Ich meine, er hat sich nicht um sie bemüht, als Freundin, meine ich, und später hat er sie nicht wiedergefunden. Wir hatten keine Adressen ausgetauscht. Sie taten da ziemlich geheimnisvoll. Mir war es egal, wo sie herkamen. Aber Harold hat sich immer mehr in seiner fixen Idee verfangen. Das fiel mir damals gar nicht so auf. Er war ja schon immer schüchtern gewesen. Aber vielleicht hing sein Herz an dieser Melinda, und vielleicht bilde ich mir das Ganze auch nur ein."

„Haben Sie mit ihm nicht darüber gesprochen?"

„Er reagierte zunehmend gereizt. Mir war es auch egal, wir haben weiterhin Fußball gespielt und Musik gehört. Die Beatles und die Stones sind am Musikhimmel aufgetaucht, und Harold war eigentlich so wie immer. Ich habe die ganze Geschichte auch recht bald vergessen. Für mich war der Urlaub eine nette Episode, mehr nicht."

„Wissen Sie, dass Fletcher jeden Sonntag nach Tintagel fuhr?"

„Nein, was wollte er auf diesem windumtosten Steinhaufen?"

„Das wissen wir nicht. Wir wissen nur, dass er Sonntag für Sonntag dort war, jedoch immer alleine, und allenfalls ein paar Höflichkeitsfloskeln mit dem Personal vom Heritage wechselte."

„Der wird doch wohl nicht noch immer dieser Frau nachgetrauert haben!"

„Haben Sie seine Frau Annie gekannt?"

„Nein, damals war er schon in Cornwall und wir hatten uns aus den Augen verloren. Und sie starb recht früh, deshalb habe ich sie nie kennengelernt."

„Sie haben Fletcher aber später noch getroffen, als er schon in Cornwall war?"

„Ja, allerdings nur in Bangor, wenn er seine Eltern besuchte, und ein paar Mal in London."

„Und wissen Sie, warum er damals nach Cornwall gegangen ist?"

„Kurz vorher war er hier und wir haben uns in einem Pub getroffen. Ich weiß es noch, als wäre es gestern gewesen. Wir tranken gerade ein Bier zu viel, da meinte er beiläufig, dass er eine Anwaltskanzlei in Bodmin übernommen habe. Er müsse weg von hier und eine große Stadt sei nichts für ihn, was freilich stimmte. Ich hätte mir Harold nie in einem Gerichtssaal in London vorstellen können. Er hatte es lieber klein und überschaubar."

„Aber seine Fälle waren gar nicht so klein und überschaubar. Er zog alles an Land, was groß und spektakulär war."

„Aber nicht am Anfang. Und man kann sich im Leben auch ändern. Harold hat sich wohl sehr geändert."

„Hatte er Feinde?"

Mosley bekam einen Hustenanfall, so sehr hatte ihn der plötzliche Themenwechsel überrascht. „Wie kommen Sie jetzt darauf?"

„Na – irgendwer hat ihn umgebracht, und das war vermutlich niemand, der ihn besonders gut leiden konnte."

„Sie haben recht. Ich weiß nicht, ob er Feinde hatte. Vermutlich macht man sich als Anwalt nicht nur Freunde. Aus der Zeit in Bangor glaube ich nicht, dass es Feinde gab."

„Und nach der Schule, was hat Harold da gemacht?"

„Er studierte in Edinburgh, ich in Oxford. Danach ging ich für ein paar Jahre nach Indien."

„Wie hat er während des Studiums sein Geld verdient?"

„Ich weiß nur, dass er in einem Pub gejobbt hat."

„In Edingburgh?"

„Nein, in Bangor, während der Semesterferien. Ob er in Edinburgh auch gejobbt hat, kann ich nicht sagen."

„Gibt es den Schuppen noch, wo er damals gearbeitet hat?"

„Klar. Harold hat es nicht geschafft, den Laden zugrunde zu richten. Aber ich glaube nicht, dass es dort noch jemanden gibt, der ihn kennt. Ist doch schon recht lange her."

„Waren Sie in dem Pub mal zu Gast, als er dort tätig war?"

„Ich war ein- oder zweimal kurz am Tresen und habe ein Bier getrunken. Aber es war ihm unangenehm, irgendwie. Außerdem war ich nur selten hier während der Semesterferien. Mein Vater hat mich in den Semesterferien jeweils nach Indien verfrachtet. Damit ich lerne zu arbeiten, hat er gesagt. Ich bin jedoch sicher, er wollte mich vor Sex, Drogen und Rock'n'Roll, den wilden Zeiten eben, in Sicherheit bringen. Ist ihm aber nicht gelungen."

Mosley grinste wieder in sich hinein.

„Wie ist der Name des Pubs?"

„Es ist das Black Griffin. In der Ambrose Street. Legendär, besonders bei Studenten beliebt. Damals waren vorwiegend Arbeiter dort. Aber heute arbeitet ja niemand mehr. Es gibt nur noch Dienstleister. Aber das ist eine andere Geschichte."

Susan ordnete gerade die gesammelten Informationen und überlegte, ob es momentan noch offene Fragen gab, als es an der Tür klingelte.

Kapitel 27 - Donnerstag, 12.11.2009, Nachmittag

Eine typische englische Backsteinhaussiedlung. Die schmalen Häuser standen dicht an dicht, lediglich fünf bis sechs Meter breit und gut doppelt so lang. Nach hinten erstreckten sich lang gezogene Gärten mit Gemüse- und Blumenbeeten, Obstbäumen oder einfach nur mehr oder weniger gepflegten Rasen mit diversen Sitzgelegenheiten. Corwick Hill im Süden von Exeter war eine dieser Straßen, wie es sie zu Tausenden in den Wohngebieten der Durchschnittsbürger gab, die dort ihr eigenes Reich hatten, ganz nach dem Motto: „My home is my castle".

„Wieso wohnt denn Johns Mutter auch in Exeter? John stammt doch aus Bristol", fragte Zoe ihre Kollegin Rachel, als sie mit dem Auto nach Corwick Hill unterwegs waren.

„Keine Ahnung. Ich kannte John kaum. Aber es ist schon seltsam. Lebt Johns Vater noch?"

„Gute Frage. Von dem war noch nie die Rede. Vielleicht haben sich die Eltern getrennt und die Mutter ist zu John gezogen.

Ein seniler Pflegefall ist sie jedenfalls nicht, ganz im Gegenteil. Aber das können wir sie ja gleich fragen."

Rachel schüttelte den Kopf. „Also normal ist das ja nicht, dass eine Mutter zu ihrem Sohn zieht, der in einem Alter ist, in dem er eigentlich sein eigenes Leben führen sollte. Gab es Hinweise auf ein inzestuöses Verhältnis?"

Zoe blickte mit leicht entsetzter Mine zur Beifahrerseite. „Nein, das glaube ich nicht."

„Es geht nicht um das, was wir glauben, sondern um das, was wir beweisen können."

„Ich glaube eher, die Mutter ist eine furchtbare Glucke, die ihr Küken nicht aus dem warmen Nest lassen will. So was ist schließlich kein Einzelfall. Dass die Mutter jedoch nach Exeter ins Haus ihres Sohnes zieht, ist schon ziemlich extrem!"

„Kann man so sehen. Wie hat John auf euch gewirkt, also privat?"

„Er hat viel mit Emma zusammengearbeitet. Ich selbst hatte nicht so viel mit ihm zu tun. Auf mich hat er einen zurückhaltenden, fast schüchternen, aber sehr netten Eindruck gemacht."

„Wie war sein Status im Team?"

„Er war nicht gerade ein Außenseiter, aber John stand eher am Rande. Red und Debbie haben ihn respektiert, bei Susan bin ich mir da nicht so ganz sicher. Und Trevor hat ihn gepiesackt, wo es nur ging."

„Und wie war sein Verhältnis zu Parker und zum Chief Super?"

„Er war nicht Parkers Liebling, und bei Hamilton bin ich ganz unschlüssig. Was der über seine Leute denkt, weiß niemand so genau."

„Wie meinst du das?"

„Na ja, er steht nach außen immer hinter seinen Beamten. Er hält sich mit interner Kritik aber auch nicht zurück. Was er jedoch wirklich über den Einzelnen denkt, weiß niemand so genau."

„Auch nicht Debbie?"

Zoe wurde das Ganze langsam etwas unangenehm und sie war froh, dass sie ihr Ziel erreicht hatten.

„Da vorne ist es", sagte sie und parkte den Rover direkt hinter den Wagen des Kriseninterventionsteams vor Johns Haus.

„Na dann, Augen zu und durch", meinte Rachel, die wusste, wie schwer es war, bei aller Routine, Angehörige eines Mordopfers erstmals zu befragen.

Kurze Zeit später saßen die beiden mit Ruth Clark im Wohnzimmer, dem einzigen Zimmer im Erdgeschoss mit Blick auf die Straße. Ruth Clark war eine groß gewachsene Frau Mitte sechzig. Ihr graues Haar war kurz geschnitten, und die tränengeröteten Augen lagen hinter einer modischen Brille. Sie machte einen sehr eleganten Eindruck auf die Polizistinnen und wirkte für die Wohngegend fast etwas overdressed. Auf dem länglichen Tisch inmitten einer Sitzgruppe stand eine Kanne Tee, das englische Nationalgetränk, das bei jeder Gelegenheit, selbst im Fall eines gewaltsamen Todes, serviert und dadurch zu einer Art Allheilmittel wurde.

„Mrs Clark, wann haben Sie John das letzte Mal gesehen?", fragte Rachel, während Zoe einen Schreibblock und Stift in Händen hielt.

„Gestern Morgen beim Frühstück."

„Und was machte er für einen Eindruck auf Sie? Ist Ihnen etwas an seinem Verhalten aufgefallen?"

„Er war wie immer. Am Morgen war er immer etwas wortkarg. Das war normal."

„Und am Abend haben Sie ihn nicht mehr gesehen?"

„Nein."

„Kann es sein, dass er nach der Arbeit noch mal nach Hause kam?"

„Ich denke nicht. Ich war den ganzen Nachmittag und Abend daheim, da hätte ich gehört, wenn er gekommen wäre."

„Und als er in der Nacht noch immer nicht zu Hause war, haben Sie sich da keine Gedanken gemacht?"

„Als Polizist hatte er ganz unregelmäßige Arbeitszeiten, das kennen Sie vermutlich selbst. Ich dachte mir, er hätte wieder eine außerordentliche Nachtschicht."

Plötzlich wurde Rachel hellhörig. „Hatte er in der jüngeren Vergangenheit vermehrt diese außerordentlichen Nachtschichten?“

„Sie als Kollegin sollten dies doch wissen.“

„Tut mir leid, Mrs Clark, ich war bis vor wenigen Tagen bei der Polizei in Plymouth.“

„Früher war das nur selten der Fall. In den vergangenen Monaten war er jedoch regelmäßig in den Nächten unterwegs. Der arme Junge, die vielen Überstunden, und jetzt ist er tot.“

Sie begann wieder zu weinen. Rachel reichte ihr ein Taschentuch.

„Danke, ist schon gut. Es tut mir leid.“

„Es braucht Ihnen nicht leid zu tun.“

Rachels Hirnwindungen arbeiteten fieberhaft. Außerordentliche Nachtschichten gab es nicht. Zumindest war dieser Terminus ungebräuchlich. Und sie konnte sich auch nicht vorstellen, dass John jetzt mehr reguläre Nachtschichten schieben musste als früher. Zumal Johns Aufgabenschwerpunkt im Bereich Verhör und Datenabgleich gelegen hatte. Da waren unplanmäßige nächtliche Sondereinsätze absolute Ausnahmen.

„Mrs Clark, hat John viel über seine Arbeit geredet?“

„Oh nein, er war sehr verschwiegen. Früher hat er mir alles erzählt, aber seit er bei der Kriminalpolizei war, nur noch sehr wenig. Er dürfe nicht über seine Arbeit reden, um die Ermittlungen nicht zu gefährden. Als ob seine alte Mutter die Ermittlungen gefährden würde!“

„Was wissen Sie über seine privaten Kontakte? Hatte John eine Freundin?“

Bei dieser Frage verdunkelte sich der Gesichtsausdruck der Mutter deutlich, als sei sie tödlich getroffen worden.

„Er hatte keine Zeit für eine Freundin! Die unregelmäßige Arbeitszeit, die vielen Überstunden ... Wo hätte er Zeit für eine Freundin hernehmen sollen?“

„Und was machte er in seiner dienstfreien Zeit oder im Urlaub?“

„Im Urlaub gingen wir immer nach Madeira. Seit fünfzehn Jahren, seit mein Mann ...“ – wieder schluchzte sie heftig – „... seit mein Mann gestorben ist.“

„Fanden Sie es nicht sonderbar, immer mit Ihrem Sohn in Urlaub zu gehen?“

„Verzeihen Sie bitte, aber ich wüsste nicht, was Sie das angeht.“

„Bei einem ungeklärten Todesfall geht uns alles was an“, antwortete Rachel in einem scharfen Ton, wusste jedoch, dass es nicht zielführend war, Johns Mutter zu verärgern. Schließlich war sie momentan die einzige Person, die Licht in Johns Privatleben bringen konnte.

„Und was machte John in seiner dienstfreien Zeit?“

„Im Haus gibt es immer was zu tun, und der Garten macht auch Arbeit.“

„Ging John nie aus?“

„Machen Sie Scherze? John war am liebsten daheim. Er konnte mit Discotheken, Kinos oder überfüllten Pubs nichts anfangen.“

„Sie meinen also, dass Johns Leben aus Polizeiarbeit und Corwick Hill bestand?“

„Ist das verwerflich?“

„Nein, aber seltsam. John musste doch neben der Polizei und Ihnen noch andere Kontakte haben, Familie, Freunde, oder etwa nicht?“

„Mein Mann und ich waren Einzelkinder, wir haben keine Verwandten, das ist auch der Grund, weshalb ich hierher zu John nach Exeter gezogen bin. Das Leben als Witwe in Bristol ohne Familie ist nicht einfach.“

„Wieso sind Sie von East Anglia nach Bristol gezogen?“

„Fragen Sie die ‚Eiserne Lady‘. Mrs Thatcher hat die Bahn privatisiert und meinen Mann, einen Eisenbahner mit Leib und Seele, entlassen. 1987 fand Peter in Bristol Arbeit in einem Warenlager. Da hatte er großes Glück, mit Ende vierzig noch einen Job zu bekommen und wenn es auch nur als Lagerarbeiter war. Wir sind aber nie in Bristol angekommen. Die Menschen sind anders als in

Bury, das können Sie mir glauben. Und dann ging John zur Polizei und Peter starb."

Rachel sah, dass sie nicht weiterkam. Entweder John hatte tatsächlich kein Privatleben gehabt, oder seine Mutter hatte etwas zu verbergen. Sie vermutete, dass John sich während der nächtlichen Sonderschichten einen Freiraum hatte schaffen wollen, denn so wie es aussah, lebte er in einem ödipalen Verhältnis par excellence.

„Mrs Clark, wir würden uns jetzt gerne Johns Zimmer ansehen. Wären Sie so nett und würden uns in sein Zimmer führen?"

Ruth Clark nickte stumm, stand auf und ging langsam aus dem Zimmer.

Kapitel 28 - Donnerstag, 12.11.2009, Nachmittag

Die Palmen in den Vorgärten machten einen traurigen Eindruck unter dem trüben Novemberhimmel. Debbie wurde einmal mehr bewusst, dass es in Cornwall zwar wärmer war als in ihrer nordenglischen Heimat, aber karibische Verhältnisse waren doch etwas anderes. Ihr Insignia schnurrte durch die Straßen von Tintagel, die einen irgendwie gespenstischen, fast feindseligen Eindruck auf Debbie machten.

Vielleicht lag es einfach daran, dass ihr ganzes Leben nur noch aus Mord und Totschlag bestand. Seit sie Leiterin des Ermittlungsteams war, bestand ihr Privatleben lediglich aus einem meist viel zu kurzen, unruhigen Schlaf und einem schnellen Frühstück in der schmalen Küche. Die freien Wochenenden verschlief sie fast ausnahmslos. Seit ihre beste Freundin Rebecca mit Hamilton liiert war, hatte sie den Eindruck, dass ihrer beider Umgang auch nicht mehr so ungezwungen war wie vorher.

Da ihre Familie weit weg in Northumberland und Yorkshire verstreut wohnte und sie keinen Nerv und noch weniger Zeit für eine Beziehung hatte, stürzte sie sich nur noch mehr in ihre Arbeit. Und manchmal hatte sie das Gefühl, gar kein eigenes Leben mehr zu haben, sondern mit jeder Faser ihres Geists und Körpers nur noch Polizistin zu sein: Detective Chief Inspector Debbie Steer.

Wie auch immer, jedenfalls hatte sich Debbie, nachdem die Aufgaben verteilt waren, in ihr Auto gesetzt und war in östliche Richtung gefahren. Bislang war sie noch nicht am Tatort gewesen, und es gab weder brauchbare Spuren noch vernünftige Anhaltspunkte. Sie wollte die letzten Augenblicke im Leben Harold Fletchers selbst nachempfinden. Dazu musste sie nach Tintagel fahren.

Debbie nahm sich vor, eine Tasse Kaffee im Eingangsbereich zu trinken, die Treppe nach oben zu gehen, den Wind und das Meer zu spüren und die Aussicht vom Felsen zu genießen. Sie brauchte ein Gefühl für den Mord, sie wollte sich ganz in das Opfer hineinversetzen. Vielleicht war etwas ganz Offensichtliches übersehen worden. Debbie war überzeugt davon, dass ihre Fahrt an den Ort des Geschehens mindestens genauso viel bringen würde wie das weitere stumpfsinnige Wälzen der Akten.

Und plötzlich zweifelte sie an ihrem Vorhaben. John lag tot in der Pathologie, und sie plante einen Spaziergang am Atlantik. Wäre ihr Platz jetzt nicht eher in Fletchers Schlafzimmer, wo man den armen John gefunden hatte? Sie wischte die Bedenken beiseite, denn sie wusste, ihre bloße Betroffenheit im Todesfall Clark brachte die Ermittlungen nicht weiter.

Und dann machte sich wieder das ungute Gefühl breit, das am Morgen schon einmal aufgetaucht war: Wo steckten Susan und Trevor? Beide hatten sich bislang nicht gemeldet. Dass Trevor vorübergehend nicht erreicht werden konnte, war nichts Außergewöhnliches, aber Susan galt als die Zuverlässigkeit in Person. Zwar arbeitete sie am liebsten selbstständig, blieb aber immer mit Middlemoor in Kontakt.

Inzwischen hatte Debbie ihren Wagen vor dem Eingangsbereich geparkt und war ausgestiegen. Noch war der gesamte Bereich mit den blauweißen Polizeibändern abgesperrt und eine große, handgeschriebene Tafel wies darauf hin, dass die Burg aufgrund polizeilicher Ermittlungen nicht besichtigt werden konnte.

„Eine Schnapsidee!“, durchfuhr es Debbie. Natürlich war alles geschlossen. Also konnte sie keinen Kaffee trinken, und das Eingangstor war vermutlich auch abgeschlossen. Debbie trat gegen einen faustgroßen Stein, der daraufhin mit Wucht über den Parkplatz hinweg ins Gestrüpp flog.

Sie lief zu dem Eingangsgebäude und drückte instinktiv den Knauf einer Tür herunter, die überraschenderweise nicht abgeschlossen war. Debbie trat ein und stellte fest, dass sie im Souvenirlanden stand, wo ein Mann die Regale mit allerlei Krimskrams auffüllte.

„Es tut mir leid, wir haben geschlossen“, sagte der Mann.

„Ich weiß, ich bin DCI Debbie Steer aus Exeter. Und wer sind Sie, wenn ich fragen darf?“

„Stuart Melrose, ich bin verantwortlich für die Burg. Vermutlich kennen Sie meinen Namen aus den Akten?“

Debbie nickte.

„Es ist ganz ungewohnt, dass wir geschlossen haben. Mir wird schon ganz langweilig. Aber ein Mord passiert schließlich nicht alle Tage. Gott sei Dank, möchte ich anfügen. Trinken Sie eine Tasse Kaffee oder Tee?“

„Gerne.“

„Dann kommen Sie doch bitte mit nach drüben. Hier haben wir nicht mal eine Kaffeemaschine.“

Melrose legte die Plastikschwerter auf einen Tisch, um sie später einzuräumen. Kurz darauf saßen sie im Restaurant, das auf der gegenüberliegenden Seite der Castle Road lag.

„Gibt es schon irgendwelche Anhaltspunkte?“, fragte Melrose, während er inständig mit einem Löffel den Zucker in seinem Kaffee aufrührte, so dass Debbie das Gefühl hatte, er würde den Tassenboden gleich durchbohren.

„Sie werden verstehen, dass ich beim jetzigen Stand der Ermittlungen keine Details preisgeben kann.“

Debbie sah ihm geradewegs in die dunkelbraunen Augen. Er hielt ihrem Blick stand und lächelte sie an.

„DCI Steer, ich nehme nicht an, dass Sie den Weg hierher gesucht hätten, wenn Ihre Ermittlungen gut vorankommen würden. Gehe ich recht in der Annahme, dass Sie noch komplett im Dunkeln tappen?"

Debbie war nicht nach Tintagel gekommen, um sich ausfragen zu lassen. Sie versuchte, das Gespräch mit einem Themenwechsel in eine fruchtbarere Richtung zu lenken.

„Kannten Sie DS John Clark?"

Melrose stutzte, legte die Stirn in Falten und schüttelte langsam den Kopf. „Nein, wer ist DS John Clark? Ein Mitglied beim Heritage?"

„Vielleicht. Könnten Sie mal in Ihren Unterlagen nachschauen?"

Debbie hatte zwar keine Ahnung, was John mit dem Heritage zu tun haben könnte, vielleicht gab es aber eine Verbindung.

„Kein Problem", antwortete Melrose, bückte sich, zog ein Notebook aus seiner Aktentasche und stellte das Gerät auf den Tisch.

Nach wenigen Augenblicken blickte Melrose über den Bildschirm hinweg und fragte: „John Clark, Corwick Hill, Exeter?"

„Kannten Sie ihn?", fragte Debbie, während sie spürte, wie sich ein Karussell in ihrem Kopf in Bewegung setzte.

„Ist er tot?"

„Ja, kannten Sie ihn?"

„Nein, der Name sagt mir nichts."

Debbie zog ein Foto von John aus ihrer Jackentasche und hielt es Melrose unter die Nase.

„Nein, noch nie gesehen. Jedenfalls nicht bewusst. Nach meinen Unterlagen war Clark seit 1998 Mitglied auf Lebenszeit. Mehr kann ich Ihnen nicht sagen."

Gab es eine Verbindung von John zu Fletcher? Debbie überlegte fieberhaft, wie sie weiter vorgehen sollte, beschloss dann jedoch, bei ihrem ursprünglichen Plan zu bleiben und den Tatort zu besichtigen.

„Mr Melrose, dürfte ich hoch zur Burg – alleine?“

„Kein Problem.“

Melrose zog einen Schlüssel aus der Hosentasche und gab ihn Debbie. „Damit können Sie das Holztor öffnen. Wenn Sie herunterkommen, bringen Sie ihn einfach zum Souvenirladen. Ich bin noch den ganzen Nachmittag dort.“

Debbie stieg die alten Steinstufen nach oben und wurde bald von der eigenartigen Atmosphäre eingenommen. Das Meer toste wild und die Wellen schlugen heftig gegen die nackten Felsen. Je weiter Debbie die Stufen emporstieg, desto mehr verlor sie sich in einer fremden, längst vergangenen Welt. Sie stieg durch die Ruinen der alten Burg und ging weiter nach oben zum Plateau, wo lediglich rudimentäre Reste alter Grundmauern von altem Leben zeugten.

Bald stand sie vor dem Absperrband, das den Tatort weiträumig abgrenzte. Mit einem eleganten Sprung überwand Debbie die Absperrung und stand bald vor der Stelle, wo Fletchers Leichnam gelegen hatte.

Hier also starb Harold Fletcher. Debbie Steer schloss die Augen und spürte nur noch den Wind in ihren Haaren und im Gesicht, hörte die Stimmen des Meeres und versank ganz in ihren Gedanken.

Hier war ein Ort, wo man die Welt um sich herum vergessen konnte. Debbie verstand, weshalb Fletcher Sonntag für Sonntag hierher gekommen war. Und ihr wurde klar, wie einfach es gewesen sein musste, ihn, der sicherlich ganz in seinen Gedanken verloren war, zu ermorden. Vorausgesetzt, er kannte seinen Mörder nicht. Denn das Gelände ist übersichtlich. Fletcher hätte einen Bekannten erkannt und sich nicht so ohne weiteres die Injektion verabreichen lassen.

Debbie wurde ganz aufgeregt. Der Mörder musste für Fletcher ein Fremder gewesen sein. Entweder war es ein Auftragsmord – dagegen sprach, dass Profis anders vorgehen würden –, oder eine Person aus Fletchers Vergangenheit hatte zugeschlagen.

Was könnte vor Jahren vorgefallen sein, das jetzt zu dem Mord geführt hat?

Und was hatte das Ganze mit John Clark zu tun?

Kapitel 29 - Donnerstag, 12.11.2009, Nachmittag

Das Klingeln an Mosleys Haustüre wurde von einem jungen Mann mit rotem Overall und zahlreichen Piercings im Gesicht verursacht. Er hatte einen schweren Werkzeugkasten in der Hand, und über Mosleys Gesicht huschte der Anflug eines Lächelns.

„Schön, dass Sie endlich da sind."

„Es tut mir leid, Mr Mosley, im Moment ist wahnsinnig viel los. Wo steht denn das gute Stück?"

„Im Hauswirtschaftsraum. Kommen Sie doch bitte mit."

Nachdem Mosley die defekte Waschmaschine dem Mechaniker gezeigt hatte, ging er zu Susan zurück. „Unsere Waschmaschine hat den Geist aufgegeben. Ich hoffe, es ist nichts Größeres. Kann ich Ihnen noch irgendwie weiterhelfen?"

„Im Moment nicht, Mr Mosley, vielleicht zu einem späteren Zeitpunkt. Vielen Dank für Ihre Hilfe, den Tee und die Kekse. Ich denke, wir sind einen Schritt weiter."

Sie erhob sich aus dem Louis XV-Sessel, und er begleitete sie zur Haustüre.

Kurze Zeit später saß Susan in ihrem Mercedes und blickte hinunter zum Meer. Was hatte sie denn wirklich erfahren? Nicht viel, zumindest nichts, was auf eine heiße Spur hindeutete. Jedoch hatte Susan die Erfahrung gemacht, dass Mordermittlungen viel mit einem Puzzle zu tun hatten. Stück um Stück musste zusammengesetzt werden, und erst ganz am Schluss ergab sich ein klares Bild.

Die einzige brauchbare Spur schien das Black Griffin zu sein. Die Uhr am Armaturenbrett zeigte kurz nach vier, also blieb ihr noch genug Zeit, den Pub in der Ambrose Street zu besuchen. Vielleicht gab es da ja noch irgendwen, der sich an Fletcher erinnerte. Ihre Hoffnungen waren zwar gering, aber einen Versuch war es wert. Außerdem hatte sie schon ewig kein walisisches Bier mehr getrunken, und wo konnte man diesem Vergnügen besser nachkommen als in einem hiesigen Pub?

Das Black Griffin war ein unspektakuläres Gebäude in einer Wohnstraße mit grauen Reihenhäusern und gepflegten Vorgärten, die direkt zum Meer führte. Das hölzerne Pubschild mit dem schwarzen Drachen war der einzige Unterschied zu den Wohngebäuden. Immerhin gab es genügend freie Parkplätze an der Straße, und Susan stellte ihren Mercedes unmittelbar gegenüber dem Pub ab.

Mit gemischten Gefühlen öffnete sie die dunkelbraune Eingangstüre und kam in einen schlecht beleuchteten Raum, der nach Bier und Moder roch. Ein einzelner Gast saß in einer Nische an einem Fenster vor seinem Bier und las Zeitung.

Susan setzte sich an den Tresen und schaute sich um. Der Schuppen machte einen recht heruntergekommenen Eindruck, der Putz platzte von den Wänden und das Mobiliar sah aus, als wäre es von einem Flohmarkt zusammengetragen worden.

„Wie kann ich Ihnen helfen?"

Scheinbar aus dem Nichts war ein junger Mann hinter dem Tresen erschienen und lächelte sie an.

„Was trinkt man denn hier so?"

„Brains. Wir sind der einzige Pub im Norden von Wales, der von Brains beliefert wird. Unsere Studenten tragen einiges zum Umsatz der Brauerei bei. Müssen Sie probieren, dann wissen Sie, was Ihnen in England fehlt."

„Also dann ein Pint Ale dieses Brains."

Der junge Mann machte sich an einem der Zapfhähne zu schaffen, und kurze Zeit später hatte Susan das Bier in ihrer Hand.

„Hm“, sagte sie anerkennend, „nicht schlecht.“

Der junge Mann grinste jetzt wie ein Honigkuchenpferd.

„Nicht viel los. Ich dachte immer, Studenten sitzen den ganzen Tag in Kneipen und trinken Bier.“

„Das war früher so. Die sind noch in den Vorlesungen. Aber bald werden die ersten kommen. Und am Abend finden Sie kaum mehr einen Platz.“

„Was ist denn das Legendäre an diesem Pub?“

„Ganz schön neugierig, Lady.“

„Das ist mein Beruf.“

„Presse?“

„So was Ähnliches. Ich höre.“

Susan warf dem Barkeeper nun ihrerseits ein kokettes Lächeln zu.

„Nun, meine Liebe, das ist eine lange Geschichte.“

„Ich mag die Kurzversionen langer Geschichten.“

„Nun denn. Im Mittelalter wimmelte es nur so von Drachen, besonders hier in Wales. Die meisten Drachen waren harmlos und ließen die Menschen unbehelligt leben. Sie ernährten sich von Wildschweinen und Hirschen, manche fraßen sogar Fische.“

Susan verdrehte ihre Augen.

„Sie glauben mir nicht? Typisch Engländer – arrogantes Volk.“

„Erzählen Sie weiter!“

„Nun ja. Die meisten Drachen waren harmlos. Einer lebte sogar in einem Kirchturm in Bangor. Was Drachen aber nicht mögen: wenn man mit Knochen verstorbener Drachen spielt. Störung der Totenruhe nennt man das heute. Und so lernten schon die Kinder, dass sie nicht mit Knochen von Drachen spielen durften, denn immer wieder kam es vor, dass Menschen beim Spielen mit Drachenknochen getötet wurden.“ Der junge Mann machte eine Kunstpause, und Susan beeilte sich, ein erschrockenes Gesicht zu machen. „Eines Tages erhob sich ein schwarzer Drache aus dem Meer und machte Jagd auf die Bewohner von Bangor. In der Stadt herrschte Angst und Schrecken und niemand wusste, wie man sich vor dem Drachen schützen konnte. Da er in den Tiefen des Meeres wohnte, konnte man ihn auch nicht in seiner Behausung aufsuchen und im Schlaf töten. Es wurde immer schlimmer mit dem Schwarzen Drachen, und so gingen sieben Männer, die mutigsten der Stadt, nach Llanrhaedr-ym-Mochant, um den Drachentöter Ergyryad zu suchen. Dieser hatte in seinem Leben mehr Drachen getötet als jeder andere Mensch."

Susan warf einen Blick auf ihre Armbanduhr.

„Ich sehe, Sie werden ungeduldig." Er grinste sie breit an. „Ich verzichte auf die Einzelheiten der Reise. Jedenfalls fanden sie den Drachentöter weder in Llanrhaedr-ym-Mochant noch sonst irgendwo, sondern sie verloren alle ihr Leben, bis auf Ehangwen, den Jüngsten der sieben Gefährten. Dieser kehrte nach vierzig Jahren wieder zurück nach Bangor, wo der schwarze Drache immer noch sein Unwesen trieb. Er gab vor, der Schüler des Drachentöters Ergyryad zu sein – schließlich kannte ihn niemand mehr in der Stadt – und sei gekommen, Bangor von der Bestie zu befreien."

„Und, ist es ihm gelungen?"

„Ja. Er präparierte ein Wegkreuz mit Dornen und umhüllte das Kreuz mit einem Tuch aus roter Seide. Der Drache verschlang das Kreuz und spießte sich an den Dornen auf. Das Kreuz soll genau hier gestanden haben, und Ehangwen begrub den Kadaver an Ort und Stelle. Um zu verhindern, dass der Drache wieder zum Leben erwachte, ließ er das Gebäude bauen."

„Der Drache liegt also unter dem Pub begraben?"

„Genau. Ehangwen heiratete die Tochter eines Wirtes, und seit dieser Zeit wird das Black Griffin hier von der Familie geführt."

„Und Sie sind ein Nachkomme des alten Ehangwen, nehme ich an?"

„Leider nein. Ich bin nur der Barkeeper. Noch ein Bier?"

„Gerne. Wo kann ich ein Zimmer finden?"

„Ich hätte noch einen Platz in meinem Bett frei."

„Sind Sie immer so direkt?"

„Ja."

„Und wenn ich alleine schlafen will?"

„Ich würde gerne mit dir schlafen, du gefällst mir."
„Schläfst du mit jeder, die hier am Tresen steht?"
„Nein, ist noch nie vorgekommen."
Susan versuchte das Thema zu wechseln, denn eigentlich war sie hierhergekommen, um Licht in das frühe Leben von Harold Fletcher zu bringen – und nicht, um mit einem Barkeeper ins Bett zu steigen. Auf der anderen Seite war ihr Peter Lloyd sehr sympathisch, und ein unverbindliches, erotisches Abenteuer käme ihr ganz gelegen ... Sie konnte sich schon fast nicht mehr daran erinnern, wann sie das letzte Mal Sex gehabt hatte.
„Was sagt dir der Name Harold Fletcher?"
„Ist das nicht der Anwalt, der in Cornwall ums Leben gekommen ist?"
„Genau der."
„Du bist nicht von der Presse?"
„Nein."
„Dann von der Polizei!"
„Genau. Also, was sagt dir der Name?"
„Nicht viel. Er stammt wohl von hier, und Tom meinte, dass er während des Studiums hier gejobbt hätte."
„Wer ist Tom?"
„Der Wirt."
„Kennt Tom Fletcher?"
„Nicht wirklich. Er war damals vielleicht zehn Jahre alt. Er hat mir nur gesagt, dass Fletcher hier gearbeitet hat."
„Und wie kamt ihr auf dieses Thema?"
„Zeitung, meine Liebe."
„Ist Tom hier?"
„Der ist in Cardiff, bis morgen."
Peter grinste sie frech an und Susan grinste zurück.

Inzwischen waren die ersten Studenten gekommen und Peter schwer beschäftigt. Susan hatte sich mit der Speisekarte in eine Nische mit einem kleinen Tisch gesetzt. Draußen begann es zu regnen.

Wenn dieser Tom Fletcher gekannt haben sollte, wäre es sinnvoll, sich mit ihm zu unterhalten. Also würde sie noch bis zum nächsten Tag bleiben. Sie musste dringend mit Middlemoor telefonieren, aber das hatte Zeit bis nach dem Dinner.

Susan überflog die Speisekarte und ihre Augen blieben auf dem Lammbraten mit Laverbread – Brotfladen aus Seetang und Haferflocken – hängen. Traditionell welsh – warum nicht?

Während sie auf das Essen wartete, kamen unzählige Gäste in den Pub, fast alles junge Leute. Susan versuchte, ihre Gedanken zu ordnen und kam zu der Überzeugung, dass ihr Ausflug nach Bangor eine Verschwendung von Steuergeldern war.

Der Lammbraten war vorzüglich und das Laverbread umwerfend. Immerhin kulinarisch hatte sich die Reise gelohnt.

Im Flur auf dem Weg zu den Toiletten, die erstaunlicherweise frisch renoviert und außerordentlich sauber waren, stand ein öffentlicher Telefonapparat. Dass es so was in Zeiten des Mobilfunks noch gab, wunderte Susan zwar, kam ihr aber gerade recht. Sie versuchte Debbie zu erreichen, dann Parker, beides vergeblich. Sie waren weder im Büro noch gingen sie an ihr Handy. Also mussten sie bis morgen warten, schließlich gab es noch nichts Neues, und außerdem wussten alle, wo sie war.

Geistesabwesend schlurfte sie in den Gastraum zurück und drängte an den Tresen, wo sie ein Cola bestellte.

„Ist das Bier nicht gut?“

„Doch, aber ich will mich nicht betrinken. Ich nehme an, das Angebot gilt noch.“

Ein leichtes Erschrecken war auf Peters Gesicht zu erkennen, doch schnell kehrte das bekannte Lächeln zurück.

„Natürlich. Ich schaue mal, dass ich bald Schluss machen kann. Ich hab noch was gut bei Stuart, der schafft das auch alleine.“

Stuart, ein unscheinbarer Jüngling, der seit etwa sechs Uhr gemeinsam mit Peter hinter dem Tresen stand, nickte emotionslos.

Scheiße, dachte Susan, als sie mit Peter das Black Griffin verließ. Auf was hab ich mich da nur eingelassen?

Kapitel 30 - Fox and Hound - Oktober 1987

Ich hatte noch immer keine Freundin, und alle meine Kumpels, die paar jedenfalls, die ich als solche ansah, machten sich große Sorgen deswegen. Vermutlich lachten sie insgeheim über meine Unfähigkeit Mädchen betreffend.

An einem grauen Herbsttag verabredeten Collin und ich uns im Fox and Hound, einem kleinen, verdreckten Pub, in dem sich die Jungs am Tresen lümmelten und sich gegenseitig aufstachelten, zu den Mädchen in der Sofaecke zu stolzieren und irgendeine anzubaggern. Manchmal klappte das auch, und es gab das Gerücht, dass der Wirt – gegen Bares, versteht sich – ein Zimmer im Obergeschoss zur Verfügung stellte.

An diesem Abend gab es ein Länderspiel und der Fernseher im Fox and Hound war kaputt, daher waren nur wenige Gäste im Pub. Collin und ich tranken reichlich Bier und waren schon ziemlich betrunken, als eine Gruppe Motorradfahrer ins Lokal drängte. Der Anführer der Gruppe, ein fettwänstiger Mittzwanziger, leerte sein Pint in einem Zug, schnappte sich ein blondes, bleichgesichtiges Mädchen aus seinem Trupp und verschwand mit ihr im Flur.

„Jetzt geh' doch mal zu der kleinen Rothaarigen in der Ecke. Die starrt dich schon die ganze Zeit an", befahl mir Collin mit hörbar schwerer Zunge.

Ich hatte mir inzwischen so viel Mut angetrunken, dass ich es tatsächlich wagte. Mit stolzgeschwellter Brust und zittrigen Knien ging ich zur Sofaecke hinüber, wo neben der Rothaarigen noch zwei weitere Mädchen saßen, die mich keines Blickes würdigten. Das war mir jedoch egal.

„Willst du was trinken?", fragte ich die Rothaarige.

„Ein Bier", sagte sie knapp, erhob sich und setzte sich an einen Tisch hinter einer halbhohen Trennwand.

Ich gehorchte ihrem Wunsch, der eher wie ein Befehl klang, und brachte zwei Pints an den Tisch.

Ihr Name war Wendy. Viel mehr weiß ich nicht über sie. Ich weiß auch nicht, über was wir geredet haben. Irgendwann spürte ich, wie ihre Hand in meinem Schritt lag.

Ich war berauscht vom Alkohol, von ekstatischen Verlangen, und bald packte mich Wendy an der Hand und schleifte mich ins Obergeschoss. Offenbar kannte sie sich besser aus als ich. Sie schloss eine Tür auf, und mich traf fast der Schlag. Dort saß das blonde, bleichgesichtige Motorradmädchen splitternackt auf dem Fußboden, heulte Rotz und Wasser. Dann sah ich das viele Blut auf dem Boden und dass ein abgebrochenes Stuhlbein in ihrer Vagina steckte.

Ich kotzte an Ort und Stelle und machte mich dann so schnell ich konnte aus dem Staub.

Ich habe mit niemanden über dieses Ereignis gesprochen und war froh, dass meine Familie noch im November 1987 nach Bristol zog, wo mein Vater einen neuen Job gefunden hatte.

Kapitel 31 - Donnerstag, 12.11.2009, Nachmittag

Das Zimmer im oberen Stockwerk war in einem erschreckend aufgeräumten Zustand, nahezu unbelebt in fast spartanischer Schlichtheit. Einem ordentlich gemachten Bett stand ein klobiger Kleiderschrank gegenüber. Unter dem Fenster befand sich ein kleiner Schreibtisch, der bis auf eine hellgrüne Schreibunterlage leer war. Die Wände waren weiß, makellos, und ebenfalls gähnend leer. Johns Zimmer verbreitete den Charme eines frisch gestrichenen Hotelzimmers.

„Und was sagt uns das?“, fragte Rachel.

„Nun, ich würde sagen, es passt zu John. Er war nicht zu greifen. Ich kannte ihn nicht so gut, aber mein Eindruck war immer, dass er nicht viel über sich preisgab. Er war ordentlich, fast penibel, zuverlässig und unscheinbar. Um nicht zu sagen: ein Langweiler.“

„Aber er war doch computertechnisch ziemlich versiert. Hast du einen Computer gesehen?“

„Nein. Hier ist auch kein Anschluss. Aber er hatte sicherlich ein Notebook mit WLAN“, mutmaßte Zoe.

„Dann ziehen wir mal unsere Handschuhe an und suchen nach dem Unbekannten. Ich nehme mir den Schreibtisch vor und du kannst an den Kleiderschrank.“

„Ich hasse es, in persönlichen Dingen von Kollegen zu wühlen.“

„Zoe, John ist kein Kollege mehr, er ist eine Leiche, und Leichen haben keine Persönlichkeitsrechte.“

„Trotzdem.“

„Ich verstehe dich schon. Warum, denkst du, hat Hamilton mich an die Sache gesetzt?“

Das Innere des Kleiderschranks zeigte sich genauso aufgeräumt wie das Zimmer. Fein säuberlich lagen Unterwäsche, Hemden und Hosen, Socken und Pullover jeweils in ihren Fächern, nach Größe, wahlweise nach Farbe geordnet.

„Also ich glaube nicht, dass wir hier etwas Verstecktes finden“, meinte Zoe, „das hätte sicherlich seine Ordnung gestört. Ist wirklich unglaublich. Wie sieht es bei dir aus, ist der Schreibtisch spannender?“

„Kann ich noch nicht sagen. Hier gibt es ein paar Aktenordner mit Lohn- und Versicherungsunterlagen. Aber bislang noch nichts wirklich Persönliches.“

„Kein Notebook?“

„Nein. Auch keine CDs oder dergleichen.“

„Er muss einen Computer besessen haben. Was meinst du, Rachel, ob John ein Doppelleben geführt hat und irgendwo noch eine Wohnung hatte?“

„Ausschließen würde ich nichts, aber ich glaube nicht, dass es dort weniger ordentlich wäre.“

„Die Mutter sprach von vielen Nachtschichten. Wo war John in diesen Nächten?“

„Es muss doch irgendwelche Anhaltspunkte geben. Schließlich ist Exeter nicht London. Würde Emma etwas wissen? Sie hat viel mit John zusammengearbeitet.“

„Sie kommt erst morgen wieder von ihrem Lehrgang.“

„Dann müssen wir sie noch heute anrufen. Hier sind wir schnell fertig. Das gibt es echt nicht.“

Rachel schüttelte den Kopf.

Zoe spürte eine leichte Übelkeit in sich aufsteigen, versuchte dieses Gefühl jedoch zu ignorieren. Das gelang nicht so recht, und ihre Laune wurde immer schlechter. Sie hoffte, sich nicht übergeben zu müssen. Die junge Polizistin fühlte, wie ihr das Blut aus dem Gesicht wich. Sie tauchte noch tiefer in den Kleiderschrank ein, um von Rachel nicht gesehen zu werden.

„So was habe ich noch nie gesehen. Es ist fast so, als hatte es John gar nicht gegeben. Wer kann so leben?“, fragte diese plötzlich.

„Vielleicht hatte er noch ein Zimmer im Keller?“

„Und dort finden wir dann Mr Hyde?“

„Wieso nicht?“, stellte Zoe schnippisch fest.

„So hab ich das jetzt auch nicht gemeint“, antwortete Rachel, als sie die Blässe in dem Gesicht der Kollegin bemerkte.

Offenbar belastete der Tod Johns Zoe mehr, als sie selbst geglaubt hatte. Verstohlen wischte sie sich eine Träne mit dem Handrücken aus dem Gesicht.

„Ist schon gut, verdammte Scheiße. Ich glaube, ich packe das hier nicht.“

Rachel war unsicher, wie sie sich verhalten sollte. Zoe nach Middlemoor schicken – oder das Ganze einfach ignorieren?

„Ich glaube, wir haben hier genug gesehen. Wir gehen jetzt zurück ins Büro, schreiben unsere Berichte, und ich telefoniere mit Emma, falls ich sie erreiche. Ist das gut so?"

Zoe atmete tief durch. „Es tut mir leid."

Dann biss sie sichtlich auf die Zähne und nickte knapp.

Beim Hinausgehen versiegelte Rachel das Zimmer. Später wollte sie wiederkommen und gegebenenfalls nach einem Hobbyraum im Keller suchen.

Als Rachel in das ihr zugewiesene Büro kam, saß Trevor in seinem Stuhl und machte keine Anstalten, die Füße vom Schreibtisch zu nehmen. Sie hatte schon eine Menge über den grobschlächtigen Detective Sergeant gehört, war ihm jedoch noch nie persönlich begegnet.

„Hallo Kumpel, und, hast du wieder aus dem Moor herausgefunden? Ich bin Rachel, und wir haben zukünftig das Vergnügen zusammenzuarbeiten."

Trevor hob den Kopf. Es war ihm anzusehen, dass seine grauen Zellen, sollten überhaupt welche vorhanden sein, an die Grenze ihrer Leistungsfähigkeit gestoßen waren.

„Hallo Schätzchen, wenn du keine dieser verdammten Emanzen oder Lesben bist, kommen wir sicherlich gut aus. Ich bin Trevor."

Und tatsächlich hievte sich der schwere Polizist aus seiner Sitzgelegenheit, stand auf und streckte ihr die Hand entgegen. Rachel ergriff sie ohne Zögern und erwiderte den kräftigen Druck.

„Hi", sagte sie und zwinkerte ihm zu.

„Hast du John gekannt?" Trevor hatte sich inzwischen wieder auf seine Sitzgelegenheit gefläzt.

„Nein. Ich habe ein paar Mal mit ihm telefoniert. Mehr nicht. Hast du einen Verdacht?"

„John war ein langweiliger Bürokrat. Zuverlässig, genau und einfallslos. Ich habe ihm nicht viel zugetraut. Nicht einmal, dass er als Leiche in unserer Pathologie landen würde. Von seinem Privatleben war wenig bekannt. Er hat zwar immer unserer süßen Emma schöne Augen gemacht, aber da hatte er keine Chance. Die ist schon in festen Händen."

„Wie war er als Kollege?"

„Ein Einzelgänger. Er hat seine Arbeit gemacht und war nach Feierabend verschwunden. Kein Schwätzchen zwischendurch, kein Bier im Pub, er ist nicht einmal zur polizeiinternen Weihnachtsfeier gekommen."

„Ein echter Außenseiter also."

„Kann man so sagen. Und, was hat die Recherche in der Wohnung ergeben?" Trevor bückte sich, öffnete eine Schublade seines Schreibtisches, die sich als Kühlfach entpuppte, und zog zwei Dosen Bier heraus. Er öffnete sie und drückte die eine Rachel in die Hand.

„Carling Lager, nicht schlecht, vielen Dank. Wir haben nichts gefunden. Es ist so, als ob es den Menschen John Clark nie gegeben hätte. Das Schlafzimmer war so persönlich eingerichtet wie ein frisch renoviertes Hotelzimmer. Es gab nichts, keinen Computer, keinen Notebook, kein Tagebuch – nichts. Und die Mutter ... na ja."

Rachel rollte verächtlich mit den Augen.

„Wie hat sich die Kleine gemacht?"

„Zoe?"

Trevor nickte.

„Ich glaube, es ging ihr ziemlich an die Nieren. Ich habe sie in ihr Büro geschickt, wo sie einen Bericht schreiben soll."

„Ja, es ist ein Unterschied, ob die Leiche ein Unbekannter oder der Kollege vom Zimmer nebenan ist."

„Deshalb hat Hamilton mich auch auf den Fall angesetzt." Rachel nahm einen Schluck aus der Dose. „Eines hat mich stutzig gemacht. Die Mutter sprach von häufigen Nachtdiensten ihres Sohnes. Die Dienstpläne haben aber ergeben, dass John seit längerer Zeit gar keine Nachtdienste gehabt hat."

„Also ist er aus den Armen des Drachens geflohen?"

„Scheint so. Und das ist auch gut nachzuvollziehen. Bleibt die Frage, wo John war. Ich nehme an, dass er irgendwo eine Wohnung oder ein Zimmer hatte. Vielleicht sogar eine Freundin oder einen Freund."

„Er könnte auch in irgendwelche dunklen Machenschaften verwickelt gewesen sein, obgleich ich ihm das nicht zutraue. Da fehlte ihm der Mumm. Aber wo hat er sich versteckt? Also zumindest die ordentlichen Pubs in Exeter und Umgebung kann ich ausschließen, denn ich habe ihn dort nie gesehen."

Rachel fragte sich, was Trevor unter ordentlichen Pubs verstand. Sie nahm noch einen großen Schluck Bier und unterdrückte ein Rülpsen.

„Wie finden wir seinen Aufenthaltsort heraus?"

„Ich glaube nicht, dass John eine zweifelhafte Unterkunft gewählt hatte. Viel wahrscheinlicher ist ein Zimmer oder Appartement, das er bei einer ältlichen Jungfer gemietet, vielleicht sogar gekauft hatte."

„Ich glaube, wir stellen uns mal ganz dumm. Die Presseabteilung soll ein Foto von John veröffentlichen mit der Frage, wer diesen Mann kennt. Ich denke nicht, dass wir dazu die Chefin fragen müssen."

Trevor grinste über das ganze Gesicht.

„Gute Idee. Noch ein weiteres Bier?"

„Erst nach Feierabend. Ich lade dich ein, falls du ein gemütliches Pub kennst?"

„Das kannst du aber glauben."

Rachel wollte gar nicht wissen, wie viele Biere Trevor an diesem Tag schon getrunken hatte, doch sie musste die Gelegenheit wahrnehmen, den eigenwilligen Polizisten für sich und letztendlich für die ganze Truppe zu gewinnen, nachdem mit Gordon Douglas seine einzige wirkliche Bezugsperson bei der Polizei gegangen war. Eigentlich war Trevor genauso ein Außenseiter und Einzelgänger wie John. Nur dass er es vermutlich nicht einmal wusste.

Rachel setzte sich und nahm den Telefonhörer in ihre Hand. Bald darauf klingelte es an Rebecca Wynhams Apparat. Da niemand abnahm, wechselte der Klingelton auf den Anschluss von PC Vanessa Ingram.

„PC Ingram, Pressebüro."

„Hallo, hier spricht DS Rachel Ward. Ich bin die Nachfolgerin von DI Douglas. Könnte ich PCI Wynham sprechen?"

„Becks ist nicht mehr im Büro, sie kommt erst morgen wieder. Kann ich Ihnen helfen?"

„Ich denke doch. Wir kommen beim Todesfall unseres Kollegen nicht weiter. Wir haben nur festgestellt, dass er offenbar ein Doppelleben geführt hat. Vermutlich hatte er irgendwo eine private Wohnung, von der niemand wusste, jedenfalls seine Mutter nicht. Wir haben uns überlegt, sein Bild zu veröffentlichen mit der Frage, ob jemand diesen Mann kennt. Wenn wir Glück haben, meldet sich ein Vermieter oder zumindest irgendwer, der Kontakt zu John hatte."

„Verstehe. Das sollte klar gehen. Ist das mit der Obrigkeit abgeklärt?"

„Klar doch", erwiderte Rachel mit einem Anflug von schlechtem Gewissen.

„Ein Bild von John Clark sollte vorliegen. Ich sorge dafür, dass es in den Abendnachrichten und den Zeitungen morgen früh veröffentlicht wird."

„Vielen Dank. Wir hoffen sehr, dass sich jemand meldet."

„Hoffen Sie lieber, dass sich jemand meldet, der eine brauchbare Aussage macht."

Rachel legte den Hörer auf und starrte nachdenklich auf den Stadtplan von Exeter an der Wand.

„Glückwunsch, endlich mal jemand hier, der die Initiative ergreift und nicht erst in allen möglichen Vorschriften stöbert und darüber einschläft", meinte Trevor Norman.

„Hm, ich hoffe, dass die Sache was bringt, denn sonst befürchte ich, dass ich schneller wieder den Verkehr in South Molton regle als mir lieb ist."

Rachel sah auf ihren Computerbildschirm und stellte fest, dass es schon nach fünf Uhr war.

„Also, heute wird das sowieso nichts mehr. Gehen wir. Wo ist der nächste Pub?"

„Gar nicht weit."

Kapitel 32 - Donnerstag, 12.11.2009, Abend

Gegen acht Uhr parkte Hamilton seinen Land Rover auf dem Parkplatz hinter der Otterton Mill, einem uralten Gebäude, das noch immer als Mühle fungierte. Außerdem gab es dort eine Bäckerei, einen Lebensmittelladen, eine Kunstgalerie und ein Restaurant. In diesem wollte sich der Chief Superintendent mit Rebecca Wynham treffen. Da er ihren Wagen nicht sah und seine Freundin nicht zu Unpünktlichkeit neigte, nahm Hamilton an, dass sie den Weg hierher zu Fuß zurückgelegt hatte. Donnerstags abends gab es hier Lifemusik – von Jazz über Blues zu Folk und Country. Heute wurden die „Old Boys", eine Bluesrock-Combo aus Dartmouth, erwartet.

Hamilton war müde, und die Fahrt über die engen, von hohen Hecken gesäumten Straßen Süddevons hatte sich scheinbar endlos hingezogen, was auch damit zu tun hatte, dass ein Lastwagen vor ihm herschlich, den er nicht überholen konnte.

Er spürte ein Gefühl der Ohnmacht und der Wut über sich kommen. Ein toter Anwalt, ein toter Kollege, und Hamilton war an seinen Schreibtisch gefesselt. Nicht dass der Kripochef kein Vertrauen in seine Mitarbeiter gehabt hätte, im Gegenteil. Aber er war ein Mann, der die Dinge am liebsten selbst in die Hand nahm und an vorderster Front ermittelte. Doch der Job in Middlemoor hatte auch seine Vorteile, und diese wollte er jetzt nutzen.

Rebecca saß auf ihrem Stammplatz und hatte ein leeres Limonadenglas vor sich stehen. Ein warmes Lächeln huschte über ihr sommersprossiges Gesicht, als sie Hamilton bemerkte.

„Wartest du schon lange?“, fragte dieser, als er sich zu ihr setzte.

Sie schüttelte den Kopf. „Nein, aber ich hatte Durst, deshalb ist mein Glas schon leer.“

Hamilton lehnte sich auf den Tisch, beugte sich leicht nach vorne und ergriff Rebeccas Hand. „Schön, dass du da bist, ich habe dich vermisst.“

„Nach nur mal einem halben Tag?“

„Ja“, antwortete er knapp.

Sie hob ihre Augenbrauen und sah ihn fragend an.

„Weißt du“, begann er zögernd, „früher hatte ich immer eine Antwort parat, es gab für alles eine Lösung. Doch je älter ich werde, desto komplexer erscheint alles. Und jede Antwort wirft nur noch mehr Fragen auf, und jede Lösung ist allenfalls ein Provisorium, das neue Probleme schafft. Und das Schlimme daran ist, dass schnelle Antworten und perfekte Lösungen von mir verlangt werden. Doch ich kann nichts tun, als hinter meinem Schreibtisch oder bei belanglosen Besprechungen zu sitzen.“

Rebecca lächelte ihn an. „Ich kann dich ja verstehen, aber den Job als Leiter der Kriminalpolizei hast du dir selbst ausgesucht. Doch wärest du zufriedener, wenn du irgendwo als Inspector oder Chief Inspector den Anweisungen eines Superintendenten Folge leisten müsstest?“

„Wahrscheinlich nicht. Du hast ja Recht. Dennoch ...“ Hamilton schüttelte langsam den Kopf und spürte eine ungebremste Welle Midlife-Crisis über sich hereinbrechen.

„Jetzt hole ich uns erst mal etwas zu trinken und bestelle zwei Jacket Potatos. Du nimmst die mit Hackfleisch, denke ich.“

Er nickte, schaute ihr nach auf ihrem Weg zum Tresen und sah sie mit zwei Pints Otter Amber zurückkommen, einem fruchtigen, geschmackvollen Bier, das erst seit März im Handel war und gleich einen Preis beim Bierfestival in Newton Abbot gewonnen hatte.

„Cheers.“

„Cheers.“ Hamilton nahm einen großen Schluck, stellte das Glas ab und sagte dann: „Ich habe ein schlechtes Gefühl.“

„Wie meinst du das? Wobei hast du ein schlechtes Gefühl?"

„Das weiß ich nicht. Es ist einfach da."

„Denkst du, die Ermittlungen laufen in eine falsche Richtung?"

„Nein, das ist es nicht. Es ist so, als ob etwas verborgen im Dunkel lauerte, bereit, jederzeit zuzuschlagen."

„Du leidest aber nicht an Verfolgungswahn?"

„Es geht hier nicht um mich, ich mache mir Sorgen um meine Leute. Ich habe einfach ein ungutes Gefühl."

Jetzt griff Rebecca nach seiner Hand und sagte: „Aber es hilft nichts, sich vom Unbekannten ängstigen zu lassen. Solange es keine konkreten Anhaltspunkte gibt, gilt business as usual. Ich weiß, dass es schmerzt, einen Kollegen auf solche Weise zu verlieren, aber wir dürfen jetzt nicht den Kopf verlieren. Und jetzt bist du im Feierabend. Lass uns einfach den Abend genießen. Morgen ist ein neuer Tag, und dann sind die Karten wieder neu gemischt."

„Hoffentlich", antwortete der Schotte leise. „Hoffentlich."

Kapitel 33 - Freitag, 13.11.2009, Vormittag

Todmüde und ziemlich aufgewühlt saß Susan am Steuer ihres Mercedes. Die Dienstreise nach Wales hatte sich doch noch gelohnt. Zum einen hatte sie in der Nacht endlich mal wieder richtig guten, hemmungslosen und unverbindlichen Sex gehabt, was freilich dazu führte, dass sie im Bett Peter Lloyds kaum ein Auge zugetan hatte.

Doch nicht nur ihre Libido wurde befriedigt. Das Gespräch mit Tim, dem Wirt des Black Griffin, brachte die Ermittlungen ein gutes Stück weiter.

Nachdem Susan am frühen Morgen endlich eingeschlafen war, wachte sie gegen acht Uhr auf, als sich Peter aus der innigen Umklammerung löste, um die Toilette aufzusuchen. Einen kurzen

Moment zögerte sie und überlegte, einfach wieder einzuschlafen, aber das konnte und wollte sie sich nicht leisten. Diese Nacht war Abenteuer genug gewesen, und ihre Dienstpflichten wollte sie nun auch wieder nicht verletzen. Also wälzte sie sich aus dem Bett und schlurfte, splitterfasernackt wie sie war, in die Küche und setzte die Kaffeemaschine in Gang. Nachdem das Badezimmer frei war, ging sie hinein. Als sie ihr Ebenbild im Spiegel sah, erschrak sie.

Nach der Dusche wagte sie nochmals einen Blick in den Spiegel und schminkte sich ein wenig, damit sie ihren Anblick der Öffentlichkeit zumuten konnte.

In der Küche war inzwischen das Wasser durch den Kaffeefilter hindurchgetropft. Von Peter keine Spur, der hatte sich wieder ins Bett gelegt. Susan suchte und fand eine Kaffeetasse mit einem ihr unbekannten Wappen auf einem Regalbrett des Küchenschranks und ging zurück ins Schlafzimmer.

„Wieso bist du schon angezogen?“

„Weil ich arbeiten muss. Nicht dass du auf dumme Gedanken kommst. Wir hatten eine klare Abmachung: Ich übernachte bei dir, wir schlafen miteinander, Ende. Ich will keine Beziehung und keine Verpflichtung, sondern nur meinen Spaß mit einem netten Mann. Jetzt trinke ich noch deinen Kaffee, dann mache ich mich auf in den Pub, um mit Tim zu sprechen, und dann fahre ich wieder nach Devon. Und wir werden uns vermutlich nie wiedersehen.“

„Schade.“

Susan hob fragend die Schultern. „Ja, so ist das Leben.“

Sie leerte die Kaffeetasse, stellte sie auf die Fensterbank, beugte sich über Peter, gab ihm einen flüchtigen Kuss auf die Stirn, drehte sich um und verließ die Lloyd’sche Wohnung.

Sie musste eine ganze Weile laufen, um in die Ambrose Street zu kommen, und es war schon fast zehn, als sie erneut vor der dunkelbraunen Eingangstüre stand. Sie blickte sich verstohlen um, als wäre sie von einem schlechten Gewissen geplagt. Immerhin stand ihr Mercedes noch an Ort und Stelle und das beruhigte sie etwas – weshalb, war ihr auch nicht klar.

Tim Upson sah gar nicht so aus, wie man sich einen Wirt gemeinhin vorstellt. Und nach einem Nachkommen des drachentötenden Helden aus dem Mittelalter sah er zweimal nicht aus. Er stand da, klein, dürr, mit dünnen, grauen Haaren und wässrigen Augen, als sei er Stammgast in der Suppenküche der Heilsarmee.

„Was kann ich für Sie tun?"

„Einen Kaffee, stark und schwarz, würde ich gerne trinken."

Susan setzte sich an den Tresen und sah dem Mann zu, wie er dem fauchenden Ungetüm einen Espresso entlockte. Diesen stellte er vor die Polizistin, die sich artig bedankte und sich dann ihres Auftrags besann.

„Tim Upson, nehme ich an?"

Der Mann nickte.

„Mein Name ist Susan McCoy, ich bin Detective Sergeant aus Devon. Wie Sie sicher wissen, ist unten in Cornwall Harold Fletcher ermordet worden, und eine Spur führt in seinen Heimatort, also hierher."

„Und wie kann ich Ihnen helfen?"

„Kannten Sie Mr Fletcher?"

Upson nickte fast unmerklich.

„Und?"

„Na ja. Das ist schon lange her."

„Mr Upson. Bitte lassen Sie sich nicht alles aus der Nase ziehen. Ich habe schlecht geschlafen und mörderische Kopfschmerzen. Ich will von Ihnen alles hören, was Sie über Fletcher wissen."

„Es ist schon mehr als vierzig Jahre her, seit ich ihn das letzte Mal gesehen habe. Ich war damals ein Teenager und er ein eingebildeter Schnösel. Harold hat hier in den Semesterferien gearbeitet. Hat aber mehr auf die Weiberärsche geschaut als Bier gezapft."

„Sein Freund Mr Mosley sagte, er sei ziemlich schüchtern gewesen."

„Das war er auch. Aber angeglotzt hat er alles, was Titten hatte."

„Hat er die Frauen nur angegafft oder war da noch mehr?"

„Hm, das ist schon so lange her. Mein Gott, ich war ein Kind. Ich weiß nur noch, dass mein Vater einmal eine heftige Auseinandersetzung mit Fletcher hatte. Er solle sich mehr um seinen Zapfhahn, als um seinen – na Sie wissen schon – kümmern."

„Moment, war er nun schüchtern oder nicht?"

„Was weiß denn ich."

Susan trank den letzten Schluck ihres Espressos.

„Dann will ich es mal anders versuchen. Wer hat damals neben Fletcher und Ihrem Vater im Pub gearbeitet?"

„Mal dieser, mal jener. So genau weiß ich das auch nicht mehr."

„So genau müssen Sie das auch nicht wissen, denn erstens bin ich nicht von der Steuerbehörde, sondern von der Mordkommission, und zweitens ist Steuerhinterziehung aus den sechziger Jahren längst verjährt. Also, wer hat zusammen mit Fletcher gearbeitet?"

„Nun ja, normalerweise mein Vater und mein Großvater. Und in den Semesterferien half immer der eine oder andere Student aus. Ich kann Ihnen wirklich nicht sagen, wer das im Einzelnen war."

„Und wer war in der Küche, oder gab es nichts zu essen?"

„Selbstverständlich, die Küche des Black Griffin war schon immer legendär."

„Mr Upson, wer hat in der Küche gearbeitet?"

„Meine Mutter und meine Großmutter, so wie heute noch meine Frau kocht."

„Sonst hatten Sie niemanden im Haus?"

Upson kratzte sich in seinen spärlichen Haaren. „Natürlich. Kyla Heyfron, unser Mädchen für alles."

„Und hatte die auch Titten?", fragte Susan inzwischen recht gereizt.

„Klar doch, und was für welche!"

„Das heißt?"

„Na ja. Sie hatte ein Zimmer im Pub, denn sie kam von außerhalb, einem kleinen Kaff im Süden, wenn ich mich richtig erinnere. Jedenfalls wohnte sie bei uns und, nun ja ..."

„Der kleine Tim hat sich als Spanner betätigt.“

„Ich war dreizehn oder vierzehn, und in der Decke ihres Zimmers war ein kleiner Spalt, vom Speicher oben hatte man eine gute Aussicht.“

Susan wollte gar nicht mehr davon hören, dennoch hatte sie noch ein paar Fragen: „Hatte Kyla einen Freund?“

„Nein, sie hat es sich immer selbst besorgt. Das war die Show, mit meinen Kumpels ...“

„Mr Upson, das reicht. Und Fletcher? Hatte der ein Auge auf sie geworfen?“

„Kann schon sein. Sie war auch ein nettes Ding.“

Die Kopfschmerzen wurden mörderisch, und Susan bat um ein Glas Wasser, um ihre Kopfschmerztablette auflösen zu können. Trotzdem arbeitete ihr Gehirn fieberhaft und gut, wie sie fand.

„Wie lange arbeitete Kyla Heyfron im Black Griffin?“

„Gute Frage. Irgendwann war sie spurlos verschwunden.“

„Könnte Fletcher etwas mit ihrem Verschwinden zu tun gehabt haben?“

„Auch eine gute Frage, die ich mir nie gestellt habe. Ich war schließlich ...“

„... erst vierzehn“, ergänzte Susan. „Und wenn Sie sich heute diese Frage nochmals stellen?“

„Hm“, Upson kratzte sich erneut, atmete tief ein und hob die Brauen. „Das ist durchaus denkbar. Vielleicht ist er aufdringlich geworden. Keine Ahnung. Da müssen Sie die Gute schon selbst fragen.“

„Und wo finde ich die Dame?“

„Da kann ich Ihnen leider überhaupt nicht helfen. Aber warten Sie. Kyla war damals mit Kirsty McGregor befreundet. Die wohnt immer noch da unten“ – er deutete mit dem Finger in eine Ecke des Raumes – „nur ein paar Meter von hier. Wenn Sie Glück haben, weiß Kirsty was.“

Susan kam sich vor wie bei einer Schnitzeljagd. Leider hatte sie bislang noch nichts Konkretes in Erfahrung bringen können. Doch das sollte sich bald ändern.

Kapitel 34 - Freitag, 13.11.2009, Vormittag

Der Himmel lag wie eine Schicht aus Blei über den Dächern der kleinen Stadt Totnes im Süden von Devon. Noch hatte es noch nicht zu regnen begonnen, doch Rachel erwartete, dass es in Kürze anfangen würde. Am Morgen war sie von einer wütenden Chief Inspectorin empfangen worden. Debbie war äußerst sauer gewesen, dass sie nicht über die Veröffentlichung von Johns Foto informiert worden war. Doch die jüngere der Frauen hatte sich nicht sonderlich beeindrucken lassen, gab der Erfolg ihr doch Recht. Schon am Abend gingen erste Hinweise bei der Polizei ein, und ein ganz vielversprechender führte sie nun nach Totnes. Trevor Norman hatte es sich nicht nehmen lassen, mit der neuen Kollegin zu fahren.

Die vierzigminütige Fahrt verlief recht schweigsam, was daran lag, dass Rachel sich auf die Straße konzentrierte und Trevor schlief, da er offenbar deutlich länger im Pub geblieben war als Rachel.

Totnes lag in einem Tal des Flüsschens Dart, überragt von den Mauern der normannischen Burgruine, und so wirkte die ganze Szenerie ziemlich bedrohlich. Rachel folgte der Ashburton Road, überquerte die Bahnlinie und bog danach in die Castle Road ein. Die Straße führte steil bergauf, wurde immer schmaler, und als der Rover unter einem Steinbogen hindurch fuhr, befürchtete Rachel, stecken zu bleiben.

Wenige Meter nach dem Bogen lag auf der linken Seite ein großer Parkplatz, auf dem die Polizistin den Wagen parkte. Sie suchte einen Parkautomaten, weckte Trevor und ging mit ihm zurück zur Castle Road. Die beiden stapften Richtung High Street, blieben plötzlich stehen und sahen sich verwundert an.

„Wo sind wir denn hier?", fragte Rachel verdutzt.

„Jedenfalls nicht in Amsterdam", stellte Trevor fest.

Sie gingen weiter, und der süße Geruch in der Luft wurde stärker. Vor dem Barrel House, einem Restaurant mit Bar, stand eine Gruppe junger Männer, die ungeniert einen Joint rauchten.

Die Häuser in der High Street machten einen fröhlichen Eindruck, die meisten Fassaden waren frisch gestrichen und leuchteten blau, rosa und weiß. Der graue Himmel war fast vergessen – hätte es nicht angefangen zu regnen.

„Ziemlich alternativ hier. Das passt so überhaupt nicht zu dem guten alten Südwesten“, meinte Rachel und zog sich die Kapuze ihrer Outdoorjacke über den Kopf.

„Hm, irgendwo müssen die linken Spinner ja hin. Besser sie wohnen hier als bei mir in der Nachbarschaft“, bemerkte Trevor abschätzig. „Ich frage mich nur, was unser Muttersöhnchen hier verloren hatte. Das passt so gar nicht zu ihm.“

„Ja, es sieht so aus, als ob hier die außerordentlichen Nachtschichten geleistet wurden. Ich bin mal gespannt, was dieser Greg O'Brien zu berichten weiß.“

Greg O'Brien hatte am Donnerstag um 23:17 Uhr in Middlemoor angerufen. Er sei ein Bekannter von John aus Totnes und habe ihn regelmäßig dort getroffen.

„Wir sind schon da“, Trevor wischte sich das Wasser von seiner Glatze und verdrehte die Augen.

„This and That ... a nostalgic mix of old and new ...“ stand in blauen Lettern über einem Schaufenster mit einer Auslage, die jedem Trödelmarkt gut gestanden hätte.

„Wer kauft denn einen solchen Schrott?“, fragte Trevor ungläubig. „Eine Müllverbrennungsanlage könnte diesen Plunder wenigstens noch thermisch verwerten.“

„Du bist ein Kulturbanause. Für viele Menschen sind solche Läden ein wahres Paradies.“

Trevor knurrte nur und spuckte verächtlich auf die Straße. „Da bin ich mal gespannt auf Mr O'Brien.“

„Versprichst du mir, dich zurückzuhalten?“, fragte Rachel mit einem koketten Augenaufschlag.

„Wer kann dir einen Wunsch verwehren?“

Rachel öffnete die Tür, trat ein und stolperte fast über eine Etagere, die von unten bis oben mit Porzellanschafen bevölkert war. Ihr Blick glitt über Regale mit Salzstreuern, Zuckerdosen,

Silberbesteck, alten Postkarten, neuen Postkarten, an den Wänden hingen unzählige Uhren und in einer dunklen Ecke stand ein schwarzes Schaukelpferd mit silberner Mähne und rotem Zaumzeug.

„Das Schaukelpferd können wir Susan mitbringen“, meinte Trevor, „dann hätte sie was zu reiten.“

„Hattest du nicht versprochen, dich zurückzuhalten?“

„Sorry, Gnädigste“, sagte Trevor und verbeugte sich tief.

In diesem Moment kam ein kleiner Mann mit schulterlangem Haar und einer Nickelbrille hinter einer Trennwand hervor.

„Kann ich Ihnen helfen?“

„Ich hoffe doch. Sind Sie Greg O'Brien?“

Der Mann nickte.

„Ich bin DS Ward vom CID.“

O'Brien sah Rachel fragend an.

„Detective Sergeant Ward vom Criminal Investigation Department, Sie haben uns gestern angerufen.“

Das Gesicht O'Briens hellte sich auf. „Ach so. Schön, dass Sie hier sind. Ich kann es gar nicht glauben, dass John tot ist. Aber nehmen Sie doch bitte Platz.“

Er führte die Polizisten hinter die Trennwand, wo ein kleiner Schreibtisch und zwei Stühle standen, die er ihnen anbot. O'Brien selbst setzte sich auf eine Truhe. „Entschuldigen Sie bitte, kann ich Ihnen etwas anbieten?“

„Nein, vielen Dank, Mr O'Brien.“

Rachel holte einen kleinen Block aus ihrer Jackentasche, beugte sich nach vorn und sagte: „Dann schießen Sie mal los!“

„Ich kenne John schon seit vielen Jahren. Vor etwa zwanzig Jahren war er mit seiner Familie nach Bristol gezogen. Wir wohnten im Haus gegenüber. Und vor ein paar Jahren haben wir uns zufällig in Exeter getroffen.“

Greg O'Brien blickte sich um, als befürchtete er, ein ungebetener Gast könnte ihn belauschen.

„Sie wissen sicherlich, dass es John nicht ganz einfach mit seiner Mutter hatte. Hier in Totnes fand er so etwas wie seine zweite Heimat. Hierher kam er, um sein Leben zu leben, und hier konnte er sicher sein, dass weder seine Mutter noch sonst jemand seine Freiheit einschränkte. In Totnes kann jeder sein Leben so leben, wie er es für richtig hält."

„Hatte John hier eine Wohnung?"

„Ja, hier im Obergeschoss. Das Haus gehört mir. Ich wohne mit meiner Frau im 1. Stock, und oben ist eine Zwei-Zimmer-Wohnung, die John gemietet hatte."

„Wie oft war er hier?", fragte Rachel gespannt.

„So oft es ihm möglich war. In der letzten Zeit war er fast jede Nacht hier. Und fast an jedem Wochenende. Seiner Mutter hat er erzählt, dass er viele Überstunden machen müsse oder auswärts ermitteln würde."

„Hatte John eine Freundin?"

„Er hatte hin und wieder Frauenbesuch."

Trevor Norman holte tief Luft und lächelte O'Brien schief an. „Hatte er eine feste Freundin oder brachte er Nutten mit nach Hause?"

„Das würde ich nicht so sagen. Wissen Sie, Detective ... – ich glaube, Sie haben sich nicht vorgestellt."

„DS Trevor Norman".

„Wissen Sie, DS Norman, hier in Totnes geht es nicht ganz so bürgerlich zu wie andernorts. Wir sind ziemlich liberal, und das gilt in jeder Beziehung."

„Mit anderen Worten, wenn John eine Frau traf, die er ficken wollte, nahm er sie einfach mit nach Hause?"

Rachel warf Trevor einen eisigen Blick zu.

„So könnte man es ausdrücken."

Bevor Trevor den Mund aufmachen konnte, kam ihm Rachel zuvor. Diese heikle Frage wollte sie selbst stellen: „Entschuldigen Sie die Frage, aber ich muss sie stellen. Hatte John auch Sex mit Ihrer Frau?"

„Das kann ich mir nicht vorstellen. Meine Frau ist dunkelhaarig und – nun ja – nicht ganz schlank. John stand ausschließlich auf blonde, fast knabenhafte Frauen. Jedenfalls keine mit großen Brüsten."

„Haben Sie die Frauen mit John geteilt?"

„Wo denken Sie hin? Dass wir hier in Totnes unkompliziert sind, heißt nicht, dass wir pervers wären. John hatte sein Leben und ich meines."

„Wissen Sie, wo John sich aufgehalten hat, wenn er nicht in der Wohnung war?"

„Er hatte ein paar Lieblingsplätze. Zum einen liebte er die Burg und den Blick über die Stadt, zum anderen war er gerne im Barrel House. Dort gibt es gutes Bier und gute Musik."

„Und gutes Gras", fügte Rachel an.

„Das kann ich nicht ausschließen. Aber John mochte das Zeug nicht. Da hatten wir schon einschlägige Erfahrungen in Bristol gemacht. Wir sind beide eingeschlafen und wurden beklaut. Das war uns im zarten Alter von achtzehn Jahren eine Lehre."

Rachel musste an ihre eigenen Versuche auf diesem Gebiet denken, die sie mit ihrer Freundin Philippa unternommen hatte. Sie war froh, dass diese spätpubertäre Episode vorüber war.

„Ist Ihnen in der letzten Zeit etwas Besonderes aufgefallen? War John anders als früher?"

„Das kann ich nicht sagen." O'Brien setzte seine Brille ab, sah hindurch, als ob er nach Flecken suchte und setzte sie wieder auf. „Er war jedenfalls ausgeglichener als zu der Zeit, als ich ihn wieder getroffen habe. Aber wissen Sie, wir sind nicht ständig zusammengehangen. John hatte hier eine Wohnung, das war alles. Ab und zu haben wir zusammen ein Bier getrunken – im Barrel oder im Castle Inn, das ist der Schuppen mit der blauen Fassade, gleich nebenan."

„Über was haben Sie sich da unterhalten?"

„Das Übliche."

„Und was ist das Übliche, Mr O'Brien?", fragte Rachel leicht genervt.

„Na ja, Politik, Frauen, Fußball – Männerthemen eben."

„Verstehe. Und hat John auch über seine Arbeit geredet?"

O'Brien schüttelte den Kopf. „Kein Sterbenswörtchen. Hätte mich auch nicht interessiert."

In diesem Moment betrat jemand den Laden, O'Brien entschuldigte sich für ein paar Minuten und verschwand.

Rachel sah Trevor fragend an. Dieser hob fast hilflos die Schultern und sagte dann: „Wir müssen die Wohnung sehen. Vielleicht bringt uns das weiter."

„Ja, und die Frauen aufsuchen, die sich mit John getroffen haben. Das werde ich übernehmen ", bemerkte Rachel bestimmt.

„Ich stehe ohnehin nicht auf flachbrüstige Frauen. Da könnte ich ja gleich ..."

„Halt die Klappe, es reicht jetzt!"

Trevor brummte etwas vor sich hin, während Rachel ihre Augen intensiv über den Schreibtisch wandern ließ. Dort standen eine elektronische Rechenmaschine, ein Telefon, zahlreiche Zeitschriften, in der einen Ecke ein Ablagekorb, der fast überquoll, und in der anderen lag ein umgekippter Bilderrahmen. Sie beugte sich nach vorn und sah den Zettelhaufen rasch durch, fand jedoch auf die Schnelle lediglich Rechnungen und Werbebriefe. Danach nahm die junge Kriminalpolizistin den Bilderrahmen zu sich und betrachtete das darin befindliche Bild: eine etwa fünfunddreißigjährige Frau mit langen, dunklen Haaren, die einen giftgrünen Sari trug, unter dem sie ihren offenbar nicht ganz schlanken Körper versteckte.

„Vermute, seine Frau", flüsterte Rachel und legte den Rahmen wieder so ab, wie er gelegen hatte. „Frage mich nur, ob er mit Absicht lag."

„Hm, schau mal, wie der Laden aussieht. Da fällt schon mal was um. Aber wir können ihm auf den Zahn fühlen. Vielleicht hatte John seine Vorlieben geändert."

In diesem Moment kam Greg O'Brien mit einem Lächeln auf den Lippen zurück. Offenbar hatte er dem Kunden irgendeinen Plunder andrehen können, dachte Rachel.

„Wie ist Ihr Verhältnis zu Ihrer Frau, Mr O'Brien?", fragte Trevor plötzlich.

Der sah den Polizisten irritiert an. „Ich denke nicht, dass diese Frage in Bezug auf Johns Tod relevant ist."

„Was relevant ist und was nicht, entscheiden wir. Es ist eine reine Routinefrage“, stellte Trevor fest.

„Wir haben ein sehr gutes Verhältnis, ich liebe meine Frau, gehe nicht fremd und ...“ – er setzte ein gefrorenes Lächeln auf – „... wir haben regelmäßig Sex, falls Sie das interessiert.“

„Und wo ist Ihre Frau jetzt?“

„Sie ist bei der Arbeit in Dartmouth.“

„Und was arbeitet Ihre Frau?“, hakte Rachel nach.

„Sie ist beim English Heritage beschäftigt. Sie arbeitet im Dartmouth Castle.“

English Heritage, war das ein Zufall? Oder gab es hier eine Verbindung zum Mord an Fletcher und Tintagel Castle? Rachels Hirnzellen arbeiteten fieberhaft, doch sie glaubte nicht an einen Zusammenhang. Schließlich gab es unzählige Liegenschaften, die vom Heritage unterhalten wurden.

„Und weshalb arbeitet Ihre Frau in Dartmouth und nicht hier in der Burg?“

„Weil sie in Dartmouth eine volle Stelle hat und hier in Totnes allenfalls einen Teilzeitjob bekommen kann.“

„Hm, verstehe“, sagte Rachel und strich sich mit der Hand durch ihr langes, schwarzes Haar. „Und wieso arbeitet Ihre Frau nicht hier im Laden mit?“

„So viel wirft der Laden nun auch nicht ab. Wenn das Haus nicht mir gehören würde, könnte ich ohnehin dicht machen.“

„Das heißt, die Geschäfte gehen nicht gut?“

„Nun, sie könnten besser gehen. Aber ich liebe den Laden, und schließlich lege ich nicht drauf. Etwas bleibt schon hängen.“

„Zurück zu John. Können Sie uns Namen der Frauen nennen, mit denen John sich traf?“

„Na ja, so viele waren es auch wieder nicht. Aktuell traf er sich mit Harriet Rutherwood. Sie wohnt unten am Fluss mit ihrer Schwester zusammen.“

„Sie war also seine Freundin?“, wollte Rachel wissen.

„So was in der Richtung. Fragen Sie sie doch einfach selbst.“

„Und die Vorgängerinnen?“

O'Brien kratzte sich an der Stirn und sagte nach einer Weile: „Da gab es mal eine Ellen ... Miller oder so ähnlich. Nein ... Millner, Ellen Millner. Das ist schon ein paar Jahre her. In die war er richtig verknallt."

„Wissen Sie, weshalb aus den beiden nichts wurde?"

„John lebte zwei Leben. Eines als Polizist und Sohn in Exeter und eines hier in Totnes. Er konnte oder wollte sich nicht für eines entscheiden. Ihm fehlte schon immer der Mut, eine Entscheidung zu treffen. Und eine Entscheidung für ein Mädchen und das freie Leben hätte einen Bruch mit der Mutter bedeutet."

„Eine Frage noch", sagte Rachel, als sie sich schon erhoben hatte, „haben Sie die Adresse von Ellen?"

„Die Adresse habe ich zwar nicht, aber sie kam aus Hallsands, ein kleines Nest direkt am Meer, ein paar Meilen südlich von Dartmouth. Da hat sie vor ein paar Jahren jedenfalls gelebt."

„Vielen Dank, Mr O'Brien. Sie haben uns sehr geholfen. Wenn Ihnen noch etwas einfällt, hier ist meine Karte, Sie können mich jederzeit anrufen."

Als die beiden Polizisten wieder ins Freie kamen, fiel ihnen sofort wieder der süßliche Geruch auf, der hier offenbar überall in den Straßen hing. Es hatte aufgehört zu regnen, und ein kalter Wind zog durch die nasse Stadt.

„Gibt es hier keine Bullen?", fragte Trevor kopfschüttelnd und ergänzte dann: „Vermutlich sind die auch alle zugekifft."

„Das braucht uns nicht zu interessieren. Viel mehr von Bedeutung ist das, was wir über John herausgefunden haben."

„Hm, kaum zu glauben. Ich hoffe, dass wir seine Freundin antreffen, da bin ich ja mal gespannt."

Und so gingen sie in östliche Richtung, zunächst die High Street hinunter, dann die Fore Street entlang bis zum Kreisverkehr an der Brücke über den Dart. In der Coronation Road waren die alten Lagerhäuser neu renoviert und strahlten wie die ganze Stadt in bunten Farben. In einem dieser Lagerhäuser, direkt am River Dart, wohnte Harriet Rutherwood.

Kapitel 35 - Freitag, 13.11.2009, Mittag

Debbie saß an ihrem Schreibtisch im Polizeirevier von Bodmin und studierte den Bericht der Spurensicherung. Dabei aß sie ein Thunfischsandwich und versuchte, die Unterlagen möglichst nicht zu bekleckern. An den altersschwachen Fenstern rüttelten heftige Windböen, und es zog fürchterlich durch die nicht richtig schließenden Fensterrahmen hindurch.

Die Chefermittlerin musste erkennen, dass sie noch keinen Schritt weiter war. Sie erhoffte sich Neuigkeiten von Susan, doch es war seltsam, dass die Kollegin seit dem gestrigen Morgen nicht zu erreichen war. Selbst wenn ihr Handy, aus welchem Grund auch immer, nicht funktionieren sollte, so könnte sie von irgendeinem Telefonapparat aus anrufen! Aber bei Susan wusste man nie, was sie gerade umtrieb. War sie immer noch sauer auf sie? Debbie rieb sich müde die Augen und musste dann an den toten John Clark denken. Was zum Teufel hatte der in Fletchers Wohnung zu suchen gehabt? Einzelgänge waren gar nicht seine Art.

Debbie nahm einen Schluck aus der Colaflasche unter dem Schreibtisch, verzog das Gesicht und schüttete das braune Gesöff, dem die letzte Spur Kohlensäure entwichen war, in das Handwaschbecken an der Wand.

„Im Kellergeschoss ist ein Getränkeautomat, Ma'am“, sagte DS Ron Applegate, der am Schreibtisch gegenüber saß. „Soll ich Ihnen eine neue Flasche holen?“

„Danke, Ron. Ich glaube, ich kann selbst gehen. Ich muss mal nach draußen. Ich brauche erst mal eine Zigarette.“

„Ich komme mit, wenn's recht ist.“

„Gerne.“

Eigentlich hatte Debbie vor Jahren mit dem Rauchen aufgehört, aber für Notfälle hatte sie immer eine Schachtel Kim in der Handtasche. Und die Notfälle häuften sich in den vergangenen Monaten, seit sie zum Chief Inspector aufgestiegen war. Früher war es einfach gewesen, die Verantwortung auf den Vorgesetzten abzuwälzen. Schwierige Entscheidungen – mit allen Konsequenzen – hatte der Ermittlungsleiter zu fällen. Und hier kam der Druck von beiden Seiten. Debbie musste entscheiden und sich gegenüber ihren Vorgesetzten rechtfertigen. Das machte die Tatsache, dass der Partner ihrer besten Freundin der Chef des CID war, nicht wirklich einfacher.

Unter dem Vordach vor dem Hinterausgang, wo sich die verbliebenen Raucher wie Aussätzige trafen, war es nasskalt, und Debbie bildete sich ein, dass ein Hauch von Schnee in der Luft lag. Sie fingerte eine der dünnen Zigaretten aus der Schachtel, ließ sich von Applegate Feuer geben und inhalierte den ersten, langen Zug genüsslich. Wenig ladylike ließ sie den Rauch durch die Nasenflügel entweichen. Danach fühlte sie sich etwas besser.

„Ist das Alibi von dem jungen Fletcher überprüft?", fragte sie unvermittelt.

„Hm. Nach dem Streit mit der Freundin hat er sich den ganzen Abend an der Hotelbar mit irgendwelchen Cocktails die Birne zugedröhnt. Der Barkeeper konnte sich noch sehr gut an den trinkfreudigen Gast erinnern, er musste ihn nämlich gegen zwei Uhr am Morgen aufs Zimmer bringen. Fletcher junior war so knülle, dass er erst spät am nächsten Nachmittag aus seinem Zimmer gekrochen kam, wie mir eine weitere Hotelmitarbeiterin erzählt hat. Er scheidet definitiv als Täter aus."

„Sieht so aus." Debbie nahm einen weiteren, tiefen Zug und schloss die Augen. „Verdammt, wenn sich Susan nur melden würde. Ich hoffe, sie hat nicht die Karre zu Schrott gefahren und liegt irgendwo im Krankenhaus."

Applegate guckte etwas irritiert aus der Wäsche.

„Susan neigt dazu, bisweilen die zulässige Geschwindigkeit zu übertreten."

„Verstehe, eine Rennfahrerin."

„Genau."

„Meinen Sie, dass wir ..."

„Jetzt noch nicht. Bestimmt gibt es eine vernünftige Erklärung. Das Handy funktioniert nicht und sie findet kein Münztelefon, oder sie hat keine Lust, irgendwas am Telefon zu erzählen, das sie später nochmals in einen epischen Bericht packen muss."

„Hatte sie Kontakt mit Kollegen in Bangor?"

„Keine Ahnung, aber ich glaube nicht. Sie sollte nur nach Wales fahren und sich dort auf die Spuren des alten Fletcher begeben."

„Und wenn jemand etwas dagegen hatte?"

Debbie wollte nicht daran denken. Sie drückte ihre Zigarette im Aschenbecher aus, öffnete die Tür und ließ Appelgate in der nassen Kälte stehen.

Kapitel 36 - Freitag, 13.11.2009, Nachmittag

Den ganzen Vormittag hatte Bob Hamilton in seinem Büro gesessen und den Haushaltsplan für das kommende Jahr gewälzt. Er ärgerte sich. War es seine Aufgabe als Polizist, virtuelle Geldbeträge auf Computerformularen hin und herzuschieben? Wozu gab es die Schar der Verwaltungsangestellten in Middlemoor? Anwälte wurden ermordet, ein Kollege war ebenfalls tot, eine Polizistin wie vom Erdboden verschwunden und er saß hier vor einem Zahlenfriedhof. Er spürte eine ungezügelte Wut in sich heraufsteigen, nahm die Dose mit Büroklammern und warf sie gegen die Wand. Die Dose zerbrach, und unzählige Klammern verteilten sich auf dem Fußboden. „Scheiße", brüllte Hamilton laut, was den in seinem Korb in der Ecke liegenden Weimaraner dazu nötigte, den Kopf zu heben, um ihn gleich wieder zu senken und weiterzuschlafen. Ein ganzer Schwall Flüche folgte, der Chief Superintendent griff zum Telefonhörer und zitierte Parker zu sich ins Büro.

Vor einer Stunde hatte Debbie angerufen und sich besorgt über das Ausbleiben von Susan gezeigt. Selbst durch die Telefonleitung war ihre Besorgnis zu spüren gewesen. Hamilton hatte versucht, sie zu beruhigen und Erklärungen für das Ausbleiben der Beamtin formuliert, an die er selbst nicht glaubte.

„Gehe einfach deiner Arbeit nach. Susan taucht schon wieder auf und dann wirst du sehen, dass die ganze Aufregung umsonst war“, hatte er gesagt und sich wieder in die Zahlen vertieft.

Doch jetzt schloss er das Haushaltsprogramm und öffnete den Ordner mit Susans Protokollen. Er wollte wissen, wo er ansetzen musste.

Die Tür öffnete sich, und Steve Parker kam herein.

„Setz dich“, befahl Hamilton ohne aufzuschauen, und Parker setzte sich in einen der beiden roten Ledersessel unterhalb eines Portraits von Maria Stuart.

„Was verschafft mir die Ehre einer Audienz bei dir?“

„Ich wollte dich nur informieren, dass ich nach Bangor fahre.“

Parker riss die Augen auf und warf den Kopf nach hinten. „Nach Bangor? Und was willst du dort?“

Hamilton stand auf, ging zum Eckschrank und holte zwei Gläser und eine Flasche Glenfarclas heraus. Er stellte die Gläser auf den Glastisch zwischen den Sesseln, schenkte ein und setzte sich auf den zweiten Sessel.

„Ich werde mich in die Ermittlungen einschalten, weil ich glaube, dass Susan verschwunden ist.“

„Du sprichst in Rätseln.“

„Ich übertrage dir als meinem Stellvertreter die Aufgabe, den Haushaltsplan zu überprüfen und ihn den Herren mit den aufgenähten Ellbogenschonern in Harriets Abteilung zu übergeben, Cheers.“

Hamilton roch an seinem Whisky und nahm einen kleinen Schluck, den er jedoch eine ganze Weile im Mund hin- und herschüttelte.

„Vielen Dank für die ehrenvolle Aufgabe“, meinte Parker sarkastisch. „Was würdest du an Debbies Stelle tun?“, fragte Bob seinen Freund und Kollegen.

„Das ist eine gute Frage. Glaubst du an einen Polizistenmörder?“

„Ich glaube gar nichts, aber du hast recht. Diese Möglichkeit muss in Erwägung gezogen werden. Auf der anderen Seite können wir nicht Gespenstern nachjagen. Debbie wird an Ort und Stelle bleiben und ihre Arbeit tun. Denn es gibt nicht nur Susan, sondern eine ganze Reihe Beamte, die in alle möglichen Richtungen ermitteln. Ich hingegen sitze hier unnütz herum und quäle mich mit Zahlen."

„Willst du alleine nach Bangor? Falls die Befürchtungen begründet sind, könnte es gefährlich sein."

„Steve, du kennst mich jetzt schon seit gut zwanzig Jahren. Ich war lange genug verdeckter Ermittler und weiß mich unsichtbar zu machen."

„Und der Hund?"

Hamilton lachte. „Das ist meine geringste Sorge. Der fühlt sich auch im Pressebüro wohl. Van und Becks verwöhnen ihn gerne."

„Und wann willst du los?"

„Die Zeit drängt. Ich fahre so bald wie möglich."

„Pass bloß auf dich auf."

Hamilton nahm einen weiteren Schluck aus seinem Glas und erinnerte sich an seinen ersten Fall als verdeckter Ermittler. Damals, vor gut fünfzehn Jahren, ist ein siebzehnjähriges Mädchen, Tochter eines Zahnarztes, verschwunden. Die Polizei vermutete, dass sie – mehr oder weniger freiwillig – untertauchte, dann jedoch zwischen die Fronten eines Zuhälterkriegs gekommen war. Mitte der neunziger Jahre machten sich auf der Insel Russen breit und kamen den etablierten Nachtclubbesitzern ins Gehege.

Seit dem Fall des eisernen Vorhangs war die Welt unendlich kompliziert geworden. Zu Beginn seiner Polizeikarriere gab es klare Fronten. Auf der einen Seite die Guten auf der anderen Seite die Bösen und die Kommunisten waren im Osten. Von den Möglichkeiten moderner Computer war allenfalls zu träumen und das lebenstaktbestimmende Handy noch nicht erfunden.

Doch heute erschien ihm das Leben nur noch grau. Grau in grau, gehüllt in ein grellbuntes Feuerwerk von Illusionen. Doch diese Gedanken brachten Hamilton nun auch nicht weiter. Er musste nach Bangor und Susan suchen. Schließlich hatte er damals auch die Zahnarzttochter ausfindig machen können, und er überlegte, was das Mädchen, inzwischen eine Frau Anfang dreißig, jetzt gerade wohl tun würde.

Kapitel 37 - Freitag, 13.11.2009, Nachmittag

Nachdem sie, wie erwartet, Harriet Rutherwood nicht angetroffen hatten, machten sich Rachel und Trevor auf den Weg zum nächsten Pub und aßen jeweils eine riesige Portion Fish & Chips. Was wäre England ohne diese landestypische Mahlzeit, fragte sich Rachel und musste Trevor nach dem zweiten Pint stoppen. „Du kannst nach Feierabend noch was trinken, jetzt reicht es, glaube ich."

Erstaunlicherweise parierte der glatzköpfige Riese.

Der Pub in unmittelbarer Nähe des River Dart war gut gefüllt, was einerseits am guten Essen, vielleicht jedoch auch am schlechten Wetter liegen konnte. Und es war ein bunt gemischtes Völkchen, das sich hier eingefunden hatte. Die beiden Polizisten waren das beste Beispiel. Rachel, eine sportliche junge Frau mit endlos langen Beinen und Haaren, daneben Trevor, der perfekt als Rausschmeißer in einen heruntergekommenen Nachtclub gepasst hätte.

Rachel beobachtete junge Männer im Anzug mit modischer Krawatte, klassisch und adrett gekleidete Frauen und daneben langhaarige Althippies mit bunten Batiktüchern um den Hals. Es gab Bauarbeiter mit regenfester Kleidung, ein Grüppchen Jugendlicher, die unablässig ihr Handy malträtierten und Rentner, in der einen Hand das Pint, in der anderen einen Dartpfeil.

War John hier wohl auch zu Gast gewesen? Bestimmt. Es sei denn, er hätte nur ganz bestimmte Plätze aufgesucht. Aber Rachel nahm an, dass John hier ein ganz normales Leben geführt hat – frei von seiner Mutter.

„Komm mit!“, befahl Rachel ihrem Kollegen. „Ich spendiere dir einen Kaffee.“

Offenbar dauerte es eine Weile, bis die Information bei Trevor am richtigen Ort angekommen war, jedenfalls schaute er ziemlich blöd aus der Wäsche, folgte ihr dann aber widerwortlos.

Hinterm Tresen stand ein junges Mädchen mit zahllosen Piercings im Gesicht, das die beiden fröhlich anlächelte. „Womit kann ich Ihnen helfen?“

„Zunächst einmal mit zwei Kaffees, ich sehe, Sie haben hier eine schöne Espressomaschine.“

„Milch, Zucker?“, fragte das Mädchen, das Helen Edwards hieß und aus Norwich stammte. Kurze Zeit später wussten die Kriminalbeamten, dass Helen seit drei Jahren in Totnes wohnte, eigentlich Medizin studieren wollte, keinen Studienplatz fand, sich einer Zirkustruppe angeschlossen hatte und schließlich in Devon gelandet war.

„Hier gibt es alles, was man zum Leben braucht. Einen Job, gute Freunde, Kumpels zum Biertrinken und die Freiheit, so zu leben, wie es einem Spaß macht.“ Helen zupfte an ihrem Nasenring. „Dein Freund ist etwas irritiert von meinen Piercings. Das geht meinem Dad genauso.“

Trevor senkte rasch seinen Blick in die Kaffeetasse, und Helen fuhr fort: „Und wo seid ihr her? Ich habe euch hier noch nie gesehen.“

Rachel trank einen Schluck ihres Kaffees. „Das ist gut möglich. Ich stamme aus Barnstable. Wir suchen einen Bekannten, der hier irgendwo wohnt. Er heißt John Clark. Kennst du ihn?“

Helens unschuldiges Lächeln gefror und ihr Gesicht wurde ganz grau. „Mein Gott, er ist, er ist ... tot“, stammelte das Mädchen.

„War er krank?“, fragte Rachel scheinbar erstaunt.

„Nein. Er wurde ... umgebracht ... in Cornwall. Sie haben es gestern im Fernsehen und Radio gebracht.“

„Das tut uns leid. Kanntest du John?“

Nach einer kurzen Unterbrechung, Rachel konnte nicht beurteilen, ob es sich um echtes Bedauern oder eine Kunstpause handelte, antwortete sie: „Na ja, hier kennt jeder jeden. Totnes ist eine kleine Stadt. John war manchmal hier, meist aber im Barrel, oder Castle Inn. Dann hatte er es nicht so weit nach Hause. John hat gerne mal einen über den Durst getrunken. Die arme Harriet. Sie hat es gestern ebenfalls aus den Nachrichten erfahren."

„Ist das seine Frau?"

„Seine Freundin. Sie wohnt gerade da drüben. Sie kam gestern Abend ganz geknickt hier rüber und hat sich die Kanne gegeben."

Rachel legte den Kopf schräg und sah Helen fragend an.

„Sie hat ihren Frust und ihre Trauer ertränkt. Jedenfalls für gestern. Heute wird der Kater doppelt groß sein."

„Weißt du, was mit Ellen Millner ist? Vor ein paar Jahren, als wir noch mehr Kontakt zu John hatten, war Ellen seine Freundin."

„Ab übern Teich."

In diesem Moment war Helen hinter einer Tür verschwunden, und ein alter Grießgram nahm ihren Platz hinter dem Tresen ein.

Die Polizisten sahen sich fragend an.

„Was war das?", meinte Trevor nach einigen Momenten.

„Keine Ahnung."

Dann fragte sie den alten Mann: „Wo ist Helen?"

„Pah", sagte der, „Feierabend. Die kommt erst um acht Uhr wieder. Trinkt ihr noch was?"

„Danke. Ich glaube, wir gehen."

Und Rachel schleppte Trevor nach draußen auf die Straße, wo Helen schon auf sie wartete.

„Überraschung!", rief sie kichernd. „Ich kann den Alten nicht ab. Der Sohn ist ganz in Ordnung, aber der Alte hat was an der Waffel, wenn ihr mich fragt."

„Was bedeutet ‚über den Teich'?", grunzte Trevor mürrisch.

„Dein Freund ist auch nicht besser als der Alte."

„Er ist nicht mein Freund, wir arbeiten nur zusammen."

„Dann ist ja gut. Na, übern Teich eben – Amerika. Sie hat einen durchgeknallten Ami kennengelernt und ist mit ihm über alle

Berge. Doch John hat schnell Trost gefunden. Ich muss jetzt leider. Vielleicht sieht man sich mal wieder. Bye!", sprach's, überquerte die Straße und verlor sich im grauen Regen.

„Und nun?"

„Jetzt gehen wir mal zur Burg, vielleicht treffen wir einen alten Schlossgeist, durchkämmen die nette Stadt und gehen dann zu Harriet. Ihre Mitbewohnerin sagte, sie sei gegen halb fünf wieder zu Hause. In der Zwischenzeit kannst du mal mit Debbie telefonieren, ich muss nämlich mal schnell aufs Klo."

Kurz vor fünf standen sie zum zweiten Mal vor Harriets Haustüre, und keine zwei Minuten später fanden sich DS Rachel Ward und DS Trevor Norman auf einem Plüschsofa wieder. Das Wohnzimmer von Harriet Rutherwood und ihrer Freundin war ein Musterbeispiel für postpubertären Kitsch. Überall lagen rosa- und dunkelrote Kissen, die Wandtapete glich einem ungepflegten Rosengarten, von der Decke hingen Herzen und Wattewolken. Dazu litt die Wohnung unter einer wahren Invasion von Stofftieren – von Mäusen über Hasen zu Bären und einem riesengroßen Elefanten mit Stoßzähnen.

Wäre dieser Zoo wenigstens einigermaßen originalgetreu, dachte sie, aber diese Viecher strotzten nur so von Schmerz erzeugender Hässlichkeit.

Ob sich John hier wohlgefühlt hatte? Rachel konnte es sich nicht vorstellen. Auf der anderen Seite – was wussten sie von ihrem Kollegen? Eigentlich sehr wenig. Die spannende Frage war, ob er sich hier die gleiche Mühe gegeben hatte, sein Leben in Exeter zu verschweigen. Von noch mehr Interesse war die Wohnung Johns hier in Totnes. Gerne hätten die beiden einen Blick in das Zimmer geworfen, hatten sich dann jedoch entschieden, die Tür zu versiegeln und die Spurensicherung anzufordern. Nichts wäre schlimmer, als wenn sie in ihrer Neugierde wertvolle Spuren zerstören würden. In diesem Fall kam es auf jede Kleinigkeit an, und dabei sollten die Profis von Pauline ans Werk.

Harriet hatte Teewasser aufgesetzt und kam mit einer Kanne Tee und schokoladeüberzogenem Gebäck herein. Es gab keinen größeren Genuss als eine Tasse heißer Tee mit dem einen oder anderen knusprigen Keks. Die junge Frau hatte eine große Ähnlichkeit mit Emma, war im gleichen Alter, nur dass sie im Gegensatz zu Emma dunkle Augen hatte. Und diese waren ziemlich gerötet, was darauf schließen ließ, dass Harriet vor kurzem geweint hatte. So wie Rachel sie einschätzte, konnten die Tränen jederzeit wieder losbrechen, was auch nur natürlich war, schließlich war ihr Freund ermordet worden.

Nach ein paar einleitenden Sätzen, während derer Rachel noch überlegte, wie sie das Gespräch führen sollte – Trevor hatte komplette Zurückhaltung gelobt –, fragte sie: „Seit wann kannten Sie John Clark?“

Harriet holte tief Luft: „Wir sind seit gut einem Jahr zusammen. Aber ich kenne ihn eigentlich schon seit der Zeit, als ich hierher gezogen bin. Das war im Sommer 2007. Ich habe hier einen Job als Buchhalterin in einer Spedition gefunden.“

„Was war John für ein Mensch?“

„Er war humorvoll, hilfsbereit, etwas schüchtern und vor allem zuverlässig. Auf ihn konnte man sich verlassen.“ Sie kämpfte tapfer gegen die Tränen. „Wer tut so was? Wer bringt einen Menschen wie John um?“

„Das wollen wir herausfinden. Wir wissen noch sehr wenig über John und sein Leben in Totnes. Wissen Sie, was John hier gemacht hat?“

„Gewohnt und gelebt.“

Rachel überlegte, wie sie den Bogen nach Exeter schlagen sollte, offenbar wusste Harriet nichts über seinen Beruf. „Kannten Sie jemanden aus seiner Familie?“

„John sagte, er habe keine Angehörigen.“

„Wissen Sie, welchem Beruf John nachging?“

„Er sagte, er arbeite in einem Betrieb in Exeter.“

„Und Sie haben nicht gefragt, in welchem Betrieb?“

Harriet sah sie mit großen Augen an. „Nein, er sagte, als wir uns näher kennenlernten, dass er nicht über seinen Beruf reden möchte, und ich habe das respektiert."

Wie kann man nur so naiv sein, dachte Rachel, atmete tief ein und pustete die Luft langsam wieder aus.

„Wir wollen ehrlich mit Ihnen sein, Harriet. John Clark war Detective Sergeant beim CID in Middlemoor. Er war unser Kollege. Und er führte ein Doppelleben. In Exeter wohnte er bei seiner Mutter und hier hatte er eine Freundin. Um Sie zu beruhigen – in Exeter hatte er keine Freundin, und von seinem zweiten Leben in Totnes wissen wir erst seit heute. Und wir haben überhaupt keine Ahnung, ob sein Tod mit seinem Doppelleben oder mit seiner Arbeit zusammenhängt."

Harriet Rutherwood saß jetzt wie ein Häuflein Elend auf ihrem Plüschsessel, ein quietschgrünes Stoffhäschen an sich gedrückt, und ließ ihren Tränen freien Lauf. Sie begann laut zu schluchzen, und Rachel befürchtete, sie würde hyperventilieren. Doch nach ein paar tiefen Atemzügen beruhigte sich Harriet langsam wieder.

„Es tut mir leid", presste sie heraus.

„Das braucht Ihnen nicht leid zu tun. John hatte Ihnen also nichts von seinem zweiten Leben erzählt?"

„Er hat es perfekt verborgen. Uns ging es gut, und da habe ich mir auch keine Gedanken gemacht."

„Was hat John getan, wenn er hier war? Hatte er Freunde, Hobbys?"

„Er ist gerne gewandert. Wir waren oft im Dartmoor oder drüben in Cornwall. Und John liebte Livemusik. Deshalb war er oft im Barrel. Freunde hatte er keine, außer Greg. Eigentlich war John ziemlich menschenscheu."

„Hatte John Pläne für die Zukunft?"

„Sie meinen, ob er mich heiraten wollte?"

„Zum Beispiel."

„Na ja. Ich hätte es mir schon vorstellen können, aber da war er immer ausweichend – Männer eben."

Dann hätte er sein Exeter-Leben aufgeben müssen. Kaum anzunehmen, dass er im Falle einer Hochzeit die Mutter mit ins Boot genommen hätte, dachte Rachel und befürchtete, dass Johns Leben hier genauso langweilig war wie das in Exeter. Nur dass er die Mutter gegen eine Freundin getauscht hatte – immerhin. Sie ärgerte sich, dass das Gespräch so schleppend verlief. Aber was wollte sie? Hatte sie erwartet, dass Harriet vom großen Unbekannten erzählt, der sofort die Pole-Position auf der Verdächtigenliste eingenommen hätte?

„Sagt Ihnen der Name Harold Fletcher irgendwas?"

Harriet runzelte ihre Stirn und meinte dann leise: „Noch nie gehört. Wer soll das sein?"

„Ein Anwalt aus Wadebridge, der ermordet wurde. John hat an diesem Fall gearbeitet."

„Es tut mir leid, da kann ich Ihnen nicht helfen."

„Sind Ihnen in der letzten Zeit Veränderungen an John aufgefallen? War er nervös oder irgendwie anders als sonst?"

„Da ist mir nichts aufgefallen. Ich finde, er war wie immer."

Harriet verstummte und fragte nach einer Weile: „Wann und wo ist eigentlich die Beerdigung?"

„Im Moment liegt er noch in der Pathologie. Wenn seine Leiche freigegeben worden ist, entscheidet die Mutter, wo er beerdigt wird."

„Kann ich ihn nochmals sehen?"

Rachel sah jetzt fragend zu Trevor Norman, der die ganze Zeit fleißig Kekse kaute und dabei das Sofa verkrümelte.

„Ich wüsste nicht, warum Ihnen das verwehrt werden sollte", sagte Trevor, „aber an Ihrer Stelle würde ich darauf verzichten. Behalten Sie ihn in Erinnerung, wie Sie ihn immer gesehen haben."

Eine solche Antwort hätte sie ihrem Kollegen nicht zugetraut. Offenbar wusste er sich doch zu benehmen, wenn es notwendig war.

In der Zwischenzeit musste das Team von der Spurensicherung vor Ort sein. Rachel hatte das Gefühl, hier nicht mehr weiterzukommen. Vielleicht tat sich in Johns Wohnung eine Spur auf. Aber so richtig daran glauben konnte sie nicht.

„Vielen Dank, Harriet. Wenn Ihnen noch etwas Wichtiges einfällt, rufen Sie uns bitte an. Ich nehme an, Ihre Freundin ist jetzt bei Ihnen. Ich finde, Sie sollten jetzt nicht alleine sein. Und wenn wir noch etwas für Sie tun können, dann sagen Sie es bitte."

„Ich würde gerne Johns Mutter kennenlernen. Würden Sie mich dabei begleiten?"

Rachel war erstaunt über die ungewöhnliche Bitte. Doch angesichts der Umstände nickte sie. „Rufen Sie mich vorher an. Ich gehe mit Ihnen."

„Und jetzt?", fragte Trevor.

„Jetzt gehen wir ins Castle Inn oder den Schuppen nebenan, und dann schauen wir mal, ob die Spurensicherung schon was hat."

„Weißt du was?"

„Was meinst du?"

„Heute ist Freitag, der 13."

„Und?"

„Ich bin überhaupt nicht abergläubisch, aber ich habe ein verdammt schlechtes Gefühl."

Kapitel 38 - Freitag, 13.11.2009, Abend

Susan blieb verschwunden. Sie war nicht in einen Verkehrsunfall verwickelt und lag auch nicht in einem Krankenhaus, soweit die Polizei feststellen konnte. Sie war weder zu Hause noch bei ihren Eltern, einfach wie vom Erdboden verschluckt. Dennoch wollte Hamilton es sich nicht leisten, jemanden aus dem Team abzuziehen, das ohnehin schon an die Grenzen seiner Leistungsfähigkeit gekommen war.

Susan war eine gute Polizistin, jedoch durch und durch chaotisch. Und ihre große Stärke war gleichzeitig ihre größte Schwäche. Man konnte sie durch ganz England, durch halb Europa, notfalls sogar bis ans Ende der Welt schicken. Sie hatte ein gutes Gespür für die richtige Spur – solange sie nicht im Büro sitzen und Berichte schreiben oder auswerten musste.

Aber genau dieses Gespür führte sie bisweilen auf Abwege oder machte sie unvorsichtig. Hamilton sah zwei Möglichkeiten, was es mit Susans Verschwinden auf sich haben konnte. Entweder sie hatte sich in eine Spur verbissen und wollte den Mörder Fletchers frei Haus liefern, oder sie hatte beschlossen, das Wochenende irgendwo in Wales mit wem auch immer zu verbringen und würde pünktlich am Montag an ihrem Schreibtisch in Middlemoor sitzen.

An die dritte Möglichkeit wollte er gar nicht denken.

Das Handy hatte sie vergessen oder der Akku war leer, vermutete der Chief Superintendent. Und jetzt saß er selbst in einem mausgrauen VW Golf in Richtung Norden, während aus dem Autoradio „Dark Passion Play“ von Nightwish dröhnte.

An einen Irren, der Jagd auf Polizisten machte, mochte er nicht so recht glauben. Weder bei Johns Todesfall noch bei Susans Verschwinden. Dennoch wollte er vorsichtig sein und hatte sich vorgenommen, als Verbandsvertreter der Aberdeen Angus Cattle Society nach Wales zu reisen. Das notwendige Wissen hatte er, immerhin züchtete die Familie Hamilton seit über hundert Jahren die schwarzen, hornlosen Rinder. Und eigentlich wäre es seine Bestimmung gewesen, in die Fußstapfen der Väter zu treten, doch er hatte den Dickkopf seiner Mutter geerbt, einer Großstadtpflanze aus Glasgow, die auch für den ausgeprägten Dialekt verantwortlich war. Und diesen Dickkopf setzte er durch, als er beschloss, zur Polizei zu gehen. Der Dialekt hatte es ihm dabei immer einfach gemacht, sich unter das Volk zu mischen und als einer der Ihren zu gelten. Für einen Polizisten keine schlechten Voraussetzungen.

Sein erstes Ziel war das Polizeirevier von Bangor in der Ffordd Gwynedd, einem weiß verputzten, modernen Bau mit schwarzem Schieferdach, das wie ein Fremdkörper neben dem altehrwürdigen Backsteingebäude der Bibliothek auf der anderen Straßenseite wirkte. Hamilton kannte die stellvertretende Leiterin der Kriminalpolizei von Nordwales, die in Bangor ihren Sitz hatte. In seiner Zeit als Sonderermittler in Manchester hatte er immer wieder mit der walisischen Polizei zu tun gehabt, da das Verbrechen nicht an der Grenze Halt machte. Eine ganze Reihe von Großstadtganoven suchten ihre Rückzugsräume in den einsamen Bergen von Snowdonia. Damals war Nataly Dawn eine unerschrockene Draufgängerin, so ganz nach dem Prinzip „Zuerst schießen, dann fragen", womit sie sich ständig am Rande des Rauswurfs bewegte. Letztendlich war sie jedoch mit dieser Methode erfolgreich und schaffte es bald in die polizeilichen Entscheidungszentren. Und dabei hatte sie mit ähnlichen Widrigkeiten zu kämpfen wie Bob. Zuletzt hatte sie von sich reden gemacht, als sie mit der Umsetzung der neuen Regionalstruktur in Nordwales beauftragt war und dabei einige alte Platzhirsche von ihren angestammten Polizeirevieren vertrieben hatte.

Hamilton hatte Nataly telefonisch über sein Kommen informiert, und so war sie wenig überrascht, aber umso mehr erfreut, als sie den Schotten in ihrem Büro begrüßte.

„Das ist eine Freude, dich zu sehen, mein Lieber. Wie lange ist es schon her?"

„Mir scheint Jahrzehnte. Aber während ich alt, grau und fett geworden bin, hast du dich kein bisschen verändert."

„Du hast auch schon mal besser gelogen. Übrigens, wenn du nicht versuchst, einigermaßen verständlich zu reden, spreche ich Walisisch."

„Ich versuche mich zu bemühen."

Nataly Dawn war mittelgroß, hatte halblanges, mittelblondes Haar und trug eine markante, aber schmale schwarze Hornbrille. Das Auffälligste an ihr war jedoch schon immer ihre Kleidung gewesen. Sie trug ausschließlich Rot und hatte diese Angewohnheit bis heute beibehalten. Menschen, die es weniger gut mit ihr meinten, nannten sie „Red Witch" oder „Red Dragon".

„Du bist sicher nicht gekommen, um dich über die alten Zeiten zu unterhalten, nehme ich an. Wie kann ich dir helfen?"

„Es geht um den Mord an Harold Fletcher. Wir haben eine Beamtin nach Bangor geschickt, doch wir haben noch nichts von ihr gehört."

„Seit wann vermisst ihr die Kollegin denn?"

„Vor zwei Tagen haben wir sie zuletzt gesehen. Sie wollte gestern nach Bangor fahren und heute Morgen zurück sein."

„Bist du sicher, dass sie hier in Bangor angekommen ist?"

Hamilton schüttelte den Kopf. Er massierte seine Nasenwurzel und sah Nataly an. „Ich hoffe, dass sie ihre Kontaktperson, einen alten Freund des toten Anwalts, getroffen hat. Sonst haben wir keine Spur. Es kann freilich auch sein, dass die gute Susan einfach ihre Dienstpflichten vergessen hat. Aber ganz so unzuverlässig ist sie eigentlich nicht."

„Und was kann ich dabei tun?"

„Gar nichts." Hamilton lachte sie an. „Das meine ich wörtlich. Ich bin hier hergekommen, um selbst etwas Licht ins Dunkel zu bringen, einfach im fremden, nämlich deinem Revier wildern, ohne dass ein übereifriger Waliser Cop mich aus dem Verkehr zieht. Da wir nicht sicher sind, ob ihr tatsächlich etwas zugestoßen ist, kann und will ich keine offizielle Suchaktion starten. Wenn die Presse was davon mitbekommt, dann können wir an einer weiteren Front kämpfen."

„Seit wann scherst du dich um die Presse? Bist du schon so sehr Politiker geworden?"

„Nein, nur noch pragmatischer als früher. Wir haben ohnehin nicht genügend Personal. Ein Anwalt wurde ermordet, Spuren gibt es keine, ein Polizist tot in des Anwalts Wohnung aufgefunden, und dann verschwindet eine Beamtin. Kannst du dir vorstellen, was los ist, wenn die Hyänen Witterung aufgenommen haben?"

Hamilton dachte zurück an zahlreiche Fälle, bei denen die Presse die Ermittlungen nicht nur behindert, sondern sogar verhindert hatte. Er erinnerte sich an den Fall eines entführten Bankiers. Die Kriminalpolizei hatte Kontakt zu den Entführern hergestellt und sogar das Versteck ausfindig machen können. Irgendwo hatte es eine undichte Stelle gegeben, und als ein Sonderkommando den Mann befreien wollte, folgte ein ganzer Tross an Pressefahrzeugen, was dazu führte, dass die Aktion abgebrochen werden musste, die Entführer die Nerven verloren und den Mann umbrachten. Anschließend sah sich die Polizei den Vorwürfen der Presse ausgesetzt, für den Tod des Entführten verantwortlich zu sein. Und als ob das nicht gereicht hätte, hatten sich die verantwortlichen Politiker in die Reihe der Kritiker eingereiht, nur um ihren eigenen Kopf zu retten. Schließlich musste der für die Befreiungsaktion verantwortliche Superintendent seinen Hut nehmen, ein typisches Bauernopfer. Der eigentliche Schuldige war irgendein geldgeiler Polizist, der die Information der Presse weitergegeben hatte.

„Wenn du keine Schlägereien anfängst oder gar jemanden erschießt, soll mir das Ganze recht sein. Und wenn du meine Hilfe brauchst, weißt du ja, wo ich zu finden bin."

„Vielen Dank, Nataly, ich wusste, dass ich auf dich zählen kann.

Eins vielleicht noch, kannst du mal in den alten Akten nachschauen, ob es irgendwann in den Sechzigern mal zu Problemen, welcher Art auch immer, mit Harold Fletcher gekommen ist? Eine Schlägerei, Drogendelikte oder sonst was, vielleicht Teilnahme an einer Demonstration, keine Ahnung ... einfach irgendwas. Im Polizeicomputer findet sich nichts, aber das will nichts heißen. In Papier habe ich mehr Vertrauen als in den Elektronikmüll."

„Ich werde gleich morgen früh eine der Polizeischülerinnen in den Keller schicken."

„Nochmals vielen Dank."

Es war inzwischen schon fast neun. Dennoch wollte Hamilton Paul Mosley noch aufsuchen. Er hatte weder Zeit noch Lust, bis zum nächsten Morgen zu warten.

Und so begab er sich auf die Spuren von Susan und fand sich gegen halb elf im Black Griffin ein. Er setzt sich an den Tresen, bemerkte plötzlich, dass er seit einem spärlichen Mittagessen in der Kantine von Middlemoor nichts gegessen und getrunken hatte, bestellte einen Lammeintopf und eine Cola. Schreckliches Gesöff, dachte er, aber auf Bier hatte er keine Lust und Wasser schien ihm zu fad. Während er auf sein Essen wartete, versuchte er sich mit dem Wirt, der einen besonders mürrischen Eindruck machte, zu unterhalten. Nach ein paar Minuten rief er „Stuart, mach du hier weiter!“, und stapfte davon. Ein junger Mann kam aus der Küche und schickte sich an, die Arbeit am Tresen zu übernehmen.

„Ist der immer so freundlich?“, fragte Hamilton den schüchtern wirkenden jungen Mann.

„Heute ist er besonders sauer. Eigentlich müsste Peter hier stehen. Aber Peter ist heute nicht gekommen, und Sie sehen ja, was hier los ist.“

„Und warum ist Peter nicht erschienen?“

„Gute Frage. Peter hat sich krank gemeldet.“

„Will heißen?“

Stuart setzte ein ernstes Gesicht auf und blickte Hamilton scharf in die Augen: „Ich wüsste nicht, was Sie das angeht.“

Der Chief Superintendent hatte gehofft, dass der junge Barkeeper von sich aus plaudern würde, musste jedoch feststellen, dass er sich getäuscht hatte.

Ich verliere mein Gespür, Menschen richtig einzuschätzen durch diese blöde Schreibtischarbeit, dachte er und zückte dann seinen Dienstausweis.

„Sind Sie von der Gewerbeaufsicht?“, fragte Stuart erschrocken.

„Nein, vom CID in Exeter. Ich ermittle in einem Mordfall.“

Jetzt wich sämtliche Farbe aus dem Gesicht des jungen Mannes, und seine Augen huschten schnell von einer Ecke des Raums in eine andere, als suchte er einen Fluchtweg.

„Mord. Wurde Peter ermordet?“

„Ich hoffe doch nicht. Wir suchen eine Kriminalbeamtin, die gestern vermutlich hier war.“

Das war eindeutig zu viel für den armen Kerl. Hamilton sah, wie ihm der Schweiß auf die Stirn trat, er dann langsam hinter seinem Tresen umkippte und wie ein gefällter Baum zu Boden krachte. Während die anderen Gäste, die am Tresen saßen, in eine Art Schockstarre gefallen waren, eilte Hamilton hinter den Tresen. Offenbar hatte Stuart sich eine Platzwunde zugezogen, denn unter seinem Kopf befand sich eine große Blutlache. Seine Augen waren aber geöffnet, und er war bei Bewusstsein. Der Kriminalpolizist nahm ein Geschirrhandtuch und verband den Kopf notdürftig, jedenfalls so gut, dass die Blutung gestillt wurde. In diesem Moment tauchte ein laut fluchender Tim Upson hinter dem Tresen auf.

„Was zum Teufel ist denn hier los? Wenn ihr euch prügeln wollt, dann vor meinem Lokal."

Hamilton klärte ihn über den Vorfall auf und saß kurze Zeit später mit Stuart im kleinen Personalraum neben der Küche. Dieser war nur knapp größer als eine Flugzeugtoilette. Offenbar ein ehemaliger Vorratsraum, dachte der Polizeichef. In Gedanken sah er geräucherte Schinken und Fische an der Decke hängen und ihm fiel ein, dass er immer noch nichts gegessen hatte. Sein Lammeintopf würde wohl irgendwo stehen und kalt werden – Berufsrisiko.

„Was wissen Sie über die Polizeibeamtin, die gestern hier war?", fragte Hamilton und fuhr dort fort, wo er vor rund zwanzig Minuten unterbrochen worden war. Blieb nur zu hoffen, dass der arme Stuart nicht nochmals umkippte.

„Eigentlich nichts. Sie wollte wohl mit Tim sprechen. Der war gestern aber nicht da."

„Und dann, lassen Sie sich doch nicht die Antworten wie Würmer aus der Nase ziehen", motzte Hamilton ungeduldig.

„Die Frau ging mit Peter nach Hause."

Die Hirnzellen in Hamiltons Oberstübchen begannen heftig zu rotieren, und ein leichter Schwindel, hervorgerufen durch den Hunger und möglicherweise auch durch das gerade Gehörte, machte sich bei ihm breit.

„Kommt das häufig vor, dass Peter jemanden abschleppt?"

„Hin und wieder schon. Aber ich konnte doch nicht wissen ..."

„Machen Sie sich keine Vorwürfe. Wir wissen ja nicht, was vorgefallen ist."

Entweder sind bei Susan und diesem Peter sämtliche niederen Instinkte durchgebrochen und die beiden haben sich in ein heißes Wochenende gestürzt – oder es war etwas passiert. Doch Peter war wohl kaum der unsichtbare Polizistenmörder, der wie ein Geist über allem schwebte. Dem Alter, in dem man einfach wie ein Teenager durchbrennt, sollte Susan eigentlich schon entwachsen sein, doch man konnte nie wissen, wohin die triebbestimmten Handlungen führten. Hamilton hoffte, dies wäre der Fall und er könnte mit Susan am Montag ein ernstes Personalgespräch führen.

„Heute Morgen war sie nochmals hier, um sich mit Tim zu unterhalten", stammelte Stuart plötzlich.

„Oh Mann. Konnten Sie das nicht gleich sagen?" Hamilton schüttelte den Kopf. „Wissen Sie, wo sie von hier aus hinwollte?"

„Nein. Tim hat nur gesagt, dass heute Morgen eine Polizistin hier gewesen ist."

„Sind Sie sicher, dass es sich um DS McCoy gehandelt hat?"

„Ja, schon."

Jetzt musste Hamilton mit Tim Upson reden. Aber vorher unbedingt etwas essen, sonst würde er noch verrückt werden.

Kapitel 39 - Bristol - Freitag, 17. 11.1989

Ich hasse sie! Ich verachte sie aus ganzem Herzen!

Sie hat es geschafft, mich zum absoluten Trottel zu machen. Mehr noch. Ich liege am Boden, im Schlamm und ertrinke in meinem Elend aus Scham und Wut.

Doch ich weiß genau, eines Tages wird sie dafür leiden. Mehr, als sie sich vorstellen kann.

Seit ein paar Wochen gehe ich mit Jill Hayley aus und ich fühlte mich wirklich glücklich. Das erste Mal seit langer Zeit glücklich.

Jill ist ein Mädchen aus unserer Nachbarschaft, sieht gut aus und ist nicht so aufgedreht wie die anderen jungen Frauen, die ich kenne. Sie ist schon fast ein bisschen schüchtern. Deshalb habe ich mich auch getraut, sie anzusprechen.

Jill stand an der Bushaltestelle, die Spätsommersonne schien in ihr ovales Gesicht und verlieh ihrem blonden Haar einen goldenen Glanz. Es schien mir fast, als trüge sie ein funkelndes Diadem.

Wir sprachen ein paar belanglose Worte und entschieden uns spontan, nicht länger auf den Bus zu warten, sondern unser Ziel zu Fuß zu erreichen. Was war unser Ziel? Mein Ziel war, Jill zu folgen und ich denke, das ihre war ein ganz ähnliches.

Wir gingen durch die halbe Stadt und wieder zurück. Irgendwann nahm sie meine Hand, und später hauchte ich einen ersten, scheuen Kuss auf ihre Lippen.

In den kommenden Tagen steigerten wir dieses Programm. Die Laufstrecke wurde kürzer, dafür wurden unsere Küsse professioneller. Wir sahen uns in jeder freien Minute, was uns nicht besonders schwer gefallen ist, denn wir sind beide arbeitslos. Meine Mutter wollte was Besseres für ihren Sohn, aber was etwas Besseres sei, war noch nicht gänzlich entschieden – von ihr entschieden. Und Jill sucht einen Job als Verkäuferin, was nicht ganz einfach ist. Jedenfalls dann, wenn man etwas verdienen will.

Und heute war der Tag, auf den ich schon lange gewartet habe. Mein Vater war wie gewöhnlich auf der Arbeit, und sie wollte eine Freundin in Gloucester besuchen und erst spät am Abend wieder nach Hause kommen. Also habe ich mein Zimmer mit Kerzen und Rosen dekoriert, etwas zum Knabbern und einen Champagner besorgt.

Gegen zwei Uhr kam Jill. Wir hörten Musik, tranken den Champagner, lachten und landeten bald im Bett.

Wie schön hätte der Nachmittag werden können?

Gegen halb vier stand sie in der Türe und führte sich auf wie eine Furie. Jill ergriff die Flucht und rannte halbnackt nach draußen.

Sie brüllte hysterisch, als hätte sie den Leibhaftigen gesehen.

Und um mich wurde alles schwarz.

Ich hasse sie!! Eines Tages bringe ich sie um!!

Kapitel 40 - Freitag, 13.11.2009, Abend

Es war kalt und feucht. Sie hatte Hunger, noch größeren Durst und fror fürchterlich. Stockdunkle Finsternis um sie herum ließ Susan McCoy nur ahnen, wo sie sich befand. Sie bemühte sich zu rekonstruieren, was geschehen war und kam immer wieder zum gleichen Ergebnis: Susan hatte keine Ahnung. Es war, als wäre sie in eine dunkle Welt ohne Erinnerung eingetaucht.

Mörderische Kopfschmerzen marterten ihr Gehirn, und sie spürte, dass ihre linke Gesichtshälfte blutverkrustet war. Mit der Hand tastete sie ihre Stirn ab und stellte fest, dass es dort eine große Beule und eine Platzwunde gab.

Susan schnaufte tief ein und versuchte, in einem gleichmäßigen Rhythmus zu atmen. Sie saß auf dem Boden irgendeines leer geräumten Kellerraums. Ihr Kerker hatte eine Grundfläche von rund vier mal zwei Metern, war fensterlos, und außer einem alten Autoreifen gab es nichts. Kein Licht, kein Lichtschalter, nur trostlose Finsternis.

Als Susan zu sich kam und sich in ihrem Verlies wiederfand, wurde sie von einer unvorstellbaren Panik übermannt. Sie schrie hysterisch, bis ihr die Stimmbänder schmerzten und kauerte sich dann, die Arme um die Knie geschlungen, in eine Ecke des Raums. Sie rief, sie klopfte, weinte, fluchte und musste irgendwann einsehen, dass alles keinen Zweck hatte. Niemand konnte sie hören.

Das Erniedrigendste für sie war, dass sie ihre Notdurft in einer Ecke auf dem Fußboden erledigen musste.

Und dann kam der Moment, als Susan zu der Überzeugung kam, niemals lebend aus diesem Loch herauszukommen. Vermutlich würde sie verdursten. Dann hatte sie noch ein paar Tage.

Sie kauerte sich wieder in ihre Ecke, setzte sich auf den Reifen, was immerhin einen gewissen Komfort darstellte, und gab sich ihren düsteren Gedanken hin.

Doch nach ein paar Stunden begannen ihre Lebensgeister wieder zu erwachen. Susan erinnerte sich an eine Begebenheit in ihrer Kindheit, die sie schon lange vergessen hatte. Damals war sie etwa fünf Jahre alt gewesen und mit ihrer Mutter zum Einkaufen in die Stadt gefahren. Sie hatten den Wagen auf einem großen Parkplatz gegenüber einer Kirche abgestellt. Jetzt sah sie die Kirche genau vor sich. Es war ein gedrungener Bau aus gelbem Sandstein mit gotischen Fenstern und einem niedrigen, quadratischen Turm mit Zinnen, die den Bau eher an eine Burg denn ein Gotteshaus erinnern ließen.

Von hier aus waren es nur wenige Minuten bis zur Haupteinkaufsstraße. An diesem Tag hatte ihre Mutter große Mengen, viel mehr als gewöhnlich, eingekauft und schleppte vier große Einkaufstaschen durch die Straßen. Susan erinnerte sich, dass sie vor einem alten Fachwerkhaus mit schwarzen Fensterrahmen und einer ebenso schwarzen Türe mit einem geschnitzten Wildschweinkopf gestanden hatten, als die Mutter sagte, dass ihr die Einkäufe zu schwer geworden waren. Sie ließ zwei Taschen und die kleine Susan zurück, um die beiden anderen Taschen zum Auto zu bringen und dann wieder zurückzukommen. Es waren nur rund fünfhundert Meter von dort bis zur Kirche, wie sich Susan erinnern konnte, doch es dauerte für ein fünfjähriges Mädchen eine Ewigkeit.

Und so war sie auf dem Gehweg gestanden, eine Einkaufstasche rechts, die andere links, und hatte sturzbachweise Tränen verloren. Plötzlich war eine alte Frau vor ihr gestanden und hatte ihr ein kleines Bildchen in die Hand gedrückt.

„Das ist Daniel in der Löwengrube. Du musst wissen, dass Gott immer bei dir ist, auch wenn du meinst, du bist alleine“, hatte die alte Frau gesagt.

Bald war die Mutter zurückgekommen und hatte die kleine Susan in ihre Arme geschlossen. Das Bildchen hatte viele Jahre in Susans Nachttischschublade gelegen, bis es irgendwann verschwunden war. Vermutlich war es bei einer Säuberungsaktion verloren gegangen oder in Susans allgegenwärtigem Chaos irgendwo verschüttet worden.

Und an diese Situation dachte Susan in diesem Moment, als sie in vollständiger Dunkelheit saß. Jetzt sitze ich in meiner Löwengrube. Die Tatsache, dass sie noch lebte, schob sie auf den Umstand, dass eventuell doch eine höhere Macht die Hände über ihr ausbreitete.

Susan nahm alle ihre Sinne zusammen. Was war geschehen? Jedenfalls war sie noch am Leben, und das ließ sie schon einmal hoffen, dass ihr Peiniger sie nicht umbringen wollte. Jedenfalls noch nicht sofort.

Am Morgen war sie nochmals im Black Griffin gewesen und hatte erfahren, dass zu Fletchers Zeit eine junge Frau dort gearbeitet hatte. Kyla Heyfron hatte sie geheißen. Aber was war dann passiert?

Susan rieb über ihre Stirn und riss dabei die Platzwunde wieder auf, woraufhin das Blut wieder über ihre linke Gesichtshälfte rann.

„Verdammt, ich werde hier noch verbluten, bevor ich verdurstet bin“, schrie sie hinaus.

Sie schloss die Augen, um zu verhindern, dass das Blut hineinlief. Außerdem konnte sie sich so besser konzentrieren, und dunkel war es ohnehin.

Sie besuchte eine Frau. Kirsty McGregor! Eine alte Freundin von Kyla Heyfron.

Und was machte sie dort?

Susan erinnerte sich, dass es nach Lavendel gerochen hatte. So intensiv, dass sie sich fast übergeben musste. Kirsty war eine eigenartige Frau, Typ ältliche Jungfer, und sprach mit monotoner, fast einfältig wirkender Stimme. Sie hatte auf ihrem Plüschsessel gethront wie eine unwirkliche Gestalt aus einem uralten Märchen.

Langsam kamen die Erinnerungen zurück. Es war kurz vor der Mittagszeit gewesen, als Susan vor Kirstys Haustüre gestanden hatte. Die ältliche Dame führte sie in ein Zimmer, das einem Stoffwarenlager aus dem vorletzten Jahrhundert glich. Mittendrin stand eine hypermoderne Nähmaschine, die irgendwie unpassend wirkte. Susan fand, eine alte Singer mit Fußantrieb wäre angemessener gewesen.

An den Wänden hingen lauter Schnittmustern, die mit Reißnägeln befestigt waren. Durch ein kleines Fenster fiel kaum Tageslicht in den Raum. An der Decke hing ein überdimensionierter Lampenschirm mit Rosenmustern. Das Schlimmste jedoch war der Lavendelduft. Susan beschloss, sollte sie je aus diesem Loch herauskommen, nie mehr irgendein Lavendelprodukt zu verwenden, sei es Seife oder Mottenpulver.

Was hatte Kirsty gesagt? Sie habe den Kontakt zu Kyla schon lange verloren, sei ihr jedoch vor gut einem Jahr zufällig in der Stadt begegnet.

Vor vierzig Jahren seien sie gut befreundet gewesen. Und selbst nachdem Kyla geheiratet hatte, seien sie in Verbindung geblieben.

Oder hatte Kyla nicht geheiratet?

Susan überlegte fieberhaft. Jedenfalls hatte sie einen Sohn.

„Ich war bei der Taufe des kleinen Martin dabei. Das war so ein süßes Kind“, sagte die alte Dame. „Damals haben wir regelmäßig telefoniert und uns hin und wieder gesehen. Später haben wir uns aus den Augen verloren. Sie wissen ja, wie das ist.“

Susan wusste es eigentlich nicht. Vermutlich war sie noch zu jung, um langjährige Freundschaften aus den Augen zu verlieren. Und möglicherweise würde sie niemals die Gelegenheit dazu haben, weil sie nicht mehr lange zu leben hatte.

Weiter, Susan!, mahnte sie sich selbst.

„Dann habe ich Kyla auf dem Herbstmarkt in der Stadt gesehen. Das war im vergangenen Jahr. Sie hat sich überhaupt nicht verändert."

„Und was hat sie hier gemacht?"

„In Erinnerungen geschwelgt. Sie sagte, sie habe in einer Zeitschrift eine Story über Bangor gelesen und dann beschlossen, den Herbstmarkt zu besuchen."

„Und sie hat nicht vorher Kontakt zu Ihnen aufgenommen, wenn sie doch in Ihre Stadt kommt?", fragte Susan skeptisch.

Kirsty McGregor zuckte mit den Schultern. „Keine Ahnung. Wir haben uns bestimmt zwanzig Jahre nicht gesehen."

Und dann treffen sich die beiden zufällig auf dem Herbstmarkt! Susan war nicht sicher, wie sie diese Aussage einordnen sollte.

„Und wie sind Sie auseinandergegangen? Haben Sie sich verabredet, oder wollten Sie die alte Freundschaft wieder aufleben lassen?"

„Na ja, wissen Sie", krächzte Kirsty, als hätte sie einen Raben verschluckt, „was vorbei ist, ist vorbei. Man kann Vergangenes nicht zurückholen oder wiederbeleben. Das ist traurig, aber leider wahr. Eine alte Freundschaft ist wie ein altes Bild, das immer mehr verblasst."

„Wissen Sie, wo Ihre Freundin heute wohnt?", fragte Susan die alte Frau, die regungslos in ihrem Sessel saß.

„Immer noch in Bridgwater in Somerset, der Stadt der Schießpulververschwörung."

Susan hatte keine Ahnung, was die Schießpulververschwörung war und es war ihr auch herzlich gleichgültig.

„Aha. Sie lebt also in Somerset", wiederholte Susan leicht irritiert und wusste nicht so recht, woher die Irritation kam. „Und wo wohnte sie früher?"

„Kyla lebt schon seit ihrer Hochzeit in Somerset. Leider ist ihr Mann in diesem Sommer gestorben."

„Sie haben den Kontakt also doch wieder hergestellt?"

„Na ja, nicht so richtig. Kyla hat mir eine Todesanzeige geschickt."

„Und, waren Sie bei der Beerdigung?“

„Nein. Ich habe ihr einen Beileidsbrief geschrieben. Seitdem habe ich nichts mehr von ihr gehört.“

„Wissen Sie, warum Kyla damals so überstürzt aus Bangor abgereist ist?“

Jetzt blickte Kirsty erstaunt, neigte den Kopf nach vorne, so dass sie fast wie eine Schildkröte aussah.

„Sie fand eine besser bezahlte Stelle drüben in Llandudno. Wieso denn überstürzt?“

„Könnte es nicht sein, dass Harold Fletcher was damit zu tun hatte?“

„Das glaube ich nicht. Wieso sollte er etwas damit zu tun haben?“

„Vielleicht wollte er was von Kyla.“

Kirsty fing schallend an zu lachen: „Der war doch viel zu schüchtern. Der hätte sich niemals an Kyla getraut. Nie im Leben. Und außerdem, selbst wenn, wieso hätte Kyla dann gehen sollen? Sie hätte ihm einen Korb gegeben und fertig.“

Irgendwas an diesem Satz erweckte die besondere Aufmerksamkeit von Susan. Wieso hätte Kyla gehen sollen?

Sie überlegte konzentriert, ignorierte ihre Kopfschmerzen und konnte ihre missliche Lage dennoch nicht verdrängen. Wie war sie hierher gekommen?

Was hatte sie unternommen, nachdem sie Kirsty McGregor in ihrem Lavendeldomizil zurückgelassen hatte?

Susans Gedanken kehrten zurück zum vergangenen Abend, die letzte Nacht und zu Peter Lloyd.

Wenigstens noch einmal guten Sex gehabt, bevor ich sterbe, dachte sie resigniert. Und dann spürte sie, wie die Angst in ihr hervorkroch, langsam und unaufhaltsam, wie Herbstnebel, der am Morgen aus den Wiesen steigt. Und wenn er sie hier festhielt, um sie zu missbrauchen?

Susan versuchte, diese Gedanken zu verdrängen und sich auf ihren Atemrhythmus zu konzentrieren.

Doch da war was. Sie wusste, dass es ein Mann war, der sie hier festhielt. Es war ein Mann, da war sie sich plötzlich sicher.

Sie rieb ihre Nasenwurzel fest zwischen Zeigefinger und Daumen.

Ein Mann!

Sie war nochmals bei Peter Lloyd gewesen. Wie einer dunklen Passion verhaftet, zog sie ein unsichtbares Band zurück zur Wohnung des gut aussehenden Walisers. Der lag immer noch im Bett und Susan bald wieder neben ihm.

„Musst du nicht arbeiten?"

„Später", hatte er gesagt. „Ich habe gehofft, dass du nochmals kommst."

Und dann genoss sie erneut die süße Frucht ohne die Spur schlechten Gewissens, obwohl die Stunden ihr als Arbeitszeit angerechnet werden würden.

Und was geschah dann?

Doch so sehr Susan ihre Gedanken durchkämmte, es fiel ihr nicht ein. Das Letzte, was sie sicher wusste, war, dass sie in Peter Lloyds Armen gelegen hatte.

Kapitel 41 - Freitag, 13.11.2009, Abend

Das Bier schmeckte ausgezeichnet – fand Trevor jedenfalls. Er saß mit Rachel in der hintersten Ecke des Castle Inn, einem unscheinbaren Pub unterhalb der namensgebenden Burg. Das Licht war schummrig und lud nicht unbedingt zu einem langen Aufenthalt ein. Doch Trevor gefiel es hier. Das Castle Inn war ursprünglich, die Tische speckig, die gepolsterten Stühle zerschlissen, der Fußboden klebte und der Wirt hinter dem Tresen hätte Trevors Bruder sein können – er war ebenso groß, kräftig und glatzköpfig wie der Polizist.

Inzwischen war Trevor Norman der dienstälteste Detective im Ermittlungsteam von Middlemoor. Und das mit nur fünfundvierzig Jahren. Doch es war alles im Fluss. Was gestern noch gut war, hatte heute keine Bedeutung mehr. Die alten Haudegen der Abteilung, allen voran Richard Kegg, sein Mentor und väterlicher Freund ... Der hatte was von John Wayne. Vor ihm hatten die Ganoven noch Respekt, und wenn nicht, hatte er ihnen die Fresse poliert.

Doch das waren andere Zeiten gewesen in den achtziger Jahren. Und diesen trauerte er immer mehr nach. Denn damals waren noch Männer bei der Polizei. Wenn er sich heute in den Fluren von Middlemoor umschaute, sah er überwiegend Frauenschuhe über das Linoleum tippeln. Und das Ermittlungsteam schien gänzlich zur Mädchenmannschaft zu mutieren. Nicht nur, dass mit Debbie eine Frau die Leitung hatte – nach Johns Tod und Gordons Wechsel nach Burnley war er der einzig verbliebene Mann im Team. Er fühlte sich fast wie ein lebendes Fossil, das nur darauf wartete, ebenfalls auszusterben.

Immerhin erwies sich Rachel als ziemlich trinkfest und hatte anscheinend ganz brauchbare Vorstellungen von dem, wie Polizeiarbeit auszusehen hatte. Er war froh, dass sie keine dieser besserwisserischen Veganerinnen war wie Michelle Fergusson drüben bei der Sitte. Das hätte ihm gerade noch gefehlt. Dennoch hoffte er, dass er bald männliche Verstärkung in dem Hühnerhaufen erhalten würde.

Außerdem spekulierte er darauf, dass Emma endlich von dem Juden geschwängert und durch einen Mann ersetzt wurde. Nicht dass er etwas gegen Emma hatte, aber manchmal ging sie ihm auf die Nerven mit ihrer Hundeliebe. Er reichte, wenn Hamilton diesen Köter ständig mitbrachte.

Vielleicht lag alles an Hamilton. Er war schließlich der Chef und hatte bei Personalentscheidungen das letzte Wort. Natürlich konnte Debbie Wünsche äußern und Parker die Entscheidungen treffen. Wenn der Alte aber sein Veto einlegte, war alles Makulatur. Irgendwie vermutete Trevor, dass Hamilton eine reine Mädchentruppe – quasi als modernes Vorzeigemodell – kreieren wollte. Ach Scheiß drauf, dachte er und nahm einen großen Schluck aus seinem Pint.

„Kann es sein, dass du meditierst?“, fragte Rachel plötzlich und riss ihn aus allen Gedanken.

„Was ist denn das?“

„Meditieren?“

„Genau. Ist das nicht so ein fernöstlicher Unsinn?“

„Du hast recht, Trevor. Ich hätte wissen müssen, dass eine solche Frage an dich überflüssig ist.“

„Hm“, knurrte Trevor und leerte das Glas.

„Ich hol uns noch zwei Bier und bis dann überlegst du dir, was wir bis jetzt wissen.“ Sprach's und ließ ihn alleine am Tisch sitzen.

Ja, was wussten sie bislang? Dass John Clark zwei Leben gehabt hatte. Das hätte Trevor seinem Kollegen niemals zugetraut. Aber eine richtig große Überraschung gab es noch nicht. Vielleicht würde sich was bei der Durchsuchung von Johns Wohnung ergeben. Aber was zum Henker hatte das alles mit dem Mord zu tun? Und wo war die Verbindung zu Harold Fletcher?

„Ich werde aus der ganzen Sache nicht schlau“, meinte Trevor, als Rachel mit zwei gefüllten Gläsern zurück an den Tisch kam.

„Da bin ich froh, denn sonst wäre ich an mir verzweifelt.“

Trevor sah sie mit großen Augen an.

Rachel legte den Kopf schräg und sagte: „Es gibt nichts und deshalb haben wir noch nichts. Bislang gibt es weder ein Motiv für den Mord an John und schon gar keine Verbindung zu der Mordsache Fletcher.“

Eine ganze Weile saßen sie sich schweigend gegenüber. Dann sagte Rachel plötzlich: „Ich habe mit dem Wirt gesprochen. Er sagte, dass John hier regelmäßig zu Gast war, entweder alleine oder mit diesem Trödelhändler.“

„Und das Mädchen?“

„War nur selten dabei. Aber offenbar war John hier der gleiche schüchterne Typ, den ich vor zwei Jahren kennenlernte und der er auch in Exeter war.“

„Aber wer hat dann ein Interesse daran, ihn umzubringen?“

„Das gilt es herauszufinden. Vielleicht war es seine Mutter.“

„Du meinst, sie ist dahintergekommen, dass er ihr untreu war?“

„Ich glaube es eigentlich nicht.“ Rachel zog die Schulterblätter nach hinten. „Ich könnte der Mutter schon einen Mord zutrauen. Aber doch nicht in Fletchers Wohnung. Wie um alles in der Welt hätte sie ihn dort hinbringen sollen? Und das alles ohne Spuren zu hinterlassen?“

„Und wenn John seiner Mutter die Wohnung Fletchers zeigen wollte?“

Rachel zog die Augenbrauen hoch: „Das glaubst du doch selbst nicht.“

„Eigentlich nicht. Aber wo ist der Schlüssel? Was haben wir übersehen?“

„Vielleicht noch gar nichts. Komm, trink aus, wir gehen zu Johns Wohnung. Vielleicht ist die Spurensicherung schon einen Schritt weiter.“

Als sie dort ankamen, mussten sie zunächst einmal den weißen Schutzanzug überziehen, bevor sie die Wohnung betreten konnten. Und in der Wohnung sah es so aus, wie sie es erwartet hatten: Langweilig. Hinter der Wohnungstür lag ein kurzer Flur mit einem Wandspiegel und einem Garderobenständer. Dahinter ein fast quadratisches Zimmer mit zwei Fenstern. In diesem Wohnzimmer stand ein runder Tisch mit vier Stühlen, eine Wohnwand, ein Sideboard, auf dem ein großer Flachbildfernseher stand und ein alter Korbstuhl. Die Wände waren weiß gestrichen und kahl. Kein Bild, kein Kalender, nichts. Das Zimmer wirkte irgendwie künstlich. Wie eine Filmkulisse dachte Trevor. Kann hier jemand leben?

Hinter dem Wohnzimmer befand sich die Küche, die fast schon aseptisch sauber war.

„Mein Gott, wenn ich schon bei Mama alles putzen muss, kann ich doch wenigstens in meiner eigenen Wohnung leben wie ein Mann“, schimpfte Trevor.

„John war nun mal ordentlich“, stellte Pauline Miller fest, die zur Abwechslung ein giftgrünes Brillengestell trug. „Aber kommt mal mit, das Schlafzimmer ist interessant.“

„Schlafzimmer sind immer interessant. Hat unser John Orgien gefeiert? Zu gönnen wäre es ihm ja gewesen."

„Na, das nun nicht gerade. Aber wir haben ein Notebook gefunden. Und was noch Interessanteres."

„Mach's nicht so spannend, Pauline", sagte Rachel.

„Seine Freundin ist blond. John war dunkelhaarig. Die Masterfrage lautet: Wie kommen rote Schamhaare und Haupthaare ins Bett?"

Trevor und Rachel sahen einander erstaunt an. Und überraschenderweise war es Trevor, der als Erster eine Antwort gab.

„Ich nehme einmal an, dass John das Bett mit noch anderen Personen als seiner Freundin teilte. Mann oder Frau?"

„Das kann ich noch nicht sagen. Die Haarlänge könnte eher für eine Frau sprechen."

„Egal. Jedenfalls hätten wir da mal ein Motiv. Vielleicht ist die andere, in die er so unsterblich verliebt war, zurückgekehrt, und die süße Harriet hat John aus dem Verkehr gezogen."

„Na ja, das sind doch gewagte Spekulationen", meinte Rachel. „Jedenfalls haben wir jetzt einen Punkt, an dem wir ansetzen können. Wir müssen diese Ellen finden und uns dann nochmals Harriet vorknüpfen. Aber zuerst diesen Trödelheini. Der sollte doch wissen, wen John mit ins Haus schleifte."

Trevor trampelte die Treppe hinunter und hämmerte mit der Faust gegen die Wohnungstür von Greg und Elaine O'Brien.

„Es gibt auch eine Klingel", stichelte Rachel, die ihm gefolgt war.

Trevor knurrte irgendwas Unverständliches. Nach wenigen Augenblicken öffnete ein kleine, rundliche Frau mit Pausbacken und langen, schwarzen Haaren – der Sari hatte sie tatsächlich schlanker gemacht – die Türe und schaute die beiden vorwurfsvoll an.

„Was soll denn der Lärm? Und was wollen Sie von uns?"

„Wir würden uns gerne mit Ihnen unterhalten. Dürfen wir hereinkommen?", fragte Trevor mürrisch.

„Dürfen Sie das so einfach?"

„Ja“, brummte Trevor und schob sich an der Frau vorbei in die Wohnung, wo ihr Ehemann in einem alten Schaukelstuhl hockte und einen Joint rauchte.

„Das habe ich doch gleich gerochen. Von wegen: ‚Wir rühren das Zeug nicht mehr an.‘ Haben Sie uns noch andere Lügen aufgetischt, Mr O'Brien?“, schnauzte Trevor, der jetzt zur Höchstform aufzulaufen schien.

„Es tut mir leid. Ich dachte nur ...“, stammelte O'Brien.

„Sie sollen nicht denken, sondern uns antworten und dabei tunlichst die Wahrheit sagen.“

Rachel stand hinter dem bulligen Polizisten und schien nur mit Mühe ein schallendes Lachen unterdrücken zu können.

„Aber ich ... es tut mir leid!“, jammerte O'Brien in seinem Schaukelstuhl und hatte plötzlich sämtliche Coolness verloren.

„Also nochmal von vorne“, bellte Trevor, nahm einen herumstehenden Stuhl und setzte sich rittlings darauf. „Wer war die Rothaarige, die bei John war?“

„Marcia, Marcia Hannigan.“

„Und wer ist Marcia Hannigan? Mann, mach die Klappe auf, sonst zieh' ich dir die Ohren lang.“

„Jetzt reicht es aber. Verlassen Sie sofort unsere Wohnung!“, krächzte Elaine O'Brien, die bislang wie versteinert in der Tür gestanden hatte.

Rachel nahm sie am Arm und führte sie ins Nebenzimmer.

„Also, beantworte meine Fragen. Du kannst im Übrigen kiffen, bis du an Gehirnerweichung eingehst. Das ist mir vollkommen egal, das ist Sache der Rauschgiftabteilung. Wer ist Marcia Hannigan?“

„Tja, das ist nicht so ganz einfach.“

„Komplizierte Antworten reichen auch vollständig aus.“

Greg O'Brien stand auf, ging zu einem Sideboard und schenkte sich ein Glas Whisky ein. „Wollen Sie auch einen?“

Trevor schüttelte den Kopf.

„Nun, Marcia ist die Frau des Pfarrers unserer Gemeinde.“

„War doch eine einfache Antwort. Und warum hast du uns das nicht heute Morgen erzählt?“

„Ich dachte, das ist nicht wichtig. Außerdem ist sie die Frau des Pfarrers. Wenn das herauskommt!“

„Eben. Wenn das herauskommt, wird vielleicht jemand ermordet.“

„Sie meinen, der Pfarrer hat John ...“ Hastig leerte O'Brien sein Glas.

„Ich meine gar nichts. Und das ist auch überhaupt kein Motiv, oder?“, fragte Trevor sarkastisch.

„Aber,“ O'Brien setzte sich wieder, „das war so. Also Marcia hat sich an John herangemacht. Der Pfarrer ist ein herzensguter Mensch, aber ich glaube ... na ja, Sie wissen, was ich meine.“

„Nö.“

„Ich glaube,“ druckste O'Brien herum, „ich glaube, dass er sexuell nicht so ganz auf der Höhe war. Jedenfalls hat John gesagt, sie sei ganz ausgehungert.“

„Und der befriedigte John kommt zu dir und erzählt von seiner Eroberung?“

„Na ja, er war unsicher. Er wollte doch Harriet heiraten. Da ist eine Affäre mit der Pfarrersfrau nicht gerade förderlich.“

„Mann, Mann ... Wenn du uns das Ganze schon am Vormittag gesagt hättest, wären wir schon einige Schritte weiter. Die Geschichte ist doch ein Mordmotiv wie es im Buche steht. Die meisten Morde geschehen aus Eifersucht. Wusste Harriet von der Sache?“

„Das glaube ich nicht. Marcia war nur ein paar Mal hier. John war ganz verunsichert.“

„Das kann ich gut nachvollziehen. Gab es sonst noch Dinge, die du am Vormittag verschwiegen hast?“

„Nein, das war alles. Sie müssen verstehen, ich wollte den Pfarrer nicht in irgendwas hineinziehen.“

„Seid ihr Ökopack nicht alles Atheisten? Da spielt es doch keine Rolle, ob so ein Pfaffe unter Verdacht steht.“

„Manche von uns mögen Atheisten sein. Aber wir sind jedenfalls keine Denunzianten.“

„Das verlangt auch niemand. Aber in einer Mordermittlung wichtige Hinweise zu unterschlagen, ist ebenfalls kein feiner Zug. Wo wohnt der Pfarrer und seine Marcia?“

„Im Pfarrhaus natürlich.“

Wo auch sonst, dachte Trevor, stand auf, rief nach Rachel und ging nach draußen auf den Flur.

„Und, was weiß die Puppe?“

„Nicht viel“, antwortete Rachel. „Sie respektierte John, konnte aber mit seiner Art nichts anfangen. Daher hat sie sich auch nicht um Johns Liebes- oder sonstiges Leben gekümmert.“

Trevor gab in kurzen Worten seine neuesten Erkenntnisse wieder.

„Na, das ist doch höchst interessant. Aber warum sollte der Pfarrer den armen John in Fletchers Wohnung umbringen?“, fragte Rachel nachdenklich.

„Das werden wir ihn doch mal selbst fragen.“

„Meinst du, dass das sinnvoll ist? Wäre es nicht vielleicht besser, zuerst mit Marcia zu sprechen?“, gab Rachel zu bedenken.

„Es geht hier um Mord. Und wenn die Pfarrersfrau fremdgeht, gibt es ebenso wenig Grund, Rücksicht zu üben, wie wenn sich unsereins durch fremde Betten vögelt.“

„Dann mal los ins Pfarramt. Aber dort übernehme ich das Kommando.“

„Dann hoffen wir, dass auch etwas dabei herauskommt.“

Und so traten die beiden Kriminalpolizisten in die kalte, nasse Novembernacht.

Kapitel 42 - Freitag, 13.11.2009, Nacht

Hamilton stand zusammen mit Nataly Dawn und zwei uniformierten Polizisten vor Peter Lloyds Wohnungstüre. Nachdem sie ein paar Mal ergebnislos geklingelt hatten, schauten Hamilton und seine Kollegin einander fragend an.

„Das ist ja wieder wie in den guten alten Tagen, findest du nicht?“, meinte Nataly.

„Nur mit dem Unterschied, dass wir heute für unser Handeln selbst verantwortlich sind und nicht die Schuld, wenn's schief geht, unseren Vorgesetzten zuschieben können.“

„Ich kann immerhin behaupten, so ein durchgeknallter Chief Super aus Devon hätte alle Gäule scheu gemacht und etwas von Gefahr im Verzug gefaselt.“

Dann brachen sie die Türe auf.

Schnell war die Wohnung gesichert, und die Beamten hatten festgestellt, dass sie leer war.

„Das habe ich vermutet. Wäre mir lieber gewesen, diesen Lloyd besoffen oder krank im Bett vorzufinden“, befand Hamilton.

„Und was machen wir jetzt?“

„Die Bude durchsuchen. Deine Männer kannst du nach Hause schicken, ich glaube, die brauchen wir nicht mehr.“

„Und ich soll mit dir hier die Nacht verbringen?“

„Ich hoffe, wir brauchen nicht die ganze Nacht.“

Im Großen und Ganzen machte Peter Lloyds Wohnung einen sehr aufgeräumten Eindruck und glich nicht der Junggesellenbude, die Hamilton erwartet hätte. Es sah auch nicht so aus, als wäre die Wohnung überstürzt verlassen worden, was in ihm die Hoffnung nährte, Susan habe sich mit ihrer Eroberung tatsächlich in ein wildes Liebeswochenende gestürzt.

Während Nataly sich das Wohnzimmer vornahm, durchsuchte Hamilton das Schlafzimmer. Das Bett war ordentlich gemacht und zeugte nicht von wilden Liebesabenteuern. Allerdings fand der Schotte unter dem Bett eine auffällige zinnoberrote Bluse, die ihm nicht unbekannt schien. Susan hatte eine solche Bluse gelegentlich getragen.

Doch selbst wenn das Susans Bluse war, was bewies die Tatsache, dass sie unter Peter Lloyds Bett lag? Allenfalls, dass Susan in diesem Bett gelegen und ihr Kleidungsstück nicht sorgfältig abgelegt hatte, was wiederum sehr auf Susan hindeutete.

Aber sonst?

Hamilton setzte sich an den Schreibtisch unter dem Fenster und sah sich die säuberlich geordneten Blätter in der Kunststoffablage an: Rechnungen, Prospekte und eine Eintrittskarte zu einem Rockkonzert einer Gruppe, von der Hamilton noch nie gehört hatte. Er versuchte, die Schublade unter der Schreibplatte herauszuziehen, aber sie war verschlossen. Mit Hilfe seines Taschenmessers, viel Erfahrung und etwas Gewalt brach er das Schloss auf. Doch der Inhalt der Schublade war enttäuschend. Es befanden sich lediglich ein Stapel Pornohefte und ein paar entsprechende DVDs darin. Eine weitere Schublade offenbarte Versicherungsunterlagen und einen Ordner mit Kontoauszügen. Schulden hatte Peter Lloyd jedenfalls keine. Genauso wenig fand Hamilton unnatürlich hohe Geldeingänge.

Wo steckte dieser Lloyd?

Hamilton sah sich im Zimmer um. Über dem Bett hing eine Landkarte. Er betrachtete sie näher und stellte fest, dass sie eine ländliche Gegend im Peak District zeigte. Er erkannte Dunford Bridge und den Winscar Stausee. War Peter Lloyd dorthin gegangen?

Hamilton suchte weiter und fand bald das, wonach er gesucht hatte: Eine Adresse und die Telefonnummer von einem kleinen Gasthaus im Peak District. Er zog sein iPhone aus der Jackentasche, sah, dass es kurz vor Mitternacht war und wählte dann die Nummer des Gasthauses.

Nach einer gefühlten Ewigkeit meldete sich eine verschlafene Stimme, die Hamilton einem älteren Mann zuordnete.

„Entschuldigen Sie bitte die späte Störung. Mein Name ist Hamilton. Ich bin von der Polizei in Exeter. Ist unter Ihren Gästen ein Mann namens Peter Lloyd?"

„Entschuldigen Sie, Sir, aber ich glaube nicht, dass ich Ihnen am Telefon Auskunft geben kann. Da könnte ja jeder anrufen."

Hamilton war genervt, obwohl er wusste, dass sich der Mann richtig verhielt: „Es gibt zwei Möglichkeiten. Entweder Sie sagen einfach, ob er bei Ihnen ist, oder wir stellen noch heute Nacht Ihre Bude auf den Kopf."

Der Mann antwortete nicht und Hamilton befürchtete schon, dass er auflegen würde. Doch dann sagte die Stimme: „Ja, Peter ist hier, wie fast an jedem Wochenende. Er hat heute Abend eingecheckt und will bis Sonntag bleiben."

„Ist er alleine?"

„Ja. Warum fragen Sie?"

Hamilton ging nicht auf den Mann ein, sondern fragte weiter: „Ist Ihnen etwas Besonderes an Peter aufgefallen?"

„Na ja, nur, dass er schon am Freitag gekommen ist. Normalerweise ist er nur von Samstag auf Sonntag hier."

„Und was macht er in Ihrem gottverlassenen Nest?"

„Das müssen Sie ihn selbst fragen. Gute Nacht!", sprach's und legte den Hörer auf.

In diesem Moment hörte er Nataly nach ihm rufen.

„Was gibt's? Hast du was gefunden?"

„Komm mal her. Das sieht irgendwie nicht gut aus."

„Was denn?"

„Komm schon her und sieh es dir selbst an."

Als Bob Hamilton ins Wohnzimmer kam, kniete Nataly Dawn vor einem geöffneten Phonoschrank und hatte jede Menge Horrorfilme um sich verstreut liegen.

„Horrorfilme, und jetzt?"

„Das ist nicht das Problem. Aber sieh dir mal den Stapel hier an."

Nataly gab ihm einige DVDs und Hamilton sah sich die Plastikscheiben an. Ihm fiel auf, dass es selbstgebrannte Scheiben mit handschriftlichen Aufschriften waren. Er konnte Namen und Daten lesen.

„Hast du dir schon was angesehen?"

„Nein."

„Dann wollen wir mal."

Er legte eine DVD in das Abspielgerät und schaltete den großen Flachbildschirm ein.

Nach etwa einer Stunde hatten sie sich einige Filme angesehen und wussten nicht, wie sie das Ganze einordnen sollten.

Die Filme zeigten jeweils Frauen, die offenbar in einem dunklen Kellerraum gefangen waren. Die Kamera war fest in einer Ecke an der Raumdecke befestigt und zeigte die weinenden, schreienden oder apathisch auf dem Boden sitzenden Frauen. Gegen Ende der Filme kam jeweils ein Mann mit einer Strumpfmaske herein, der die Frauen brutal vergewaltigte. Der Mann ging hinaus, die Filme endeten.

„Mein Gott, und was ist das?", fragte Nataly. „Ist das echt?"

„Keine Ahnung. Selbst wenn das nur Show sein sollte, wie krank muss man sein, um so was anzuschauen?"

„So eine Scheiße. Sieh mal, die Namen auf den DVDs. Das könnten doch die echten Namen der Mädchen sein – englische Vornamen und Daten aus diesem Jahr: Elaine – 15. März 2009, Ruth – 25. August 2009 oder Claire – 12. Oktober 2009." Nataly schüttelte angewidert den Kopf. „Meinst du, der Mann könnte Peter Lloyd sein?"

„Ich weiß nur, dass dieser Typ noch heute Nacht aus seinen perversen Träumen gerissen wird. Ich will, dass er schnellstmöglich bei dir in einem Verhörzimmer sitzt. Verdammte Scheiße, ich hoffe bloß ..."

Er stand auf und trat gegen den Phonoschrank, woraufhin der Bildschirm samt DVD-Abspielgerät herauskippte und auf dem Fußboden landete.

„Vernichte kein Beweismaterial. Aber ich kann verstehen, wie es dir gerade geht. Also, ich nehme an, du kennst noch den einen oder anderen Polizisten in Manchester."

„Ich wecke den fetten Sam. Der freut sich bestimmt."

Nataly grinste.

DI Samuel Warrington war bei seinen Vorgesetzten wie bei Verbrechern gleichermaßen gefürchtet. Er war ein Polizist, wie man ihn nur noch aus alten Hollywoodfilmen kennt und wäre vermutlich schon längst entlassen worden, wenn er nicht der Schwager des Chief Constables gewesen wäre und seine Pensionierung in Sichtweite gelegen hätte. Einen Verdächtigen des Nachts aus seinem Schlaf heraus festzunehmen und ihn möglichst im Pyjama abzuführen, war gerade nach seinem Geschmack. Da fragte er auch nicht nach Zuständigkeiten. Ein Anruf von Bob Hamilton war ihm Legitimation genug.

Hamilton wunderte sich nicht, dass Warrington trotz der nächtlichen Stunde nach nur wenigen Augenblicken ans Telefon ging.

„Hallo Sam, hier Bob Hamilton."

„Bob the Great", stellte Warrington fest. „Was verschafft mir die Ehre mitten in der Nacht?"

Hamilton erklärte ihm die Situation.

„Na, das wird mir aber eine Freude sein! Und wohin soll ich das Paket liefern?"

„Nach Bangor ins Polizeipräsidium. Und bitte möglichst unversehrt, ich möchte den Mann so schnell wie möglich verhören."

„Ist doch klar, du weißt doch Bob, ich bin friedlich wie ein Lämmchen", sagte Warrington und prustete lauthals ins Telefon.

„Dann mal los, du Lämmchen."

„Der gute, alte Sam", sagte Hamilton an Nataly gewandt, „in Lloyds Haut möchte ich jetzt nicht stecken."

„Vielleicht ist er ja inzwischen altersmilde", meinte diese ohne erkennbaren Ernst in ihrer Stimme. Dann: „Denkst du, das Ganze hat etwas mit dem Tod von Fletcher oder deines Polizisten zu tun?"

„Keine Ahnung, die Sache wird immer rätselhafter. Wenn ich nur den Anfang des Fadens erwischen würde, um das Knäuel zu entwirren."

Kapitel 43 - Freitag, 13.11.2009, Nacht

Marcia Hannigan saß ruhig in einem mit gelbbraunem Stoff bezogenen Ohrensessel, während ihr Mann, Reverend Kirk Hannigan, in der Küche Tee zubereitete. Rachel und Trevor saßen der Pfarrersfrau gegenüber und musterten die junge Frau mit den langen dunkelroten Haaren und tiefseeblauen Augen.

„Sie wissen, weshalb wir hier sind?“, fragte Rachel, doch es klang eher wie eine Feststellung.

„Ja, ich kann es mir denken. Als ich von Johns Tod in den Nachrichten hörte, habe ich meinem Mann den Seitensprung gestanden, denn es war für mich nur eine Frage der Zeit, bis die Polizei den Weg hierher findet“, sagte Marcia mit ruhiger Stimme, als würde sie Rachel ein Backrezept mitteilen.

„Und wie hat Ihr Mann reagiert?“

„Er war schwer getroffen, zeigte jedoch ein gewisses Verständnis. Im Bett läuft es bei uns seit einiger Zeit schlecht – eher gar nicht“, antwortete Marcia genauso ruhig.

„Kann es nicht sein, dass Ihr Mann von Ihrem Verhältnis wusste und John zur Rede gestellt hat?“

„Mein Mann steckt bis über beide Ohren in Arbeit. Die Gemeinde umfasst nicht nur Totness, sondern auch einen Teil des Umlands. Können Sie sich vorstellen, was ein Pfarrer alles zu tun hat? Es sind nicht nur die Gottesdienste am Sonntag, das ist der kleinste Teil. Eine Gemeinde erwartet von einem guten Pfarrer, dass er ein Seelsorger ist. Er besucht Kranke, begleitet Sterbende, gibt Rat und spendet Trost in allen Lebenslagen ...“

„Und vernachlässigt seine Ehefrau?“, bellte Trevor plötzlich.

„Es ist nicht so, dass ich den ganzen Tag hier im Pfarrhaus sitze, Tee trinke und Plätzchen esse, während ich warte, dass es Nacht wird. Ich organisiere die gesamte Jugendarbeit und den Frauenkreis der Gemeinde und bin dadurch ebenso beschäftigt wie mein Mann. Und Sie haben Recht, Sergeant, unsere Beziehung leidet unter dieser Belastung.“

Marcia Hannigan ließ sich nicht aus der Ruhe bringen. Unterdessen kam der Reverend mit einem Tablett aus der Küche ins

Wohnzimmer und schenkte Tee in große, grüne Steinguttassen ein. Dann setzte er sich neben seine Frau.

„Ich habe John Clark nicht umgebracht und hatte auch keine Veranlassung dazu. Meine Frau hat mit ihm eine Nacht verbracht, und daran war ich mindestens ebenso schuld wie sie. Jedenfalls rechtfertigt diese Nacht keinen Mord."

„Da haben wir aber schon andere Erfahrungen gemacht. Es wurden schon Menschen ermordet, weil sie einen anderen nur angeschaut hatten. Vielleicht wollten Sie verhindern, dass über die Affäre Ihrer Frau geredet und Ihre Autorität damit untergraben wird", sagte Rachel, nachdem sie ihre Tasse auf dem ovalen Tisch abgestellt hatte.

„Sergeant Ward", sagte der Reverend mit der gleichen Ruhe wie seine Frau, „ich denke, das Gerede wäre ungleich größer, wenn herauskäme, dass ich jemanden umgebracht hätte."

Rachel war sich unsicher. Die beiden wirkten so gefasst, als hätten sie das Ganze einstudiert, und ein Pfarrer war schließlich gewohnt, mit einer gewissen Überzeugungskraft zu sprechen. Auf der anderen Seite: Welcher Mörder war ein derart guter Schauspieler, dass er so gelassen auftreten konnte? Ein Mann, der den Nebenbuhler erschlägt, jedenfalls nicht. Und da war die Frage: Wieso hätte der Reverend John in Fletchers Haus umbringen sollen?

„Kennen Sie Harold Fletcher, Reverend?"

„Nein, wer soll denn das sein?"

Rachel legte ihren Kopf leicht schief und sagte dann: „Ein Anwalt aus Bodmin. Waren Sie schon einmal in Camelford?"

„Nein, ich kenne weder einen Anwalt aus Bodmin noch war ich jemals in Camelford. Cornwall ist ein Land für Touristen. Was sollte ich dort?"

Rachel spürte eine leichtes Vibrieren in Hannigans Stimme. Die Antwort war ihr zu ausweichend. Sie hakte nach: „Wo waren Sie am vergangenen Sonntag?"

„Ich habe zwei Gottesdienste gehalten. Den einen um neun Uhr, den zweiten um elf Uhr, wie jeden Sonntag. Gegen halb eins habe ich mit meiner Frau zu Mittag gegessen, und später waren wir beide beim Seniorennachmittag in der alten Gemeindehalle. Am Abend gab es in unserer Kirche ein Konzert eines Violinquartetts. Selbstverständlich war ich als Hausherr ebenfalls dort."

Rachel würde das Alibi überprüfen, glaubte jedoch jetzt schon, dass Hannigan die Wahrheit gesagt hatte.

„Und wo waren Sie am vergangenen Mittwoch?"

„Von Dienstag bis einschließlich Freitag war ich auf einer Tagung in Carlisle."

Nach Carlisle waren es rund sechshundert Kilometer – nicht gerade die Entfernung, die man zurücklegt, um kurz mal einen Mord zu begehen. Rachel würde auch dies überprüfen. Sie glaubte nicht, dass der Pfarrer John ermordet hatte. Gleichzeitig ärgerte sie sich, dass diese vielversprechende Spur im Sande zu verlaufen drohte.

Sie setzte sich aufrecht hin und fragte Marcia: „Seit wann kannten Sie John?"

„Das kann ich Ihnen nicht genau sagen. Aber ein paar Jahre sind das schon. Irgendwann habe ich ihn im Gottesdienst bemerkt. Er saß jeden Sonntag am gleichen Platz – also an den Sonntagen, an denen er zum Gottesdienst kam."

„Wie oft war das?"

„Ziemlich regelmäßig im Abstand von vierzehn Tagen. In jüngster Zeit sogar fast an jedem Sonntag. Er redete nicht viel, sagte nur, dass er einen Job in Exeter habe, viel lieber aber hier in Totnes leben würde."

„Und dann?"

„Ich verstehe nicht, auf was Sie hinauswollen?"

„Marcia, wann haben Sie ihn besser kennengelernt? Ich nehme ja nicht an, dass Sie an einem Sonntag nach dem Gottesdienst zu ihm gegangen sind und ihn gefragt haben, ob er mit Ihnen ins Bett will."

Das erste Mal leicht verlegen, kratzte sich Marcia an ihren Unterarmen. „Nun ja, mit der Zeit sind wir ins Gespräch gekommen. Nach dem Gottesdienst blieb er oft zum Kirchkaffee. Das ein oder andere Mal hat er bei kirchlichen Veranstaltungen mitgeholfen. Wir brauchen ständig Leute, die Tische und Bänke auf- und wieder abbauen. Und, na ja ... wie das so ist."

„Und wie war es?"

Jetzt wurde es für Marcia offenbar doch ungemütlich. Nervös zupfte sie an der Bernsteinbrosche am Revers ihrer Jacke herum. Dann atmete sie tief durch und sagte: „Es ist einfach passiert. Ich hatte schlichtweg Lust, mit einem Mann zu schlafen. Nicht mehr, aber auch nicht weniger. Es war ein einmaliges Ereignis. Es tut mir leid, dass John tot ist, aber ich war nicht sein Mörder. Sie können mir glauben, die ganze Situation ist für mich nicht einfach und für meinen Mann auch nicht. Ich hoffe, wir kommen da einigermaßen wieder heraus.

Und jetzt möchte ich Sie beide bitten zu gehen."

Marcia stand auf, um den Polizisten den Weg zur Tür zu weisen. Rachel spürte, dass es wenig Sinn hatte, noch länger zu bleiben, und außerdem war sie überzeugt, dass weder der Pfarrer noch seine Frau Johns Mörder war. Sie mussten ihre persönliche Krise bewältigen, und vermutlich würde die Gemeinde nichts von den Verfehlungen der Pfarrfrau erfahren.

Falls nicht doch noch etwas ganz Unerwartetes geschehen würde.

Kapitel 44 - Samstag, 14.11.2009, Morgen

Hamilton war eingeschlafen. Als er aufwachte, musste er sich erst einmal orientieren. Er saß auf einem altertümlichen Sofa, das mit einer wild gemusterten Wolldecke bedeckt war. Um Hamilton herum lagen zahllose Akten, teils auf dem Fußboden, teils auf dem Sofa, welches in Natalys Büro unterhalb des Portraits eines Landadeligen stand. Nataly war nicht da.

Der Chief Superintendent gähnte ausgiebig und blickte dann auf die Wanduhr: kurz vor sechs. Vor fünf Stunden waren sie zurück ins Polizeirevier gekommen und hatten mehr oder weniger planlos die Polizeiakten durchwühlt. Peter Lloyd war für die Polizei bislang ein unbeschriebenes Blatt, wenn man einmal von ein paar geringfügigen Verkehrsdelikten absah. In die Akten der Kriminalpolizei hatte er es nicht geschafft – noch nicht.

Hamilton stand auf und verspürte einen Stich in der Lendengegend, der sich zu einem Ziehen bis in den linken Unterschenkel entwickelte. Er sah zur Tür und stellte fest, dass sie einen Metallrahmen hatte. An diesem hielt er sich fest, nachdem er die Tür geöffnet hatte, und zog seine Beine an, so dass er frei unter dem Türrahmen baumelte. In diesem Moment kam Nataly um die Ecke des Flurs und brach in ein hyänenhaftes Lachen aus.

„Guten Morgen, Nat. Gibt es schon was Neues?", fragte der Schotte ungerührt, als sei es das Normalste der Welt, sich unter einen Türrahmen zu hängen.

„Darf ich dich fragen, was das soll?" Nataly starrte ihn mit großen Augen an.

„Ich trainiere für die Hochlandspiele im kommenden Sommer."

„Mein Gott, Bob, du wirst immer verrückter, glaube ich! Komm mit, Lloyd sitzt im Verhörraum."

„Ist er noch heil?", wollte Hamilton wissen, als er wieder mit beiden Füßen auf dem Boden stand.

„Keine Ahnung. Ich komme gerade von zu Hause. Nachdem du eingeschlafen warst, bin ich heimgegangen, nur zwei Straßen weiter. Zwei Stunden im eigenen Bett sind besser als gar kein Schlaf."

Hamilton nickte. Nataly sah aus wie aus dem Ei gepellt. Wie macht sie das mit nur zwei Stunden Schlaf, fragte er sich gequält. Neben seiner Kollegin wirkte er wie ein Zombie.

Die beiden durchschritten endlos erscheinende Flure und Treppenhäuser, bis sie vor einer Stahltüre standen.

„Wo sind wir denn hier? Im Atomschutzkeller?", mutmaßte Hamilton stirnrunzelnd.

„Genau. In den siebziger und achtziger Jahren wurden überall Atomschutzbunker in öffentliche Gebäude eingebaut. Heute sind hier die Arrestzellen und Verhörräume."

„Ihr habt aber gefährliche Verbrecher!"

„Mir ist einmal ein Serienvergewaltiger während eines Verhörs ausgebrochen. Das passiert hier nicht."

Peter Lloyd saß im Pyjama auf einem hölzernen Stuhl. Über dem linken Auge hatte er eine Platzwunde, und auch sonst sah er recht mitgenommen aus. Ihm gegenüber hockte ein bärbeißig dreinblickender Mann in zerschlissenen Klamotten mit hochrotem Kopf und einer fast violetten Knollennase. Im Gegensatz zu diesem Mann sah Bob Hamilton schon wieder fast vornehm aus.

„Hallo Sam, lange nicht gesehen. Was ist denn mit unserem Verdächtigen passiert?"

„Guten Morgen, Bob. Ich dachte, du bist Chief Super da unten bei den Südländern, aber anscheinend musst du noch immer selbst die Nase in den Dreck stecken", antwortete Warrington grunzend, ohne auf die Frage einzugehen.

„Sam!", sagte Hamilton gedehnt und nicht ohne Wirkung.

„Nun ja, er ist gegen den Türrahmen gelaufen. Ist nichts rauszukriegen aus dem Typen. Hat gepennt und wollte die Tür nicht öffnen, da habe ich sie eingetreten. Nix geredet, die ganze Zeit nicht."

„Vielen Dank, Sam, dass du ihn hergebracht hast. Ich denke, du hast jetzt erst mal ein ausgiebiges Frühstück verdient. Um die Ecke ist ein gutes Lokal, das hat um diese Zeit schon geöffnet", sagte Nataly, und in ihrer Stimme schwang die Hoffnung mit, dass der ungehobelte Sam Warrington so schnell wie möglich das Zimmer verlassen würde.

„Haben die auch gutes Bier?"

„Garantiert," erwiderte Nataly.

„Wir sehen uns noch", brummte Warrington im Gehen. Hamilton nickte wortlos.

Die Uhr zeigte, dass es inzwischen kurz nach halb sieben war. Hamilton musterte Lloyd. Hatte dieser Mann Susan entführt oder gar ermordet? So eine Tat war dem Häuflein Elend eigentlich nicht zuzutrauen – eigentlich. Doch wie oft hatten sich scheinbar harmlose Zeitgenossen als wahre Monster entpuppt, während viele mutmaßliche Schlägertypen ganz harmlos waren.

„Peter, was haben Sie mit Susan gemacht?", fragte ihn Hamilton direkt.

Lloyd sah den Schotten mit großen Augen an. „Was ist mit Susan? Wieso bin ich eigentlich hier?"

„Unsere Kollegin Susan McCoy ist verschwunden, und Sie sind die letzte Person, mit der sie zusammen gesehen wurde. Wir haben Ihre Wohnung durchsucht und jeden Grund zur Annahme, dass Sie etwas mit ihrem Verschwinden zu tun haben."

„Aber, aber ...", stammelte Lloyd, „ich weiß nicht. Wieso ... Ich verstehe das Ganze nicht."

„Wir auch nicht, Peter. Am besten, Sie erzählen uns mal ganz der Reihe nach. Möchten Sie etwas trinken?" Hamilton beschloss, es auf die sanfte Tour zu versuchen.

„Könnte ich eine Tasse Kaffee haben?"

Nataly nickte dem in der Ecke sitzenden Constable zu. „Bringen Sie uns drei Tassen Kaffee, Bratton."

Hamilton legte seinen Kopf leicht schräg und blickte Lloyd in die Augen. „Was ist geschehen?"

„Ich habe Susan vor zwei Tagen kennengelernt. Sie wollte sich mit meinem Chef, Tim Upson, unterhalten. Der kam allerdings erst gestern von einer Reise zurück. Und gestern hat Susan dann mit ihm gesprochen. Mehr weiß ich nicht."

„Peter, wir haben Susans Bluse unter Ihrem Bett gefunden. Können Sie uns sagen, wie sie dorthin gekommen ist?"

Jetzt huschte ein Lächeln über Lloyds Gesicht. „Unter dem Bett ist sie also verschwunden! Susan und ich haben die Nacht miteinander verbracht. Am Morgen ging Susan ins Black Griffin, um mit Tim zu sprechen. Danach kam sie nochmals zu mir. Bei dieser Gelegenheit ging ihre Bluse verloren. Ich gab ihr ein Hemd von mir. Danach ist sie gegangen, mehr kann ich Ihnen leider nicht sagen."

Hamiltons Gedanken rotierten. Er wischte sich mit der Hand über sein Gesicht. Wieso hatte er am Abend nicht den Wirt in die Mangel genommen? Wie konnte er so nachlässig sein!

„Peter, nehmen Sie regelmäßig Frauen mit nach Hause?“

„Nein Sir, wo denken Sie hin? Es hat sich einfach so ergeben. Und Susan hat den ganzen Abend mit mir geflirtet. Sie wollte unbedingt mit mir ins Bett.“

„Und Sie hatten nichts dagegen?“

„Ich fand sie sehr nett und nein, ich hatte nichts dagegen, Sir.“

Nun schaltete sich Nataly ins Verhör mit ein: „Mr Lloyd, wer sind die Frauen auf den DVDs in Ihrem Phonoschrank?“

Peter Lloyd erschrak sichtlich. „Welche Frauen meinen Sie?“

„Mr Lloyd, wir gehen davon aus, dass Sie Detective McCoy vergewaltigt und ermordet haben. Nach der Tat sind Sie zu diesem Stausee gefahren. Warum sonst sind Sie dort schon am Freitag aufgetaucht, obwohl Sie an diesem Tag arbeiten mussten? Sie hatten doch geplant, erst samstags dorthin zu fahren.“

Jetzt wurde Lloyd leichenblass. Schweiß trat auf seine Stirn und er begann zu zittern.

„Ich habe Susan nichts angetan. Bitte glauben Sie mir, Sir“, sagte er an Hamilton gewandt.

„Bitte beantworten Sie die Fragen meiner Kollegin. Was hat es mit diesen DVDs auf sich?“

„Ach Scheiße. Keine Ahnung. Ein Freund hat sie mir geliehen. Sagte, es sei was ganz Besonderes. Ich finde es nur abstoßend. Ich stehe nicht auf diese Art Sex.“ Peter schüttelte sich ein wenig.

„Nachdem Susan nochmals zu mir gekommen war, blieben wir noch einige Zeit zusammen. Danach hatte ich keine Lust, ins Black Griffin zu gehen, und machte mich sofort auf den Weg nach Dunford Bridge. Ich bin dort regelmäßig zum Surfen.“

„Auch im Herbst?“

„Dann hat es besonders viel Wind.“

„Aha“, bemerkte Nataly fast tonlos.

„Nehmen wir mal an, Sie sagen die Wahrheit“, fuhr Hamilton fort. „Wissen Sie, wohin Susan gehen wollte?“

„Sie wollte wieder nach Süden. Sie habe eine Spur gefunden und hoffte, in den nächsten Tagen einen Schritt weiterzukommen. Mehr weiß ich wirklich nicht. Sir, Sie können mir glauben, Sie müssen mir glauben, ich hätte Susan niemals etwas antun können!“

Verdammte Scheiße, dachte der Chief Super. Wenn Lloyd die Wahrheit sagte, war er genauso weit wie bisher.

Nein, er war einen Schritt weiter. Er wusste, dass Susan eine Spur hatte. Und die galt es ebenfalls zu finden. Die Gewaltpornos waren eine Sache der hiesigen Polizei, und wenn überhaupt strafbar, dann würden sich die Waliser um die Sache kümmern. Er musste jetzt dringend mit diesem Wirt sprechen.

In diesem Moment klingelte sein Handy: Debbie!

„Was? Wo? Scheiße! Gut! Bis dann“, waren seine knappen Worte. Nataly sah ihn fragend an.

„Susans Wagen wurde gefunden.“

„Und wo?“

„Bridgwater, Somerset. Was zum Teufel hatte sie dort zu suchen?“

„Peter, hat Susan Bridgwater oder Somerset erwähnt?“

„Nein. Aber jetzt fällt mir wieder ein, dass sie auf der Suche nach einer Frau war, die früher im Griffin gearbeitet hat. Ihr Name war Kyla ... Kyla Heyfron, wenn ich mich richtig erinnere.“

„Und mehr wissen Sie nicht? Versuchen Sie sich zu erinnern!“, drängte Nataly.

„Nein Ma'am. Susan war sehr verschwiegen. Dieser Name ist ihr auch nur rausgerutscht. Es tut mir wirklich leid. Ich würde alles tun, damit Susan gefunden wird.“

Die ganze Sache wurde immer verworrener. Aber Hamilton spürte, dass sie kurz vor einem Durchbruch standen. Er fühlte das seltsame Kribbeln in der Magengegend.

Doch um Susan machte er sich ernsthafte Sorgen.

Kapitel 45 - Samstag, 14.11.2009, Morgen

Debbie hatte sich gerade in ihrem Büro in Bodmin eingefunden und starrte auf die große Wandtafel mit den Bildern von den Tatorten, möglichen Verdächtigen und jeder Menge Fragezeichen, als das lindgrüne Telefon auf ihrem Schreibtisch klingelte. Inzwischen war die Ermittlungsleiterin die letzte verbliebene Polizistin vom Team aus Middlemoor, die in der Einsatzzentrale ihrer Arbeit nachging. Susan war verschwunden, John gar tot, Gordon versetzt, Emma auf Lehrgang ... und Rachel und Trevor ermittelten in Devon. In Bodmin wurde sie lediglich von Ron Applegate und einem jungen Detective Constable, dessen Namen sie immer vergaß, unterstützt. Dieser Constable war in diesem Moment am Apparat.

„Guten Morgen, Ma'am, hier Darren Slater." – So ausgefallen ist der Name doch gar nicht, dachte Debbie – „Der Wagen wurde gefunden", sagte der junge Mann ganz aufgeregt.

„Welcher Wagen, Slater?"

„Der Wagen von Susan."

Debbie ließ vor Schreck fast den Hörer aus der Hand fallen. „Wo?"

„In Bridgwater Somerset. Die Kollegen haben ihn auf einem Parkplatz im Stadtzentrum gefunden. Was machen wir jetzt?"

Das fragte sich Debbie in diesem Moment auch. Sie ließ sich in ihren Bürostuhl fallen, suchte instinktiv nach einer Zigarette, steckte sie zwischen die Lippen und zündete sie umständlich an. War Rauchen in den Büros nicht verboten? – Scheiß drauf, dachte sie sich.

„Sie bleiben hier und halten die Stellung. Ich fahre nach Bridgwater. Wie weit ist es dorthin?"

„Keine Ahnung. Es liegt direkt an der M 5. Vielleicht zwei Stunden."

„Gibt es weitere Neuigkeiten?"

„Nein. Die Kollegen haben nur gemeldet, dass sie das Auto haben."

Debbie zog an ihrer Zigarette und meinte dann: „Sie überprüfen, ob Fletcher irgendwelche Verbindungen nach Bridgwater hatte, und wenn Sie was gefunden haben, informieren Sie mich sofort!"

Debbie drückte die Zigarette im Waschbecken aus, öffnete das Fenster und wählte Hamiltons Nummer. Nach dem kurzen Telefonat ließ sie sich mit der Kriminalpolizei in Bridgwater verbinden. Eine DS Padma Shanka erklärte ihr in knappen Worten, dass Susans Wagen am Busbahnhof in der Watson Lane gefunden worden war. Die Spurensicherung habe sich schon an die Arbeit gemacht, nachdem klar war, wessen Wagen da stand. Von Susan gab es keine Spur. Wie lange das Auto schon auf dem Parkplatz stand, war noch nicht bekannt. Parkgebühren waren keine entrichtet worden, was dafür sprach, dass Susan den Wagen nicht selbst abgestellt hatte oder sehr in Eile gewesen war.

Debbie schnappte sich die nächste Zigarette, als Applegate ins Büro kam. Dieser grinste nur und setzte sich an seinen Schreibtisch.

„Was Neues, Ma'am?"

„Ja, wir haben Susans Wagen. Bridgwater, Somerset", antwortete sie kurz angebunden. „Treten Sie dem jungen Fletcher auf die Zehen und nehmen Sie den Jungen mit!"

„Slater?"

Debbie nickte und machte sich auf den Weg nach draußen zum Parkplatz. Das Wetter war immer noch herbstlich, doch es sollte noch schlimmer kommen. Für das Wochenende war Schneefall angesagt, und der Himmel im Osten sah ganz bedrohlich aus.

Inzwischen war der Polizei auch klar, warum Susan nicht ans Handy ging: DC Convery war in Susans Wohnung gewesen und hatte das Mobiltelefon gefunden. Offenbar hatte die schusslige Susan das Ding schlicht vergessen.

Zweieinhalb Stunden und etliche Zigaretten später stellte Debbie den Insignia am Straßenrand ab, kurz vor der Polizeiabsperrung in der Watson Lane. Während der Himmel in Cornwall und Devon lediglich grau gewesen war, hatte es in Somerset langsam zu schneien begonnen, und so lag der große Parkplatz eines Einkaufszentrums wie auch der benachbarte Busbahnhof unter einer weiß gepuderten Schneeschicht. Es schien Debbie, als ob die Natur noch nicht genau wüsste, ob sie es bei der leichten Schneedecke belassen sollte oder ob der Himmel seine weiße Ladung gänzlich über dem Südwesten abladen würde.

Noch fielen die Flocken langsam, fast würdevoll aus den Wolken, und sie konnte den blauen Mercedes, um den zahlreiche Polizisten versammelt waren, gut erkennen. Was hatte Susan hier zu suchen? Um die Absperrung herum standen Menschentrauben, die das Geschehen teils wild gestikulierend, teils lautstark kommentierten. Und obwohl es für sie kaum etwas zu sehen gab als ein paar Polizisten und ein Team der Spurensicherung, das in und um Susans Auto herumturnte, blieben die Menschen wie angewurzelt vor dem blau-weißen Band stehen und starrten gebannt auf den Mercedes, als würde jeden Moment ein mystisches Wesen aus dem Nichts auftauchen und Angst und Schrecken über die Stadt bringen.

Debbie zog sich die Kapuze über ihre wilde Lockenpracht, wedelte mit ihrem Dienstausweis, überwand die Absperrung und stapfte auf den Mercedes zu. Von dort kam ihr eine untersetzte Frau mit rotem Bindi auf der Stirn entgegen, dem traditionellen hinduistischen Zeichen der verheirateten Frau.

„DS Shanka, vermute ich."

„Sagen Sie Padma zu mir. Willkommen in Bridgwater."

Debbie streckte ihr die rechte Hand entgegen. „Debbie", sagte sie kurz. „Wissen Sie schon mehr als vor zwei Stunden?"

Padma Shanka schürzte die Lippen und legte den Kopf in den Nacken. „Wir haben die Überwachungskameras überprüft. Der Wagen wurde gestern Abend hier abgestellt. Vermutlich von einem Mann, der allerdings nicht zu erkennen war. Ihre Kollegin war nicht in dem Wagen."

Inzwischen hatte es angefangen, stark zu schneien, und obwohl es noch nicht einmal Mittag war, lag eine Dunkelheit über der Stadt, als bräche die Nacht herein.

Padma schüttelte den Kopf. „Ich verstehe meine Eltern nicht, wie sie Indien verlassen konnten, um hier in dieses kalte, verregnete Land zu ziehen."

„Der Tee wird hier vermutlich besser schmecken", bemerkte Debbie.

„Wissen Sie, was die Kollegin hierher nach Bridgwater geführt hat?"

„Nein. Aber wenn es so ist, wie Sie sagen, könnte doch auch irgendwer ohne Susan hierher gefahren sein."

„Die Überprüfung der Autobahnüberwachung hat ergeben, dass Susan gegen sechzehn Uhr die M 5 verlassen hat. Und zu diesem Zeitpunkt saß sie noch am Steuer. Sonst haben wir niemanden im Wagen feststellen können. Glücklicherweise sind wir sehr schnell auf die Bilder gestoßen. Leider haben wir noch keine Ahnung, was ihr Ziel war."

In diesem Moment kam ein Mitglied der Spurensicherung in seinem weißen Ganzkörperoverall auf die beiden zugelaufen.

„Padma, wir haben was", sagte er geheimnisvoll.

„Mach's nicht so spannend, was habt ihr, Adam?"

„So wie es aussieht, hat die Polizistin im Kofferraum gelegen. Wir haben auch Blutspuren auf der Kofferraumverkleidung gefunden und vermuten, dass sie von der Frau stammen."

„Danke, Adam", hauchte Padma fast tonlos.

„Und was heißt das jetzt für uns? Scheiße!", fluchte Debbie und zündete sich die nächste Zigarette an.

„Darf ich auch eine haben?", fragte Padma.

„Gerne, ist aber ungesund. Ich glaube, wir haben keine Zeit. Weiß man, wie der Fahrer, der den Mercedes hier abgestellt hat, von hier weggekommen ist?"

„Er ist in einen Bus der Linie 21 gestiegen. Das ist die Route von Taunton nach Burnham on Sea. Wir haben sogar schon den Busfahrer ausfindig machen können. Leider konnte der sich an gar nichts erinnern. Wir können aber davon ausgehen, dass der Mann in Richtung Burnham unterwegs war."

„Sollen wir nicht irgendwo reingehen?", fragte Debbie plötzlich. Der Schneefall war immer stärker geworden, und man sah kaum mehr die Hand vor Augen.

„Gute Idee, drüben im Supermarkt gibt es eine Kaffeestube."

Die beiden Frauen kämpften sich durch den Schneesturm und saßen bald auf unbequemen Plastiksesseln in einem überheizten Raum, der außer dem Nichtvorhandensein von Schnee keinerlei Annehmlichkeiten zu bieten hatte. Offenbar bemerkte Padma die Zweifel, die Debbie beschlichen. Sie versuchte, sie zu beruhigen: „Der Kaffee ist wirklich nicht schlecht. Soll ich einen für Sie mitbringen?"

„Gerne, ich hoffe, Sie versprechen nicht zu viel."

Fünf Minuten später standen zwei Becher Kaffee und zwei Doughnuts auf dem Plastiktisch.

„Ich hoffe, Sie mögen was Süßes."

Debbie war im Stress und daher war ihr egal, was sie in sich hineinstopfte. Nur ganz unterbewusst dachte sie an die zusätzlichen Stunden im Kraftraum, die ihr bevorstanden.

„Wenn sich der Busfahrer an nichts erinnern kann, dann haben wir keine Spur. Denn der Mann könnte überall ausgestiegen sein. Vermutlich ist er bewusst in eine falsche Buslinie eingestiegen, um uns in die Irre zu leiten, denn er musste wissen, dass er von den Kameras erfasst wird."

Padma nippte an ihrem Kaffee und gab dann zu bedenken: „Ich glaube nicht, dass der Mann das Ganze geplant hatte. Ich vermute eher, dass da irgendwas eskaliert ist und er die Nerven verloren hat. Dies ist für unsere Kollegin allerdings die weniger günstige Variante."

„Vielleicht haben Sie recht. Aber was in drei Teufels Namen wollte Susan hier?"

Debbie schloss die Augen. Bislang waren aus Bodmin keine brauchbaren Hinweise eingegangen. Weder Slater noch Applegate hatten Verbindungen von Fletcher nach Bridgwater gefunden.

Oder sollte es eine Verbindung von John hierher geben? Hatte Susan vielleicht den Zusammenhang zwischen den beiden Fällen gefunden?

Das erschien Debbie unwahrscheinlich. Zwar hatte Susan ihr Handy vergessen, aber bei einer ganz heißen Spur hätte jedes öffentliche Telefon, notfalls jedes Polizeirevier die Möglichkeit eines Telefonates mit Bodmin oder Middlemoor eröffnet.

Auf der anderen Seite wusste man bei Susan nie. Vielleicht hatte sie sich in den Kopf gesetzt, den Mörder frei Haus zu liefern.

„So ein Scheiß-Fall! Ich habe ständig das Gefühl, meilenweit hinter der Lösung festzustecken. Wenn ich nur wüsste, was Hamilton herausgefunden hat."

„Dann frag ihn doch einfach. Guten Tag, meine Damen."

Wie vom Blitz getroffen saß Debbie da und traute ihren Augen nicht. Vor ihr stand, leibhaftig und in voller Lebensgröße, der Chief Super.

„Wo zum Teufel kommst du denn her?"

„Aus Bangor, wie du wissen solltest. Könntest du mir mal deine Kollegin vorstellen?", forderte Hamilton augenzwinkernd.

„Das ist mein Chef, Chief Superintendent Hamilton, Leiter des CID von Devon und Cornwall, und hier ist DS Padma Shanka von der örtlichen Kriminalpolizei."

Jetzt schaute Padma genauso irritiert aus der Wäsche wie Debbie vor ein paar Augenblicken.

„Jetzt sag mir aber, wie du so schnell hierhergekommen bist. Es sind doch sicherlich dreihundert Meilen nach Bangor."

„Ich bin geflogen. Nataly Dawn, eine alte Freundin aus Wales, hat ihre Beziehungen spielen lassen und einen Polizeihubschrauber organisiert."

„Kennst du eigentlich die gesamte Führungselite der britischen Polizei?", fragte Debbie erstaunt.

„Die wichtigen Personen schon. Während die einfachen Polizisten Verbrecher fangen, sind wir auf Tagungen in exklusiven Landhotels und pflegen unsere Kontakte."

Das Geplänkel ging noch eine ganze Weile hin und her. Doch in Anbetracht der ungewissen Situation, in der sich Susan befinden mochte, kamen sie bald zum Wesentlichen zurück.

„Wenn wir Glück haben, war Susan auf der richtigen Spur“, sagte Hamilton plötzlich.

„Dann schieß mal los.“

„Offenbar hat eine Frau namens Kyla Heyfron Verbindungen zu Fletcher. Und diese Kyla Heyfron soll hier in Bridgwater oder Umgebung wohnen. Kyla Heyfron arbeitete in den sechziger Jahren in einem Pub in Bangor. Dort hat zur gleichen Zeit auch Harold Fletcher gejobbt, und zwar in den Semesterferien. Nachdem du mich angerufen hast, Debbie, habe ich mir heute Morgen den Wirt vorgenommen. Susan war auf der richtigen Spur! Wir müssen sie nur wieder aufnehmen.“

„Aber Sir,“ wandte Padma ein, „diese Kyla muss doch inzwischen eine ältere Frau sein. Aus Susans Auto stieg aber definitiv ein jüngerer Mann aus.“

„Deshalb bringt es jetzt nichts, länger hier zu sitzen. Wir müssen Kyla Heyfron finden. Aber dies ist nicht meine Pfarrei, deshalb können Debbie und ich allenfalls unterstützend wirken.“

Wie deine Unterstützung aussieht, kann ich mir vorstellen, dachte Debbie, vermied jedoch jeden Kommentar.

„Das sollte kein Problem sein, Sir. Es ist Wochenende, und meine Kollegen sind froh über jede Hilfe“, stellte Padma fest und schob den Rest ihres bereits dritten Doughnuts zwischen die Zähne.

Kapitel 46 - Barnstaple - Sonntag, 19.1.1995

Ich habe es getan! Und es war wunderschön!

Ja, ich weiß, sie würde es wohl als Sünde bezeichnen. Ehebruch!

Aber spielt das irgendeine Rolle?

Seit knapp einem Jahr bin ich bei der Polizei in Devon. Weiß der Himmel, was mich nach Barnstaple verschlagen hat. Das Beste daran ist, dass sie in Bristol ist und ich meine Ruhe habe. Ich habe meine eigenen vier Wände, wenn auch nur ein kleines Ein-Zimmer-Appartement im Souterrain mit Ausblick auf die Beine der am Fenster vorbeieilenden Passanten. Aber es ist meine Wohnung.

Der Polizeidienst ist langweiliger, als ich es mir vorgestellt hatte. Ich bin schon froh, wenn es in irgendeiner Seitenstraße ein paar pöbelnde Teenager gibt. Zusammen mit Justin Freeburn, einem furchtbar eingebildeten Schnösel, gehe ich in den Straßen von Barnstaple auf Streife, doch den größten Teil des Tages sitze ich am Schreibtisch und fülle stumpfsinnige Vordrucke aus.

Vor ein paar Monaten habe ich Elsa Mostert kennengelernt. Sie zog, leicht angetrunken, durch die nächtlichen Straßen – ziellos und einsam. Ich hatte bereits Dienstschluss, war aber noch in Uniform auf dem Weg nach Hause.

Sie stolperte über ihre hochhackigen Schuhe und fiel gerade in meine Arme. Wir setzten uns auf eine Parkbank auf der gegenüberliegenden Straßenseite, und eine halbe Stunde später hatte Elsa mir ihr halbes Leben erzählt.

Sie stammte aus einer kleinen Stadt in Südafrika, war dreiundzwanzig Jahre alt und seit vier Jahren verheiratet. Ihr Mann, Steven Mostert, ebenfalls Südafrikaner, fand 1993 einen Job bei einer kleinen Reederei in Appledore, und die beiden zogen nach Devon. Doch Steven war die meiste Zeit auf See und Elsa alleine in ihrem kleinen Häuschen am Stadtrand.

Ich kann mich noch gut daran erinnern, wie sie mich das erste Mal richtig ansah. Ich versank fast in ihren blauen Augen und spürte die Sehnsucht, die sich dahinter verbarg. Ihre blonden, schulterlangen Haare rochen nach Sommer – einer Mischung aus reifem Getreide und frischer Meeresbrise.

Seit dieser Zeit treffe ich Elsa regelmäßig und gestern ist es passiert. Es war das schönste Erlebnis in meinem Leben.

Doch bin ich nun schuldig?

Für Elsa ist das Ganze kein Problem. Sie fühlt sich von ihrem Mann im Stich gelassen. Sie ist einsam, und ich bin es auch.

Doch mein Gewissen quält mich seit gestern Nacht. Habe ich falsch gehandelt?

Elsa ist verheiratet, und so gesehen habe ich die Ehe gebrochen. Doch hat nicht schon König David den armen Uriah in den Krieg an die vorderste Front geschickt, um an Batseba, seine Frau, zu kommen? Ist dieses Verlangen nicht menschlich?

Immerhin habe ich Steven nicht in den Krieg geschickt. Er lebt noch.

Aber ich frage mich, wie soll es weitergehen? Kann es einfach so weitergehen?

Barnstable – Dienstag, 21.11.1995

Heute bin ich zu Elsa gegangen, ich wollte sie überraschen. Aber ich wurde überrascht. Als sie die Tür öffnete – nur leicht bekleidet - sah ich einen Mann im Hintergrund.

Es war nicht Steven.

Ich würde am liebsten im Erdboden versinken.

Gibt es denn gar nichts, das ich richtig hinbekomme?

Ich werde mich jetzt sinnlos besaufen – auch wenn ich das morgen bereuen werde.

Kapitel 47 - Samstag, 14.11.2009, Vormittag

Draußen hatte sich der Himmel verdunkelt und kündigte den heftigen Schneefall an, den der Wetterbericht vorausgesagt hatte. Es war schon fast elf Uhr, doch es schien, als bräche in wenigen Minuten schon die Nacht herein. Ein eisiger Wind aus Nordost peitschte durch die Straßen von Exeter – der Winter war eingezogen. Die Menschen stapften mit hochgeschlagenen Mantelkrägen trotzig durch die Straßen und die Straßenbauverwaltung arbeitete mit Hochdruck. Schnee im Südwesten war etwas Außergewöhnliches und Schneepflüge daher nicht allzu weit verbreitet. Die Notfallpläne des Katastrophenschutzes wurden aktiviert und dabei jeder Radlader, jede Planierraupe und jeder einigermaßen einsetzbare Traktor reaktiviert. Der Süden von England war bereits jetzt im Ausnahmezustand. Im Radio wurde ab dem Nachmittag von Fahrten mit dem Auto abgeraten. In den Tagen zuvor schon deckten sich die Menschen mit Notvorräten ein, als stünde das Ende der zivilisierten Menschheit an.

Sogar der neue Polizeiunimog in Middlemoor wurde mit einem Schneepflug versehen, der, offenbar aus Überfluss an Finanzmitteln, beim Fahrzeugkauf gleich mit beschafft worden war. Zwei Männer bauten das Teil – laut fluchend, da ein Ölschlauch geplatzt war – an die Fronthydraulik.

Rachel Ward, die derweil an ihrem neuen Schreibtisch saß, kümmerten weder die Männer im Hof noch das Wetter. Die gestrige Fahrt nach Totnes hatte ihrer Meinung nach überhaupt nichts gebracht. Zumindest nichts, was sie in Bezug auf den Tod Johns weitergebracht hätte.

Eines vielleicht ... John hatte ein kompliziertes Verhältnis zu Frauen gehabt und war in dieser Frage bei Weitem nicht so unbedarft, wie die Kollegen sich gedacht hatten. Vielleicht nahm John es mit der Treue nicht so genau, und vielleicht fühlte sich eine der Frauen hintergangen. Doch selbst wenn eine betrogene Liebschaft John hätte umbringen wollen ... dann doch sicherlich nicht auf diese Art und Weise! Frauen nehmen Gift und keine Plastiktüten.

Rachel spürte eine leichte Nervosität in ihrer Magengegend. „Frauen nehmen Gift", sagte sie laut.

Trevor, der übermüdet und verkatert über seinem Schreibtisch hing, schaute sie verklärt an. „Was hast du gesagt?"

„Frauen nehmen Gift. Ich glaube, dass dieser Fletcher von einer Frau getötet wurde. Von einer Frau, die er irgendwann einmal betrogen oder sonst irgendwie gekränkt hat."

„Und diese Frau hat auch John umgebracht. Hat John diese Frau auch betrogen?"

„Ich glaube nicht, dass der Tod von John irgendwas mit der Fletchersache zu tun hat. Aber das finden wir schon noch heraus.

Wie heißt die Frau, die in Bridgwater wohnt?"

„Du sprichst in Rätseln, es tut mir leid."

Rachel verdrehte die Augen und hackte auf ihrer Tastatur herum. Nach wenigen Augenblicken hatte sie gefunden, wonach sie suchte: Kyla Heyfron.

„Wenn du nichts verträgst, trink nicht so viel", rief sie mit einem strahlenden Lächeln auf dem Gesicht durch das Büro. „Versuch mal, deine Finger in Bewegung zu setzen und suche alles, was du über Kyla Heyfron aus Bridgwater finden kannst. Das Problem ist, dass sie heute vermutlich gar nicht mehr Heyfron heißt. Trotzdem müssen wir hier ansetzen. "

„Wozu denn das?", raunzte Trevor Norman zurück.

„Denk einfach nicht so viel nach und mach, was ich dir sage, mein Lieber. Ich habe zwei Karten für die Pilgrims am kommenden Samstag."

„Und was bringt mir das?", fragte Trevor ungläubig. Am kommenden Wochenende würde das Spitzenspiel gegen den großen Rivalen Leicester City ausgetragen. Das Spiel war schon seit Wochen ausverkauft, und Trevor Norman suchte fieberhaft nach einer Karte. Doch nicht einmal der Schwarzmarkt hatte eine Eintrittskarte zu dem Fußballspiel zu bieten.

„Ich nehme dich mit."

Norman starrte Rachel ungläubig an.

„Du kannst deinen Mund wieder zumachen. Ja, du hast richtig gehört. Aber jetzt wollen wir einen Mörder finden. Oder vermutlich eher eine Mörderin."

Rachel Ward und Trevor Norman vertieften sich in die virtuellen Welten des Polizeicomputers. Die Kaffeemaschine lief auf Hochtouren, und die Arbeitswut der beiden Detective Sergeants wurde lediglich durch den Gang zur Toilette unterbrochen. Draußen war es noch dunkler geworden und es hat ein Schneefall eingesetzt, wie ihn der Südwesten schon lange nicht mehr gesehen hatte.

Im Büro selbst war es still. Außer dem Ticken der großen Wanduhr und dem hektischen Geklapper der Tastaturen war nichts zu hören. Plötzlich durchbrach ein Aufschrei die Stille.

„Hast du was gefunden?", fragte Rachel ganz aufgeregt und strich sich eine breite Strähne ihres langen, schwarzen Haars aus dem Gesicht.

„Keine Ahnung. Mit der Polizei hatte diese Kyla bisher nichts zu tun. Aber ich bin auf einen Bericht in der ‚Bridgwater Mercury', einer Online-Zeitung gestoßen. Hör mal her, was hier steht:

‚Kyla Oliver in den Ruhestand verabschiedet. Nach mehr als vierzig Jahren wurde die Oberschwester von Dr. Warren McNair im Rahmen einer Feierstunde aus dem Berufsleben entlassen. Die gebürtige Kyla Heyfron war Ende der sechziger Jahre aus Wales nach Somerset gekommen und begann in der orthopädischen Abteilung des Bridgwater Community Hospitals. Nach einigen Jahren in der Röntgenstation übernahm Kyla Oliver am 1. Januar 1995 den Posten der Senior Hospital Matron. Dr. McNair dankte der ebenso beliebten wie kompetenten Kollegin ...' und so weiter. Der Artikel stammt vom 3. Juli 2009."

„Und was sagt uns das?", fragte Rachel mit hochgezogenen Brauen.

„Keine Ahnung, du bist doch die Superpolizistin, ich nur der Mann fürs Grobe."

„Danke für die Blumen. Immerhin könnte es eines bedeuten", sagte Rachel geheimnisvoll.

„Ich höre."

„Als Oberschwester hatte Kyla mit Sicherheit Zugang zu allen Medikamenten."

„Und?"

„Du bist wirklich ein hoffnungsloser Fall, Trevor. Sie hätte sich mit Atropin eindecken können, ohne dass es irgendwem aufgefallen wäre. Eine einfache Krankenschwester kommt nicht so ohne Weiteres an Medikamente. Klar, nach einer verschwundenen Packung Aspirin fragt kein Mensch, aber wenn eine Ampulle Atropin fehlt, sollten alle Alarmglocken läuten. Eine Senior Hospital Matron hat jedoch ganz andere Möglichkeiten."

„Du meinst also, dass Kyla Heyron – beziehungsweise Kyla Oliver –Atropin gestohlen und damit Fletcher umgebracht hat?"

„Ausschließen würde ich es nicht. Ist doch eine nette Theorie."

„Fehlt nur das Motiv", knurrte Trevor.

„Ich denke, das Motiv hat Susan herausgefunden. Und das ist auch der Grund, warum sie verschwunden ist."

„Und was machen wir jetzt?"

„Mittagessen. Ich habe Hunger. Aber vorher telefoniere ich mit Debbie, um ihr unsere Ermittlungsergebnisse mitzuteilen. Ich habe inzwischen übrigens auch noch was herausgefunden, nämlich die Adresse. Kyla Oliver wohnt in der Zeta Close in Horsey, einem kleinen Nest östlich von Bridgwater."

Kapitel 48 - Samstag, 14.11.2009, Vormittag

Susan fror fürchterlich und hoffte inständig, ohnmächtig zu werden, um dem Martyrium zu entfliehen. Doch dann sagte sie sich, dass sie sich bewegen musste, um wieder warm zu werden.

Sie stand auf und bewegte sich im Kreis wie ein Tiger in seinem Käfig. Wenn es nur nicht so dunkel wäre! Susan rieb sich die Arme warm, während sie immer schneller durch ihren Kerker lief.

Dieser Mann konnte sie doch nicht hier verhungern und verdursten lassen! Die Wärme, die langsam in ihr aufstieg, gab ihr neuen Mut und Durchhaltewillen.

Was war gestern geschehen? Nochmals kehrte sie in Gedanken nach Bangor zurück. Sie war bei dieser grässlichen Lavendelfrau, und von dort ging sie nochmals zu Peter zurück. Und dann fuhr sie nach Süden. Sie fuhr nach Süden, nachdem sie sich von Peter verabschiedet hatte!

Verschwommen kehrten die Bilder zurück. Sie fuhr nach Süden, an Bristol vorbei und machte eine Rast in der Nähe von Weston-super-Mare. Dann ging es weiter auf der M 5 nach Bridgwater. Dort wohnte diese Kyla, die inzwischen Oliver hieß ... Susan erinnerte sich, wie sie die Autobahn nördlich von Brigdwater verließ, dann aber nicht rechts herum in die Stadt, sondern in südöstliche Richtung, also links der Autobahn in ein kleines Nest Namens Horsey fuhr. Zeta Close, eine schmale Querstraße war ihr Ziel. Hier wohnt Kyla Oliver.

Aber Susan konnte sich nicht erinnern, die Frau angetroffen zu haben. Es war ein Mann.

Aber wieso sperrt ein Mann sie in diesen Raum? Kyla Oliver war doch nur ein Teil im ganzen Puzzle. Oder doch mehr? Was konnte die Frau, die vor mehr als vierzig Jahren in demselben Pub gearbeitet hatte, in dem zur gleichen Zeit auch Fletcher jobbte, heute noch für eine Verbindung zu Fletcher haben? Und was war damals vorgefallen, dass sie so fluchtartig aus Bangor verschwunden ist?

Und wer war der Mann?Susan suchte die Tür und rüttelte heftig daran, doch sie musste feststellen, dass es keinen Wert hatte. Die Tür blieb verschlossen.

Wo war sie nur? Im Haus von Kyla Oliver? Dann würde sie vermutlich bald von der Polizei gefunden werden, denn Debbie suchte bestimmt schon längst nach ihr. Sie musste dabei auf die Spur von Kyla gestoßen sein. Das gab Susan Hoffnung.

Doch wenn sie sonst irgendwo gefangen gehalten wurde? Die Polizistin mochte nicht daran denken.

Kapitel 49 - Samstag, 14.11.2009, Mittag

Die Luft war kalt und hatte dadurch eine fast zähflüssige Konsistenz angenommen. Graue Schneewolken hingen tief über den Dächern von Whimple, einem kleinen Dorf im Osten Devons, und es sah so aus, als würden die ohnehin niedrigen Häuser sich noch tiefer ducken. Am Vormittag hatte es bereits leicht geschneit, und zur allgemeinen Verwunderung war der Schnee liegen geblieben, so dass ein makelloses Weiß wie ein gerade getrockneter Zuckerguss über der Landschaft lag. Nach und nach wurde der Ostwind stärker und trieb neue Wolken heran. Emma Hughes saß in einem Cafè, verrührte mechanisch den Zucker in ihrer Kaffeetasse und hätte sicherlich auch noch den Tassenboden durchgerührt, wenn nicht in diesem Moment ihr Handy geklingelt hätte. Erst am Abend zuvor war sie von ihrem – unnötigen, wie sie selbst fand – Lehrgang in Cambridge zurückgekehrt und wusste noch immer nicht, wie sie David gegenübertreten sollte. Seit sie von Johns Tod erfahren hatte, waren diese Gedanken völlig an den Rand gedrängt worden. War Emma zunächst komplett fassungslos gewesen, übermannte sie später eine immense Wut, die von einer absoluten Ratlosigkeit abgelöst wurde. Inzwischen war sie nur noch traurig. Debbie hatte ihr übers Wochenende frei gegeben und wollte sie erst am Montag wieder im Dienst sehen, was Emma keineswegs nachvollziehen konnte. War nicht jeder Beamte wichtig, Susan aufzuspüren? Emma zog hektisch das Handy aus ihrer Jackentasche. Kurz darauf steckte sie es leicht angesäuert wieder zurück. David hatte sich verspätet und würde erst in einer Viertelstunde kommen.

Ihre Gedanken wanderten zu John, ihrem Kollegen, dem Langweiler und netten Kerl, den sie offensichtlich überhaupt nicht kannte. Ein paar Jahre lang hatten sie zusammengearbeitet, und es war unfassbar, dass irgendwer den armen Kerl umgebracht hatte. Diese Tatsache erschien Emma so unwirklich, so fern, und sie hoffte im Innersten, dass alles ein böser Traum sei und John am Montag wie gewohnt hinter seinem Bildschirm sitzen und nach Susan schielen würde. Fassungslos schüttelte sie den Kopf und trank den Rest ihres in der Zwischenzeit kalt gewordenen Kaffees. Was hatte sich in diesen zwei Wochen, seit sie in Cambridge gewesen war, alles verändert! Zahlreiche Fixpunkte ihres Lebens waren verschwunden, und es war ihr, als schwebe sie halt- und orientierungslos im Raum. Gordon hatte einen Job in Burnley gefunden, Susan war spurlos verschwunden und John tot. Und sie musste sich entscheiden, ob sie David heiraten sollte oder nicht. Wie konnte sie in einer solchen Situation überhaupt an eine Ehe denken? Auf der anderen Seite: Wenn schon alles im Fluss war, wenn sich das Böse in der Welt ausbreitete, warum nicht selbst das Glück wählen? Bestand das Leben nicht aus dem Zusammenspiel von Licht und Schatten? Und wieso sollte sie die Entscheidung noch länger hinausschieben? Sie liebte David, und ihr war schon von Anfang an klar, was sie erwarten würde, wenn sie eine langfristige Beziehung zu ihm anstrebte. Und schließlich war das Judentum keine heidnische Naturreligion, sondern der Glaube, in dem Jesus selbst beheimatet war. Als David schwer verschneit ins Cafè eintrat und unsicher seinen Blick über die Tische wandern ließ, stand Emma auf und rannte ihm mit einem strahlenden Lächeln im Gesicht entgegen.

Kapitel 50 - Samstag, 14.11.2009, Nachmittag

Der Schneefall wurde immer heftiger und die Räumdienste waren komplett überfordert. Die wenigen Schneepflüge waren auf den Fernstraßen unterwegs, die regionalen Verbindungen notdürftig von Radladern und sonstigen Baumaschinen freigeschaufelt, doch die Straßen in den Wohngebieten blieben ihrem Schicksal überlassen. Binnen weniger Stunden war der Südwesten mit einem halben Meter Schnee bedeckt.

Wie im gesamten Südwesten waren auch in Bridgwater die Menschen vom heftigsten Wintereinbruch seit Jahrzehnten überraschT worden. Die Stadt schien wie gelähmt. Das pulsierende Leben, das noch am Vormittag geherrscht hatte, war in eine Art Dornröschenschlaf gefallen. Die Autos standen kreuz und quer auf den Straßen, und wer Glück hatte, wusste seinen Wagen auf einem Parkplatz abgestellt. Auch die Busse fuhren verständlicherweise nicht. Zunächst hatte die Stadtverwaltung versucht, die wichtigsten Strecken offen zu halten – vergeblich, wie sich bald herausstellte. Die Verantwortlichen beschlossen, den Verkehr erst dann wieder freizugeben, wenn der Schneefall aufgehört hatte und die Straßen einigermaßen geräumt waren. Kritisch wurde es für akute medizinische Notfälle ... Bob Hamilton und Debbie Steer hatten sich in einem Landrover der örtlichen Polizei gerade noch rechtzeitig auf den Weg in die Zeta Close nach Horsey gemacht. Rachel hatte ihre neuesten Erkenntnisse an ihre Chefin weitergeleitet, und die beiden hofften, dass diese Spur doch endlich Licht ins Dunkel der Ermittlungen brächte – und vor allem zu Susan führte. „Ich verstehe das nicht. Susan ist doch sonst nicht so unvorsichtig. Ziemlich schusselig, aber äußerst gewissenhaft und routiniert. Die verschwindet doch nicht so einfach“, sagte Debbie und zupfte dabei nervös in ihren wilden Locken. „Du brauchst dir keine Vorwürfe zu machen“, versuchte Hamilton sie zu beruhigen. „Das ist das Risiko in unserem Job. Vielleicht war sie näher an der Lösung des Falles, als ihr bewusst war.“ „Ach Scheiße“, brach es aus ihr heraus. „Ich habe das Gefühl, es liegt alles an mir. John tot, Susan verschwunden, Gordon ist von sich aus gegangen. Ich bin einfach nicht in der Lage, meinen Posten souverän und verantwortungsvoll auszufüllen.“ „Jetzt redest du Blödsinn und du weißt das. Du bist weder für Johns Tod noch für Susans Verschwinden verantwortlich. Dass Gordon gegangen ist, liegt ebenfalls nicht an dir, sondern einfach daran, dass er eine Stelle im Norden gefunden hat.“ „Hm“, brummte Debbie. „Ich habe nur das Gefühl, mir gehen die Leute aus und ich kann nichts dagegen tun.“ „Verstehe. Wo steckt eigentlich Emma? Ich hoffe, die ist nicht ebenfalls abhanden gekommen.“ Debbie musste lachen. „Nein. Die war auf diesem Lehrgang in Cambridge. Sie ist inzwischen wieder in Devon.

Aber sie war gestern dermaßen durch den Wind, da habe ich ihr erstmal ein freies Wochenende verordnet." Hamilton blickte sie fragend an. „Ich glaube, die hat persönliche Dinge zu klären." „Kann ich das auch genauer hören?" „Du bist ziemlich neugierig." „Ich bin Polizist." Wieder lachte Debbie. „So wie ich das verstanden habe und schon seit einiger Zeit beobachte, macht dein Superschnüffler David Cohen unserer Emma den Hof und will sie jetzt heiraten." „Aha", sagte Hamilton. Er hatte offensichtlich keinen Schimmer, um was es ging. „Wer ist David Cohen, und wieso ist er mein Superschnüffler?" „Kennst du deine Mitarbeiter nicht? DCI David Cohen vom Betrugsdezernat." „Ach so, der. Lass ihn doch. Emma ist doch ein nettes Mädel. Und wieso überhaupt Superschnüffler?" „Na – mit dreißig schon Chief Inspector!" „Das war ich auch, und du im Übrigen ebenfalls, meine Liebe." „Ich war zweiunddreißig, Sir. Das Problem ist, dass Cohen aus einer gläubigen jüdischen Familie stammt und dass Emma, falls sie ihn heiraten wird, sich etwas neu orientieren muss. Und ich glaube, diese Entscheidung steht im Augenblick an. Da kann ich Emma beim besten Willen nicht bei unserer Arbeit brauchen." „Jetzt will ich aber nichts mehr davon hören, du seist deiner Aufgabe nicht gewachsen. Du beweist einmal mehr, dass du ziemlich viel von Personalführung verstehst. Und das ist ein großer Teil deines Jobs." „Danke", hauchte Debbie, kaum hörbar. „Also", brummte der Schotte, während er den Landrover durch die Schneemassen steuerte, „diese Kyla Oliver, geborene Heyfron, arbeitete im Black Griffon just zu der Zeit, als Harold Fletcher dort sein Studium finanzierte. Und aus einem unbekannten Grund verschwand Kyla quasi über Nacht. Also muss, so nehme ich jedenfalls einmal an, etwas vorgefallen sein. Gut, die ganze Sache ist schon vierzig Jahre her und liegt unter einem Nebel des Vergessens und Verdrängens. Aber das ist das Einzige, das wir haben: eine mögliche Spur, die dadurch Nahrung erhält, dass Susan unauffindbar ist, seit sie diese Spur verfolgt. Nehmen wir jetzt einmal an, dass Fletcher damals der Grund von Kylas Weggang aus Bangor war. Welche Ursachen könnten dahinter stecken?" Debbie durchwalkte ihre Locken. „Ich würde auf das

Naheliegende schließen. Fletcher rückte ihr auf die Pelle, und Kyla konnte oder wollte sich ihm nur durch ihren Wegzug entziehen. Der Umstand, dass Fletcher jetzt in der Pathologie liegt, lässt mich sogar darauf schließen, dass er ihr damals zu nahe gekommen ist, sie vermutlich vergewaltigt hat. Im Laufe der Jahre ist Gras über das Ganze gewachsen, und jetzt ist irgendetwas wieder zum Vorschein gekommen, das dazu geführt hat, dass Kyla sich an ihrem damaligen Peiniger gerächt hat." „Gewagte These", meinte Hamilton, „aber durchaus plausibel. Du musst dir vorstellen, in welcher Zeit das damals passierte. Nehmen wir an, es war so oder so ähnlich. In den sechziger Jahren war die Welt im Umbruch. Die sexuelle Revolution war im vollen Gange und auf der anderen Seite herrschte noch eine rigide viktorianische Moral. Fletcher wollte etwas von Kyla, das wissen wir. Und vermutlich nahm er sich das auch, mehr oder weniger mit Gewalt. Ich denke, dass es für Kyla gar keine andere Möglichkeit gab, als von Bangor fortzugehen. Stell dir doch mal vor, wie hätte sie reagieren sollen? Zur Polizei gehen? Sie hätte entweder als empfindliche Zicke gegolten oder als gefallenes Mädchen, das sein Unglück selbst verschuldet hatte – je nach Sichtweise. Und jetzt, nach all diesen Jahren, hatte Fletcher das Pech, seinem damaligen Opfer wieder über den Weg zu laufen. Mit tödlichen Nebenwirkungen." „Schöne Theorie, und wie beweisen wir das?" „Gute Frage. Aber für die Details bist du verantwortlich. Ich bin nur der Chef, der sich in deinen Erfolgen sonnt." Debbie gab ihm einen Knuff mit dem rechten Ellbogen. „So, jetzt haben wir unser Ziel doch noch erreicht", stellte Hamilton fest und parkte den Landrover am Ende von Zeta Close, einer Sackgasse. Von „parken" im gewöhnlichen Sinn konnte allerdings keine Rede sein. Hamilton stellte den Wagen einfach irgendwo im Schnee mitten auf der Straße ab. Die beiden Kriminalpolizisten stapften durch den jungfräulichen Schnee und erreichten endlich die Haustür. Es war schwer, sich einen ersten Eindruck von dem Anwesen zu verschaffen, denn die weiße Pracht hatte alles zugedeckt. Allein eine große Atlaszeder, die das Haus um mehr als das Dreifache überragte, dominierte die Szene und vermittelte eine Sehnsucht nach Sommer und Süden. „Hoffentlich ist jemand zu Hause. Ich habe keine Lust auf eine unnötige Irrfahrt durch dieses Chaos." „Immer positiv denken, Debbie." Hamilton schlug mit der Faust gegen die Kiefernholztüre, da er weder eine Glocke noch eine Haustürklingel finden konnte. „Willst du die Tür einschlagen? Wenn du einbrechen willst, ist es einfacher, durch ein Fenster einzudringen." „Du weißt, dass Einschlagen und Anklopfen für mich das Gleiche ist", sagte Hamilton in Anlehnung an eine Szene aus „Asterix als Gladiator", sah jedoch sofort an Debbies Gesichtsausdruck, dass die Geschichten des kleinen Galliers ihr unbekannt waren. Doch bevor der leicht gereizte Dialog fortgesetzt werden konnte, öffnete sich die Haustür und eine unscheinbare, zierliche Frau mit mausgrauen Haaren steckte schüchtern ihren Kopf heraus. „Was kann ich für Sie tun?", fragte die Frau zögerlich. „DCS Hamilton und DCI Steer vom CID in Exeter. Dürfen wir hereinkommen? Wir haben ein paar Fragen an Kyla Oliver. Sie sind doch Mrs Oliver?", fragte Hamilton. Die Frau nickte, öffnete die Tür und führte die beiden in ein gemütlich wirkendes Wohnzimmer. Auf dem Fußboden lag ein rechteckiger Teppich mit Würfelmuster. Die Wände waren unverputzt und zeigten große unbehauene Sandsteine. In einer Ecke stand ein großer schmiedeeiserner Ofen, in dem ein Kohlefeuer brannte, das eine wohlige Wärme ausstrahlte. Bob Hamilton und Debbie Steer wurde ein Platz auf dem braunen Ledersofa angewiesen, während Kyla Oliver auf einem einzelnen, zum Sofa passenden Sessel Platz nahm. „Darf ich Ihnen etwas anbieten?" „Nein danke. Machen Sie sich nur keine Mühe", sagte Debbie, etwas zu schnell für Hamiltons Empfinden. „Nun, was führt Sie bei diesem Wetter aus Exeter hierher?" Hamilton blickte Debbie von der Seite an und nickte ihr fast unmerklich zu. Debbie setzte sich aufrecht hin und holte noch einmal tief Luft. „Harold Fletcher!", sagte sie knapp und wartete auf Kylas Reaktion. „Der schmierige Harold." Kyla Oliver lachte verächtlich. „Wie haben Sie mich so schnell gefunden?" Hamiltons Pulsschlag hatte sich innerhalb von Sekundenbruchteilen verdoppelt, und er spürte die elektrisierende Spannung, die auch von Debbie ausging. Der alte Polizistentrick, mit der Tür ins Haus zu fallen, funktionierte auch hier wieder einmal. Jetzt nur keinen Fehler machen! Kyla einfach alles erzählen lassen, dachte Hamilton und holte sein Diktiergerät heraus. Debbie ging nicht auf Kylas Frage ein, sondern fragte ihrerseits: „Wieso haben Sie Harold Fletcher umgebracht?“ „Weil er es verdient hat“, antwortete Kyla knapp. „Und wieso hat er es verdient?“ „Das ist eine lange Geschichte. Ich habe vor vielen Jahren in einem Pub in Bangor gearbeitet, aber das wissen Sie vermutlich schon alles, da Sie aussehen wie Polizisten, die ihre Arbeit gut machen. Es war eine wilde Zeit und ich war jung und Harold war es auch. Ich habe in der Küche mitgeholfen und am Abend hauptsächlich bedient. Harold stand in den Semesterferien hinter dem Tresen und hat dabei jedem Mädchen so tief in den Ausschnitt geguckt, dass es einem übel werden konnte. Mit den Augen hat er jede ausgezogen, aber glauben Sie, der Feigling hätte den Mumm gehabt, eine anzusprechen? Auch mir hat er ständig hinterhergegafft. Die Sache wurde immer schlimmer. Irgendwann habe ich ihm gesagt, er solle sich doch endlich eine Freundin suchen und seinen Hormonspiegel in Ordnung bringen. Da hat er mich nur doof angeglotzt. An einem Abend im Sommer 1969 war es ziemlich heiß und es wurde viel getrunken. Auch Harold genehmigte sich das eine oder andere Pint hinter seinem Tresen. Er starrte mich den ganzen Abend an, doch ich maß dieser Tatsache keine Bedeutung zu, denn er verhielt sich ja immer so.“ Kyla Heyfron sprach mit ruhiger Stimme, als berichtete sie über eine längst vergessene Modeerscheinung, und die beiden Polizisten hörten ihr aufmerksam zu. „Was an diesem Abend alles geschah, weiß ich nicht mehr genau. Um halb zwölf, nachdem die letzten Gäste das Lokal verlassen hatten und ich abgerechnet hatte, ging ich ins Bett. Kurz vor Mitternacht hörte ich ein Poltern, und plötzlich stand Fletcher in meinem Zimmer. Ich schrie ihn an, er solle sofort mein Zimmer verlassen, doch er lachte nur, zog sich die Hose herunter und legte sich zu mir ins Bett. Als ich mich zu wehren versuchte, wurde er grob, hielt mir den Mund zu und ich dachte, ich würde ersticken. Nach knapp fünf Minuten war er fertig, aber mir war es, als wären es Stunden gewesen. Grinsend ging er wieder hinaus und ich verließ am nächsten Morgen die Stadt.“ Kyla Oliver sah zunächst Hamilton an, dann wanderte ihr Blick zu Debbie. „Was hätte ich tun sollen? Sie glauben doch selbst nicht, dass mir im Jahr 1969 irgendwer die Geschichte geglaubt hätte. Selbst in Bangor. Und wenn schon. So ein bisschen Sex, schließlich trieb es in dieser Zeit jeder mit jedem. Für mich blieb nur die Flucht aus diesem Leben und ein Neubeginn, der mir hier in Bridgwater auch gelungen ist. Nun werden Sie sich vermutlich fragen, wieso ich mich erst nach all den Jahren gerächt habe.“ Wieder sah Kyla Hamilton direkt in die Augen. „Ich habe Fletcher im Sommer zufällig wieder getroffen. Natürlich wusste ich, dass er seit langer Zeit in Cornwall lebt. Wenn man einigermaßen die Nachrichten verfolgt, bleibt das nicht aus. Immer wieder konnte ich von seinen Heldentaten vor Gericht lesen. Aber es war mir all die Jahre gleichgültig. Ich hatte mit der Sache von damals abgeschlossen. Ich hatte sie überlebt, und schließlich ist es mir nicht anders ergangen als vielen Mädchen zu dieser Zeit. Und nebenbei bemerkt, ist es heute auch nicht viel anders. Aber wie beweist man eine Vergewaltigung im Freundes- und Bekanntenkreis? Wie gesagt, ich traf in diesem Sommer Fletcher erstmals nach vierzig Jahren wieder. An einem Julisonntag fuhr ich mit ehemaligen Kolleginnen aus dem Krankenhaus nach Tintagel. Und dort, ich traute meinen Augen kaum, saß Fletcher auf einer Mauer und grinste mich an. 'Na Kyla, immer noch so prüde?', fragte er mich in seiner unverschämten Art. Ich tat, als hätte ich ihn nicht gehört. Aber in mir wuchs ein Hass, wie ich ihn nie gekannt hatte. Vermutlich brachen alle alten und vermeintlich geheilten Wunden auf gröbste Weise wieder auf. Ich konnte nur noch an eines denken: Wie konnte ich Harold Fletcher umbringen? Dieses Schwein hatte die Frechheit, nach vierzig Jahren wieder damit anzufangen. Ich war fassungslos. Schnell hatte ich herausgefunden, dass er jeden Sonntag zur Burg kam. Ich überlegte mir, wie ich es anstellen konnte, ihn zuverlässig ins Jenseits zu befördern. Atropin wirkt wahre Wunder und tut höllisch weh, das können Sie mir glauben. Ich besorgte mir zweihundert Milligramm Atropin und fuhr am vergangenen Sonntag nach Tintagel, wartete auf Fletcher, sah ihn kommen, ging auf ihn zu und verabreichte ihm die todbringende Spritze. Ich bedauere nichts und bin mir meiner Schuld bewusst.“ Kyla Oliver stand auf, ging zu einem Sideboard, nahm ein Glas heraus, goss einen Schluck aus einer Likörflasche hinein und trank das Glas in einem Zug aus. „So. Jetzt können Sie mich festnehmen.“ Hamilton sah leicht irritiert zu Debbie. So etwas hatte er in seiner langen Laufbahn noch nie erlebt. Zwar gab es immer wieder Täter, die ihre Geschichte frei und offen erzählten, aber eine Täterin, die ihre Tat so sachlich zum Besten gab, war ihm noch nicht untergekommen. Doch was hatte das zu bedeuten? War sie so abgebrüht, oder hatte sie so viel in ihrem Leben erlebt, dass dieser Mord nur eine Randnotiz darstellte?

Oder wollte sie jemanden schützen? Dagegen sprach, dass sie von Fletcher vergewaltigt worden war und ein dickes Motiv hatte. Aber die dringendste Frage jetzt war, wo Susan abgeblieben war. Hatte sie auch noch Susan auf dem Gewissen? Vermutlich nicht, denn wenn Susan hierher gekommen wäre, hätte sie Susan die gleiche Geschichte erzählt. Offenbar hatte sie darauf gewartet, dass ihr die Polizei auf die Schliche kam und nahm hin, dass sie festgenommen wurde. Obwohl sie mit etwas Glück ganz unbehelligt davongekommen wäre. Hätte Susan nicht die Verbindung zu Fletcher und zum Black Griffin entdeckt ....

„War gestern eine Kollegin, DS Susan McCoy, bei Ihnen?“, fragte Hamilton. „Nein, nicht dass ich wüsste. Aber ich war gestern auch gar nicht zu Hause. Ich war den ganzen Tag im Krankenhaus und kam erst in der Nacht zurück. Im Moment ist durch die Grippewelle ziemlich viel los, und da helfe ich meinen alten Kollegen. Ich habe ja sonst nichts zu tun, und dabei kann ich mich nützlich machen.“ Und Atropin klauen, dachte Hamilton. „Haben Sie Angehörige, Mrs Oliver?“ „Einen Sohn, Martin, er lebt in Bridgwater. Wieso fragen Sie?“ Das wusste Hamilton auch nicht so genau, der einer Intuition folgte. „Können Sie uns seine Adresse geben?“ „Wozu? Aber wenn es sein muss.“ Kyla Oliver nannte eine Adresse im Norden von Bridgwater, und Debbie notierte sie. „Packen Sie bitte ein paar Sachen zusammen. Wir bringen Sie ins

Polizeipräsidium in die Stadt", sagte Hamilton und hob seine rechte Augenbraue in Richtung Debbie, um ihr anzuzeigen, dass sie Kyla nicht aus den Augen lassen sollte – für alle Fälle.

Kapitel 51 - Totnes, 23. Oktober 2004

Geschafft! Endlich bin ich sie los. Zumindest habe ich mir einen Rückzugsraum geschaffen, von dem sie nichts weiß und in dem ich meine Ruhe habe. Ich hoffe, ich kann hier mein Leben leben. Es ist zwar ein Doppelleben, aber wie könnte ich es sonst aushalten? In den letzten Jahren war ich froh, wenn ich so viele Überstunden wie möglich absolvieren konnte. Ich habe mich um die Wochenenddienste gerissen. Das wird nun anders werden. Ihr werde ich einfach sagen, ich muss noch mehr arbeiten – Nachtschichten, Wochenenddienste, Sondereinsätze. Ich beginne hier mein Leben neu, und bei ihr tauche ich nur dann auf, wenn es unbedingt sein muss. Ich bin froh, dass ich meinen alten Kumpel Greg wiedergetroffen habe. Wie das Leben so spielt. Nachdem ich bei der Polizei begonnen hatte, habe ich Greg aus den Augen verloren und vor ein paar Monaten in Exeter zufällig wieder getroffen. Er stand einfach in der Warteschlange vor einer Kasse bei einem Boot's Drogeriemarkt hinter mir. Ich habe meinen Augen nicht getraut. Aber er war es: Mein alter Freund Greg O'Brien aus Bristol. Wir gingen in ein gegenüberliegendes Pub und hatten uns wahrlich viel zu erzählen. Greg hat geheiratet. Er lebt mit seiner Frau in Totnes. In den darauffolgenden Wochen trafen wir uns regelmäßig. Und irgendwann hat er mir vorgeschlagen, die Wohnung im Obergeschoss seines Hauses zu mieten. Für mich wurde ein Traum wahr – oder sollte ich nicht eher sagen: Ein unendlicher Albtraum fand sein Ende. Jetzt werde ich ein neues Leben beginnen und, wenn ich Glück habe, mein altes beenden.

Kapitel 52 - Samstag, 14.11.2009, Abend

Im Verhörraum des Polizeireviers von Brigdwater saß Kyla Oliver genauso ungerührt, wie sie am Nachmittag Hamilton und Debbie gegenübergesessen hatte. Diese waren im Nebenraum und beobachteten, wie DS Padma Shanka die alte Frau verhörte. Ziel der Befragung war im Augenblick freilich weniger der Mord an Fletcher, sondern eine Spur zu Susan zu finden. Dass Kyla Oliver etwas mit dem Mord an John Clark zu tun haben könnte, glaubte hier niemand. Weder hatte sie ein Motiv noch hätte sie eine weitere Tat verschwiegen. Allerdings: Was wäre, wenn sie weder Fletcher noch Clark ermordet hätte – und mit ihrem Geständnis jemanden schützen wollte? Doch wer aus ihrem Bekannten- oder Freundeskreis sollte ein Motiv haben, das stark genug wäre, Kyla zu einem solchen Opfer zu bewegen?

Hier käme eigentlich nur der Sohn in Frage. Doch den Beamten schien diese Theorie äußerst unwahrscheinlich. Padma stopfte sich eine Praline in den Mund und musterte ihr Gegenüber eingehend. Sie sah eine Frau mit feinen Gesichtszügen, einer schmalen Nase und wachen, blaugrauen Augen. Kyla trug kein Make-up, kleine goldene Ohrringe waren ihr einziger Schmuck. Leger gekleidet, ein blauer Pullover, eine beige Baumwollhose und feste, schwarze Winterschuhe. Wusste diese Frau etwas über den Verbleib von DS Susan McCoy? Padma startete das Aufnahmegerät, nahm einen Schluck Tee und fragte dann: „Mrs Oliver, war gestern eine Polizeibeamtin bei Ihnen, DS McCoy?“ Padma zeigte ihr eine Fotografie von Susan. „Nein, ich kenne diese Frau nicht. Das habe ich Ihren Kollegen bereits mehrfach gesagt.“ Padma nickte fast unmerklich. „DS McCoy war bis gestern Mittag in Bangor. Sie hat mit Tim Upson, dem Wirt des Black Griffin, und mit Kirsty McGregor gesprochen und ist dann wieder nach Süden gefahren. Gegen sechzehn Uhr wurde ihr Wagen von einer Überwachungskamera an der Autobahnausfahrt nördlich von Bridgwater erfasst. Danach verliert sich ihre Spur, erst gegen neunzehn Uhr taucht der Wagen am Busbahnhof wieder auf. Allerdings verlässt nicht sie das Auto, sondern ein Mann, der dann in einen Bus steigt. Ich frage Sie noch einmal. Haben Sie Susan McCoy gesehen?“ „Und ich frage mich, ob Sie taub oder einfach nur beschränkt sind. Ich habe Ihre Kollegin nicht gesehen. Außerdem war ich gestern am Nachmittag und Abend überhaupt nicht in Bridgwater. Der Freitag ist Frauenabend. Ein paar Freundinnen und ich treffen uns jeden Freitag gegen siebzehn Uhr in Taunton zum Brigde. Ich war erst gegen Mitternacht wieder zu Hause. Sie können meine Nachbarin Lucy Strachan fragen, die ist mit mir gefahren.“ „Ihr Sohn, Mrs Oliver“, fragte Padma weiter, "„sehen Sie den regelmäßig?“ „Ich weiß nicht, in welchem Zusammenhang diese Frage stehen soll.“

„Antworten Sie einfach auf meine Fragen. Das sind alles ganz normale Routinefragen.“

„Seltsame Routine.“ Kyla schüttelte den Kopf. „Könnte ich jetzt eine Tasse Tee haben?“

„Gerne.“ Padma nickte dem Beamten in der Ecke des Verhörraums zu, und dieser schlurfte nach draußen. Aus seinem Gesichtsausdruck schloss Padma, dass er sich sehr schwer tat, der Anweisung einer Frau – und dann noch einer Inderin! – nachzukommen. „Ich habe ein gutes Verhältnis zu meinem Sohn und seiner Familie. Wir sehen uns regelmäßig, und manchmal hört er sogar auf meinen Rat.“ „Weiß er, dass Sie Fletcher ermordet haben?“ „Natürlich nicht. Das ist eine Sache zwischen Fletcher und mir. Das geht meinen Sohn nichts an.“ „So würde ich das nicht sehen. Sie gehen in den Knast, und Ihr Sohn und seine Familie müssen damit leben. Sie müssen akzeptieren, dass ihre Mutter, Schwiegermutter und Großmutter eine Mörderin ist.“ Ein eigenartiges Flackern huschte über Kylas Gesicht, fast so, als hätte sie die Situation noch nie aus dieser Perspektive betrachtet. Doch kurz darauf war sie wieder die Alte. „Na, dann werden sie wohl lernen müssen, mit dieser Tatsache zu leben.“ „Wann haben Sie Ihren Sohn zum letzten Mal gesehen?“ „Also: Ich sage jetzt gar nichts mehr. Lassen Sie meinen Sohn aus dem Spiel!“ In diesem Moment kam der Beamte mit einer Tasse dampfendem Tee in den Verhörsaal zurück. „Verdammt heiß“, knurrte er, „habe mir fast die Finger verbrannt.“ Er stellte die Tasse mit einem verächtlichen Blick auf den Tisch, der zwischen Kyla und der Polizistin stand. „Ich wiederhole meine Frage, wann haben Sie Ihren Sohn zuletzt gesehen?" „Am Samstag Nachmittag, in der vergangenen Woche, nicht heute. Er kam kurz vorbei, um sich irgendwas zu borgen." „Und was, wenn ich fragen darf?" „Keine Ahnung. Er wollte in den Keller und in der Werkstatt meines verstorbenen Mannes etwas suchen. Vermutlich irgendein Werkzeug." Padma wechselte das Thema. „Mrs Oliver, wie haben Sie Harold Fletcher ermordet? Ich weiß, dass Sie den Tathergang bereits geschildert haben. Aber Sie können sich schon mal daran gewöhnen, dass Sie die Geschichte noch zig mal erzählen können, bis ein Gericht Sie verurteilt hat." Kyla runzelte die Stirn, nahm einen Schluck des inzwischen leicht abgekühlten Tees und sagte: „Am vergangenen Sonntag fuhr ich mit dem Auto nach Tintagel. Ich war gegen Mittag dort und parkte oben auf dem großen Parkplatz. Ich blieb in meinem Wagen sitzen und beobachtete den ganzen Platz. Trotz des schönen Wetters kamen nur wenige Touristen, und das war mir ganz recht. So konnte ich den Platz besser überblicken und es bestand nicht die Gefahr, dass ich Fletcher übersehen würde. Gegen dreizehn Uhr sah ich seinen Mercedes anrollen. Er stieg aus und machte sich auf den Weg nach unten." Padma unterbrach sie: „Woher wussten Sie, dass Fletcher auf diesem Parkplatz und nicht anderswo seinen Wagen abstellen würde?" „Ich habe Fletcher in den vergangenen Wochen beobachtet. Es war ziemlich einfach festzustellen, dass er jeden Sonntag Nachmittag nach Tintagel fuhr. Er parkte immer auf dem großen Parkplatz. Dann lief er nach unten, setzte sich ins Café, las Zeitung und trank Kaffee, bevor er sich auf den Weg zur Burg machte. Und das war auch am vergangenen Sonntag der Fall."

Padma nickte und nahm einen Schluck Tee. „Ich ließ mir Zeit und ging in ein Pub, aß Yorkshire Pie, trank dazu ein Newcastle Brown Ale und machte mich ebenfalls auf den Weg zur Burg. Gegen fünfzehn Uhr stieg ich die Treppen hoch, Fletcher saß noch im Café. Ich lief übers Tableau, ließ mir den Wind um die Ohren blasen und sah, wie er ebenfalls die Treppen hochstieg.

Wie eine Spinne in ihrem Netz wartete ich. Ich brauchte mich nicht zu verstecken, denn die Fläche ist groß genug, um ausreichend Abstand zu halten, so dass er mich nicht erkannte. Als er sich auf den Rückweg machte, lief ich auf ihn zu. Von der Seite näherte ich mich, und bevor er mich erkannte, hatte ich ihm auch schon die Spritze mit dem Atropin verabreicht. Seinen Blick vergesse ich nicht, und es befriedigt mich, dass mein Gesicht das Letzte war, was er gesehen hat." „In welchen Arm, Mrs Oliver, haben Sie die Spritze gestochen?" Wenn sie nun noch den rechten Oberarm bestätigte, bleiben eigentlich keine Zweifel an ihrer Täterschaft. „Es war der rechte Oberarm. Ich war keineswegs zimperlich, vermutlich ist ein hässliches Hämatom entstanden. Danach zog ich die Spritze wieder heraus und ging in aller Seelenruhe durch den Ausgang nach unten, lief zu meinem Auto und fuhr nach Hause. Ich hoffte zunächst, dass mein Mord nicht entdeckt wird. Je nach Fähigkeit der Ärzte gar keine so unwahrscheinliche Option ... Doch als ich zwei Tage später in der Zeitung las, dass Flechter ermordet wurde, war es mir klar, dass Sie mich früher oder später finden würden. Aber das war mir egal. Ich hatte mich gerächt." „Sie hätten aber gleich zur Polizei kommen und Ihre Tat gestehen können." „Ja, das hätte ich, aber da ich keine Schuldgefühle verspüre, sondern nur Genugtuung, hatte ich dazu keinen Anlass." Padma wusste nicht, was sie dazu noch sagen sollte. Ratlos erhob sie sich und ging aus dem Zimmer. Bevor sie die Tür hinter sich zuzog, sagte sie zu dem gelangweilten Beamten in der Ecke: „Abführen!"

Kapitel 53 - Samstag, 14.11.2009, Abend

Mit zunehmender Ungeduld verfolgte Hamilton das Verhör von Kyla Oliver. Er wartete auf das Ergebnis der Streife, die zu Martin Oliver, Kylas Sohn, losgeschickt worden war. Der Schotte sah in den Spiegel über dem Waschbecken, das im Zimmer angebracht war. Er stellte mit Erschrecken fest, dass seine Haare immer grauer wurden. Inzwischen überwogen die grauen Haare deutlich und er sah sich schon als großväterlichen Beamten, der im Schaukelstuhl seinen Tee schlürfte. Die Falten im Gesicht wurden auch zunehmend tiefer und seine Wangen immer runder. Er musste mehr Sport treiben. Bis vor einem Jahr war er noch regelmäßig joggen gegangen ...

„Glaubst du, in dem Spiegel steht, wo Susan abgeblieben ist?“, hörte er Debbie wie in Watte gepackt sagen. „Sie ist hinter dem Spiegel“, antwortete er kryptisch und wusste selbst nicht so recht, was er mit der Antwort sagen wollte.

„Der Oliver traue ich nicht über den Weg. So langsam denke ich, die hat Susan genauso eiskalt umgelegt wie Fletcher. Und nur weil wir zu zweit waren, hat sie sich nicht getraut, uns ebenfalls um die Ecke zu bringen.“

Hamilton schüttelte den Kopf: „Nein, die ist keine Serienmörderin. Sie wollte Rache an Fletcher. Warum erst nach vierzig Jahren? Das sollen unsere Psychoklempner herausfinden. Kyla Oliver hat Susan nicht gesehen und schon gar nicht umgebracht.“ „Aber wo steckt Susan?“ „Das ist die Hundert-Dollar-Frage.“ „Diese dusselige Kuh. Wieso hat sie nur ihr Handy zu Hause liegen lassen?“ „Du brauchst dir keine Vorwürfe zu machen“, sagte Hamilton, der spürte, dass irgendetwas an Debbie nagte. „Ach, verdammter Mist“, stöhnte sie und griff instinktiv zu einer Zigarette. Hamilton runzelte die Stirn und Debbie schob den Glimmstängel wieder zurück in die Schachtel. Er hatte schon seit längerer Zeit bemerkt, dass sie wieder mit dem Rauchen angefangen hatte. Nicht dass es ihn irgendetwas anginge, aber er befürchtete, dass der Posten der Ermittlungsleiterin ihr zu sehr an die Nieren ging. Debbie wirkte mehr als angespannt in den vergangenen Wochen, und Hamilton hoffte, dass nichts Ernstes dahintersteckte. „Es ist nur ...“, sagte Debbie schleppend, „... ich hatte in jüngster Zeit die eine oder andere Auseinandersetzung mit Susan, und jetzt ...“ Sie stockte. Jetzt hast du Angst, Susan nicht mehr lebend zu sehen, dachte der Chief Super zu Ende. Er konnte Debbie gut verstehen, ihr aber auch nicht weiterhelfen. Mit diesem Problem musste sie selbst fertig werden, doch Hamilton mochte nicht an das Schlimmste denken. Irgendwo im Innersten seines Unterbewusstseins fühlte er, dass Susan noch lebte und sie bald wieder in ihrem Mercedes sitzend Verbrecher jagen würde. In diesem Moment kam ein Constable herein und bat die beiden mitzukommen. Sie gingen durch einen grauen, tristen Flur mit flackernden Lampen an der Decke und kamen in einen noch trostloseren Verhörraum. Dort saß ein Mann Anfang dreißig auf einem am Boden festgeschraubten Metallstuhl. Martin Oliver war mittelgroß, hatte dünnes, blondes Haar, das fettig an seinem Kopf klebte. Die zierliche Brille auf seiner viel zu groß geratenen Nase wirkte geradezu lächerlich. Zu dem grotesken Äußeren passte ein zerschlissener Ledermantel, unter dem ein grünkarierter Pyjama hervorlugte. Seine Füße steckten in albernen Plüschpantoffeln. So wie es aussah, hatte die Streife ihn aus dem Bett heraus festgenommen, obwohl es erst acht Uhr war. Nervös zupfte Oliver an seinen Haaren und blickte unsicher im Zimmer herum, als suchte er nach einer Fluchtmöglichkeit. „Könnte ich eine Zigarette haben?“, fragte er zögerlich. „Nein“, antwortete Hamilton scharf und knapp. Er setzte sich auf den Metalltisch und starrte Martin Oliver an. Debbie nahm auf einem Stuhl Platz. „Wo ist DS Susan McCoy?“, knurrte Hamilton. Er hatte keine Ahnung, ob Oliver etwas mit dem Verschwinden zu tun hatte, doch es bestand die Möglichkeit, dass er wusste, was seine Mutter getan hatte. Vielleicht hatte er sie sogar dabei unterstützt. Und eventuell war Susan ihm auf die Spur gekommen. Hamilton setzte alles auf eine Karte. Eine andere Möglichkeit sah er zum gegenwärtigen Zeitpunkt auch nicht. „Ich weiß nicht, wovon Sie sprechen. Ich bin krank, und Ihre Kettenhunde haben mich aus dem Bett geholt und hierher geschleift. Ich empfinde die Situation als entwürdigend und möchte sofort meinen Anwalt sprechen.“ Das war nicht die Antwort, die Hamilton erhofft hatte. Auf der anderen Seite war Olivers Reaktion etwas zu heftig für jemanden, der unschuldig im Pyjama in einem polizeilichen Verhörraum saß.

„Mr Oliver, wir haben Beweise, dass Sie DS McCoys Wagen gestern Abend am Busbahnhof abgestellt haben und in die Buslinie 21 gestiegen sind. Die Überwachungskamera hat Sie erfasst, und wir haben die Aussagen von Zeugen. Also, spielen Sie nicht den Unschuldigen. Was haben Sie mit Susan McCoy gemacht?" Die Selbstsicherheit, die Oliver noch vor wenigen Augenblicken erlangt hatte, war wie weggeblasen. Wieder zupfte er an seinen fetten Haaren herum. „Heraus mit der Sprache!" Hamilton hatte sich nun bedrohlich über ihn gebeugt und spürte, dass selbst Debbie glaubte, er würde ihm gleich an die Gurgel gehen. „Ich habe nichts ... ich weiß nicht." Schweißtropfen traten auf Martin Olivers Stirn. „Ich bin allein zu Hause. Meine Frau und die Kinder sind vor acht Wochen ausgezogen. Ich habe meine Familie verloren. Können Sie sich das vorstellen?" „Ja, das kann ich, aber es interessiert mich überhaupt nicht", entgegnete der Schotte. „Ich will nur wissen, was Sie mit Susan McCoy gemacht haben." „Ich habe niemals irgendjemanden etwas getan. War viele Jahre lang ein guter Ehemann und Familienvater, und jetzt zerbricht meine ganze Welt. Womit habe ich das verdient? Ich ... ich bin nicht blöd. Ich kann eins und eins zusammenzählen." Jetzt war Hamilton etwas verwirrt und äußerst gespannt auf Olivers Geschichte. „Meine Mutter war in den vergangenen Monaten verändert. Irgendwie angespannt. Ich habe sie fast nicht wiedererkannt. Als würde sie ein dunkles Geheimnis hüten. In den letzten Wochen habe ich versucht herauszufinden, was hinter der Sache steckt. Zufällig habe ich in ihrem Auto mehrere Parktickets aus Tintagel gefunden. Als dann am Dienstag in der Zeitung stand, dass Harold Fletcher ermordet wurde, habe ich schon das Schlimmste befürchtet. Was ist da nur geschehen? Die ganze Woche habe ich versucht herauszufinden, ob meine Vermutungen richtig waren. Ich war froh, dass ich tagsüber zur Arbeit gehen konnte und nicht ständig an den toten Fletcher denken musste. Gestern wollte ich nach der Arbeit zu ihr fahren und meine Mutter fragen, ob sie etwas mit dem Mord zu tun hat. Es ist doch ein sonderbarer Zufall, nicht wahr? Ein Mann aus Bangor stirbt an einem Ort, den meine Mutter, die ebenfalls in Bangor gelebt und gearbeitet hat, seit geraumer Zeit regelmäßig besucht.

Ich hatte ganz vergessen, dass meine Mutter freitags nach Taunton zur Damenrunde fährt. Ich ging ins Haus und wollte warten, bis sie wieder kommt.“

Oliver machte eine kurze Pause und schloss dann die Augen, bevor er fortfuhr.

„Und dann klingelt es an der Haustüre. Als die Polizistin vor mir stand, habe ich die Nerven verloren. Die Polizei war meiner Mutter auf den Fersen, und ich spürte, wie ich nach meiner Frau und den Kindern auch noch meine Mutter verlieren würde. Ich nahm den alten Spazierstock meines Vaters, der immer noch an der Garderobe hinter dem Eingang stand, und schlug zu. Es tut mir leid. Ich wusste in diesem Moment nicht, was ich tat.“ „Mein Gott, Mann!“, schrie ihn Debbie an. „Was haben Sie dann mit Susan gemacht?“ „Ich habe sie in den Kofferraum gelegt und raus zur alten Scheune meines Großvaters gebracht. Dort ist ein Kellerraum. Ich wusste nicht, was ich tun sollte. Es tut mir so leid.“ „Ist Susan tot?“ „Ich glaube ja. Sie hat sich nicht mehr bewegt. Ich weiß es nicht ...“ Oliver begann zu schluchzen. „Wo ist diese verdammte Scheune?“ Debbie packte ihn am Kragen und zog ihn hoch. „Sie kommen jetzt mit und zeigen uns die Scheune!“ Wenn Susan noch leben sollte, musste sie so schnell wie möglich gefunden werden. Hamilton spürte, wie sich seine Eingeweide zusammenzogen

Die Scheune der Olivers lag nur ein paar hundert Meter östlich von Horsey am Rande eines kleinen Wäldchens. Padma Shanka hatte von irgendwoher einen Schneepflug organisiert, und dem folgten die Polizisten, DCS Hamilton, DCI Steer und DI Shanka in einem Landrover. Martin Oliver saß ebenfalls im Wagen – schweigend und in Handschellen. Dem Landrover folgte ein zweiter mit Beamten aus Bridgwater und diesem wiederum ein Krankenwagen mit einem Notarzt. Nach einer schier endlosen Fahrt durch eine tief verschneite Winterwelt kamen sie an der Scheune an. Niemand hatte während der ganzen Fahrt ein Wort gesprochen, zu angespannt war die Atmosphäre. Hamilton zog

Oliver aus dem Auto. „Wo ist Susan?“, brüllte er den Mann an, der in der letzten Stunde sichtlich um Jahre gealtert war. Seine fettigen blonden Haare wirkten nun grau, sein Gesicht war eingefallen und hatte sämtliche Farbe verloren. Oliver ging voraus, schob eine wacklige Türe auf und stapfte im Schein mehrerer Taschenlampen über den betonierten Boden der leeren Scheune. Offenbar waren hier früher landwirtschaftliche Maschinen gelagert worden, wofür die vielen Öl- und Fettflecke auf dem Boden sprachen. Es war feuchtkalt und Hamilton mochte nicht daran denken, wie Susan sich fühlen musste, wenn sie noch am Leben war.

In der hintersten Ecke war ein Treppengeländer zu erkennen. Die Treppe führte nach unten in einen langen Flur, der auf der einen Seite drei Stahltüren hatte. Oliver zeigte auf die mittlere Türe und musste sich übergeben. Hamilton nahm ihn beiseite und übergab ihn an einen Beamten aus Bridgwater. Derweil hatte Debbie den in der Tür steckenden Schlüssel zweimal gedreht. In dem Moment, als sie gerade die Hand an die Klinke legen wollte, senkte sich diese und die Tür öffnete sich. Hamilton erschrak beim Anblick von Susan, die Debbie in die Arme sank. Aber sie lebte – und das war das Wichtigste.

Kapitel 54 - Montag, 16.11.2009, Vormittag

Der gesamte Süden Englands war unter einer dicken Schneedecke begraben. Sogar die subtropischen Gärten an den cornischen Küsten lagen unter der weißen Schicht aus feinen Eiskristallen. Während die Menschen sich langsam mit dem unerwartet heftigen Wintereinbruch arrangierten und die wichtigsten Verkehrswege einigermaßen freigeräumt wurden, freuten sich besonders die Kinder über die Bilderbuchlandschaft, die auf der britischen Insel entstanden war, denn zunächst fiel an den meisten Schulen der Unterricht aus. Während draußen der Winter seinen Lauf nahm, saßen DCS Hamilton, DS Parker, DCI Steer, PCI Wynham, DI Miller, DS Norman, DS Ward und DC Hughes in Parkers Besprechungszimmer und analysierten den Fall Fletcher. Aufgrund der unsicheren Straßenverhältnisse hatte Parker darauf verzichtet, die Beamten aus Bodmin nach Exeter zu zitieren. Steve Parker leitete die Besprechung, obwohl Hamilton nicht nur ranghöher, sondern auch noch direkter Vorgesetzter war. Doch Hamilton hatte keine Lust, sich in die erste Reihe zu drängen. Mit Unbehagen dachte er an die Pressekonferenz, die für den Nachmittag anberaumt war. Er hasste die hungrige Meute der Journalisten, die am liebsten blutige Schreckensnachrichten verbreiteten und mehr Freude am mörderischen Spektakel als an einer guten Polizeiarbeit hatten. Vermutlich würden diese Geier es bedauern, dass Susan mit ein paar Schrammen und einem ordentlichen Schock davongekommen ist. Für die Presse wäre ein Polizistenmord ein gefundenes Fressen, an dem sie sich weiden könnten. Hamilton bewunderte die Ruhe und Gelassenheit, mit der Rebecca die Pressekonferenzen meisterte, egal wie hektisch und chaotisch es dabei zuging. Er selbst hatte diese Ruhe nicht. Sein Antrieb war es, Verbrecher dingfest zu machen. So schnell und so effektiv wie möglich. Daher war er mit dem Verlauf des Fletcherfalls eher unzufrieden. Die Mörderin war zwar gefasst und auch ihr Sohn saß hinter Gittern, doch Hamilton sah in Fletcher den wahren Schuldigen. Eigentlich hatte er zwei Verbrechen an Kyla Oliver geborene Heyfron verübt: Neben der Vergewaltigung hatte er sie zur Mörderin gemacht. Das Gesetz war eindeutig, der Tod Fletchers war eindeutig ein Mord. Er war geplant und heimtückisch. Nein, Hamilton war nicht zufrieden. Viel lieber hätte er einen irren Mörder, einen habgierigen Teilhaber oder Sohn überführt. Aber so einfach wie in alten Hollywood-Filmen war das Leben nur selten, und plötzlich beschlich ihn das Gefühl, dass er auch nicht viel besser war als die Journalisten. Irgendwann riss er sich von seinen eigenen Gedanken los und hörte zu, was die Beamten des CID zu bereden hatten.

„Der Fall ist ganz klar und könnte klarer nicht sein“, sagte Debbie bestimmt. „Wir haben den Mörder von Harold Fletcher, definitiv. Es gibt an der ganzen Sache nichts zu rütteln. Kyla Oliver hat gestanden und die Überprüfung der Überwachungskameras aus Tintagel hat ihre Aussage bestätigt. Sie war zur Tatzeit am Tatort." „Und was ist mit dem Mord an John?", fragte Rachel. „Wie hängt der mit dem Ganzen zusammen? Da muss es doch eine Verbindung geben." „Das ist eine gute Frage. Ich glaube aber nicht, dass Kyla Oliver oder ihr Sohn John getötet haben", antwortete Debbie. „Könnte es aber nicht doch der Sohn gewesen sein?" Emma legte ihren Zeigefinger an die Nase und fuhr fort: „Stellen wir uns einfach vor, er hätte seine Mutter schützen wollen und, so wie er Susan aus dem Verkehr gezogen hat, John getötet. Vielleicht war John auf etwas gestoßen, das uns bislang verborgen geblieben ist." Parker schüttelte den Kopf. „Nein. Das ist doch mehr als unwahrscheinlich. Bei Susan hat Martin Oliver den Kopf verloren. John wurde richtiggehend hingerichtet. Das war absolut professionell. Ich glaube, hier tappen wir noch komplett im Dunkeln." „Und wenn Martin Oliver ein irrer Serienkiller ist?" „Nein, Emma. Wir überprüfen Olivers Alibi, aber ich denke, wir können seine Täterschaft ausschließen." „Aber Sir, so wie ich das sehe, haben wir dann nichts. Das heißt, wir müssen komplett von vorne anfangen." „Richtig, Emma, wir beginnen im Todesfall John Clark nochmals neu. Irgendwo haben wir etwas übersehen", stellte Parker fest. „Vielleicht haben wir aber auch nichts übersehen und müssen tiefer in Johns Leben eintauchen. Trevor und ich haben in nur zwei Tagen schier Unglaubliches erfahren. Wenn es in Johns Leben weitere Geheimnisse gibt, sollte mich das überhaupt nicht mehr wundern." „Was meinst du damit?", fragte Emma, die von den Ermittlungen um Johns Tod bislang nur wenig wusste. „John führte ein Doppelleben. Eines hier in Exeter und eines – mit diversen Freundinnen und Liebschaften – in Totnes", berichtete Rachel. „Zuletzt hatte er neben seiner Freundin, die er heiraten wollte, ein Verhältnis, zumindest aber Sex mit der Pfarrersfrau." Emma sah Rachel mit offenem Mund ungläubig an. Sie musste erst einmal schlucken und trank dann aus dem Wasserglas, das vor ihr auf dem Tisch stand. „Außerdem ignorierte er großzügig das Betäubungsmittelgesetz", fuhr Rachel fort. „Es sollte mich nicht wundern, wenn da noch ganz andere Sachen zutage kämen." „John hätte nie ... Ich kann es nicht glauben", stammelte Emma. „Emma?", fragte nun Debbie. „Ist dir jemals etwas an John aufgefallen? Jetzt, wo wir wissen, dass er nicht das Muttersöhnchen war, für das wir ihn alle gehalten haben – jedenfalls schaffte er es, sich seinen Freiraum zu verschaffen – ... gibt es da irgendwas, das aus jetziger Sicht anders bewertet werden muss als bislang?" „Nein. Ich glaube nicht. Ich weiß nicht, was ich sagen soll. Ich ... keine Ahnung." Emma schien vollkommen überrumpelt zu sein. „Debbie, wie gehen wir jetzt weiter vor?", fragte Steve Parker. „Wir warten immer noch auf alle Auswertungen von Pauline." Diese hob entschuldigend die Hände und meinte: „Es tut mir leid, aber so schnell wie im Fernsehen sind wir nicht. Es dauert sicherlich noch einige Zeit, bis wir alle Auswertungen haben. Ich kann nur eines sagen: Wir haben absolut keine Spuren vom Tatort, die auf einen Täter schließen lassen. Das bedeutet, dass wir es entweder mit einem Profi zu tun haben oder dass der Täter unverschämtes Glück hatte, weil die wenigen Spuren, die er hinterlassen hat, nicht auffällig waren." „Was heißt das, DI Miller?", fragte Parker. „Das heißt, dass wir unendlich viele Fasern und Fingerabdrücke haben. Die bringen uns aber gar nichts, weil sie von Fletchers Kleidung oder irgendwelchen Gästen stammen können. Und solange wir keinen Verdächtigen haben, können wir auch keine Vergleiche anstellen." „Und dann", fuhr Debbie fort, „machen wir uns intensiv daran, weitere Details aus Johns verborgenem Leben ausfindig zu machen, wie Rachel es schon angedeutet hat. Mehr kann ich dazu nicht sagen. Rachel und Trevor werden weiter intensiv ermitteln, unterstützt von den Constables. Ich selbst schalte mich ebenfalls in die Ermittlungen ein, während Emma den Papierkram im Fall Fletcher bearbeiten wird." Emma gab einen lauten Seufzer von sich. „Es tut mir leid, Emma," sagte Debbie. „Aber ich denke, das ist das Beste. In den Fletcherfall bist du ohnehin involviert. Ja, und dann hoffe ich, dass wir dabei einen Schritt weiterkommen und irgendwann den Durchbruch schaffen." „Und was soll ich der Presse erzählen?", fragte Rebecca. „Ich brauche schon was Handfestes.“ „Ich denke, dass die Festnahme von Kyla und ihrem Sohn fürs Erste reichen sollten“, meinte Debbie. „Du weißt schon, was du sagen musst.“

Kapitel 55 - Mittwoch, 18.11.2009, Nachmittag

Der Exwick Cemetry lag im Osten Exeters. Elizabeth Curry war die erste Person, die hier im Jahre 1877 begraben wurde. Zwei Jahre später folgte der Träger des Viktoriakreuzes, George Hollis und auch der „Held des River Exe“, Frank Shooter, der tausenden Briten das Schwimmen beigebracht und mehr als zweihundert Menschen vorm Ertrinken gerettet hat, lagen hier.

Jetzt bedeckte eine dicke Schneeschicht den parkartigen Friedhof, was die buchstäbliche Friedhofsruhe noch verstärkte. Daran änderte auch nichts, dass dutzende Polizisten, allen voran Chief Constable John Marshall, in ihren blauen Uniformen um ein frisch ausgeschaufeltes Grab herumstanden. Zu der fast unerträglichen Stille gesellte sich eine eisige Kälte. Hamilton fühlte sich selbst wie gelähmt. Seine Blicke wanderten über die vielen Polizisten, deren Blicke zumeist leer wirkten. Emma Hughes ließ den Tränen freien Lauf und wurde von ihrem Freund David gestützt. Daneben stand Susan und sah aus wie der Tod höchstpersönlich, was freilich nicht verwunderlich war. Hamilton hatte nicht damit gerechnet, sie überhaupt auf der Beerdigung zu sehen.

Geradezu grotesk wirkten die beiden Frauen, die rechts und links des Grabes standen. Ruth Clark, wie in Stein gemeißelt, eingepackt in einen modischen Nerzmantel, verzog keine Miene. Ihr gegenüber heulte sich Harriet Rutherwood fast die Seele aus dem Leib. Sie trug eine billig wirkende Winterjacke in aufdringlichem Rot und eine Norwegermütze.

Hamilton hatte keine Ahnung, ob Mutter und Freundin einander vorher schon einmal gesehen hatte, bezweifelte dies jedoch stark. Er fror. Britische Polizeiuniformen waren nicht wintertauglich. Ein Blick über die Gesichter der Kollegen zeigte ihm, dass es den anderen auch nicht anders ging.

Plötzlich wurde die Stille noch eindringlicher. Sechs Polizisten – darunter Gordon Douglas und Trevor Norman – kamen, den Sarg tragend, aus der Kapelle, in der die Trauerfeier stattgefunden hatte und näherten sich gemäßigten Schrittes dem Grab. Dort angekommen setzten sie den Sarg ab. Reverend True-May sprach ein Gebet. Es folgte das gemeinsame „Vater unser". Dann wieder unbarmherzige Stille. Die sechs Polizisten nahmen den Sarg ein letztes Mal auf und senkten ihn mit Hilfe von Seilen langsam in das nackte Grab. In diesem Moment kippte Harriet Rutherwood ohnmächtig zur Seite und konnte gerade noch vom Reverend aufgefangen werden.

Kapitel 56 – Tagebuch

Das Licht der Nacht

Das Licht der Nacht ist über uns gekommen
Der Schein ist bunt
und voller grauer Bilder
wir sitzen hier
in unserem selbsterschaff'nen Nest aus Plüsch und Gold
und lachen bittersüß

Und wenn du mich fragst
mein Kind
nach Wahrheit und nach Wirklichkeit
antworte ich dir:
„Es geht mir gut,
sieh doch der Lichter Glanz."

Und dann schärfe ich mein Lächeln
und tanze
einsam in die Nacht hinaus

Kapitel 57 - 27. März 2010, Nachmittag

Der Winter war kalt und schneereich gewesen. Selbst im gewöhnlich milden Südwesten lag die weiße Pracht über viele Wochen. Und hatte ein milder Wind gerade die letzten Schneereste vertilgt, machte sich das nächste Tief daran, für Nachschub zu sorgen. Die Älteren schwelgten in Erinnerung an den kalten Winter der Jahre 1946/47, der wiederum als der kälteste Winter seit 1814 galt.

Die gängige Aussage, dass der Winter der kälteste seit Menschengedenken war, hatte eine gewisse Gültigkeit: denn das Menschengedenken beträgt aller Erfahrung nach rund drei Jahre. Tatsächlich war der Winter 2009/10 mit einer Dezembertemperatur von 2–3 Grad unter dem langjährigen Mittel der kälteste Winter seit 1978/79, und in Schottland brachte er sogar einen Kälterekord.

Die Kinder liebten den Winter mit seinem Schnee, endlich gab es nicht nur in kitschigen Amifilmen eine weiße Weihnacht. Die Erwachsenen fügten sich in die tatsächlichen Verhältnisse. Wer romantisch veranlagt war, genoss die Stimmung. Die Praktiker schnappten am frühen Morgen ihre Schneeschaufel und verspeisten dann ihr Rührei und den gebratenen Speck mit Appetit und ohne schlechtes Gewissen.

Und für die Polizei war der Winter zwar arbeitsreich: Es gab deutlich mehr Verkehrsunfälle als üblich. Die Straftäter zeigten sich dagegen eher zahm. Entweder waren sie auch dem Zauber der Winterwelt verfallen oder es war ihnen schlichtweg zu kalt.

Also stürzten sich die Beamten auf die ungelösten oder gerade abgeschlossenen Fälle. Doch trotz der enormen Anstrengungen gab es im Fall John Clark keine brauchbaren Erkenntnisse. Sein Tod war ein unfassbares Mysterium. Die wenigen Personen, die ein Motiv hätten haben können, hatten ein wasserdichtes Alibi.

Debbie war frustriert. Parker begann die ganze Sache langsam zu verdrängen, und Hamilton befürchtete den Fall nie lösen zu können. Die Polizeispitze ging inzwischen, zumindest offiziell, von einer Zufallstat eines psychisch gestörten Täters aus, der nicht im Südwesten beheimatet war. Halbherzig suchte man nach ähnlichen Tatmustern im restlichen England.

Aber langsam verlor dieser Fall die oberste Priorität. Spätestens nach dem Doppelmord in einem Hotel in Exeter und der Entführung eines Universitätsprofessors Mitte März stürzten sich Medien und Polizei auf die aktuellen Fälle.

Debbie beließ lediglich Roger Convery und Zoe Weston bei den Ermittlungen, und selbst die beiden wussten nicht mehr, wo und was sie eigentlich ermitteln sollten. Wie es aussah, würde dieser Mordfall, der die Polizei bewegt hatte wie selten einer zuvor, in die lange Reihe der ungelösten Fälle eingereiht werden.

Am letzten Märzsamstag hatten die Frühlingsboten die Kunde von der nahenden Jahreszeit gebracht. In Hamiltons Garten blühten Veilchen und Primeln, und die Vögel sangen in der immer noch wilden Hecke. Duke, der Weimaraner, erhob sich aus seinem Ledersessel, einem Erbstück aus dem Hause Hamilton, den er seinem Herrchen abgetrotzt hatte, lief zur Haustüre und begann wie wild zu bellen. Die Post war gekommen.

Unter etlichen Rechnungen und noch mehr Werbung fand der Chief Super ein dickes Päckchen. Die Schrift und der Absender waren ihm bekannt. Hamilton ging zur Bar, goss sich einen großen Schluck Lagavulin in ein Glas und setzte sich auf das rote Ledersofa. Mit großer Spannung und etwas unguten Gefühlen machte er sich daran, das Päckchen zu öffnen. Doch vorher genehmigte er sich einen großen Schluck.

Das Päckchen hatte einen Poststempel vom Vortag. Hamilton schüttelte verwundert den Kopf. Hatte sich irgendwer einen derben Spaß erlaubt? Seine Neugierde wuchs. Er wickelte das Papier ab und hielt plötzlich ein Buch in seiner Hand.

Hamilton nahm einen weiteren Schluck des torfigen Malts. Er öffnete das Buch und ein Brief fiel ihm entgegen. Mit etwas zittrigen Fingern öffnete er den Umschlag und zog ein Blatt hervor: Ein Brief von John Clark. An ihn adressiert.

Sehr geehrter Chief Superintendent,

wenn Sie diesen Brief lesen, werde ich schon lange von dieser Welt verschwunden sein und ich hoffe, Sie und die Polizei wissen noch immer nicht, wie ich zu Tode gekommen bin.

Ich stelle mir gerade vor, wie Sie jetzt da sitzen, mit einem Glas Whisky in der Hand und einem ziemlich irritierten Gesichtsausdruck. Es tut mir auch nicht leid, denn diesen Spaß wollte ich mir noch gönnen.

Doch, es tut mir leid. Es tut mir vor allem um Harriet leid. Aber ich hätte ihr ein weiteres Leben an meiner Seite nicht zumuten können. Und es tut mir leid um Emma. Ich habe sie wirklich gemocht.

Aber es ist jetzt nicht an der Zeit, sentimental zu werden. Ich habe mir meinen Entschluss lange überlegt und ich bin mir sicher, dass ich das Richtige tue.

Und wenn ich mich schon vom Diesseits ins Jenseits bewege, dann doch wenigstens so, dass alle was davon haben. Einmal im Leben möchte ich im Mittelpunkt stehen, und deshalb werde ich eine kleine Show veranstalten. Ich hoffe, es funktioniert, und wenn Sie diese Zeilen in Händen halten, dann hat es auch geklappt.

Wenn Sie sich wundern, dass dieses Päckchen erst heute bei Ihnen eintrifft, dann liegt es daran, dass ich der Polizei ein bisschen Zeit geben wollte, den Fall zu lösen. Ich habe dafür gesorgt, dass es erst am 26. März, meinem Geburtstag, aufgegeben wird. Als letztes Geburtstagsgeschenk sozusagen.

Ich will keine langen Worte machen. Als Erklärung für meine Entscheidung habe ich mein Tagebuch beigelegt, das sicherlich vieles verständlich machen wird.

Warum ich die Wohnung Fletchers gewählt habe, ist einfach. Das wird eine ganz schöne Verwirrung stiften und bringt vermutlich keinen Unschuldigen in Schwierigkeiten. Spuren dürften Sie ja keine gefunden haben. Ich habe mir alles ganz gut überlegt. Ich werde mir eine Plastiktüte über den Kopf ziehen und dann Handschellen anlegen. Dafür habe ich noch genügend Luft.

Ich bedauere nur, dass ich die dummen Gesichter der Kollegen nicht sehen kann.

Sir, ich schreibe an Sie, weil Sie als Chef der Kriminalpolizei auch mein Chef waren und die Verantwortung für die Lösung eines Falles haben. Daher ist es nur fair, Ihnen diese zu präsentieren.

Ich will jetzt – in einer meiner letzten Stunden –nicht jammern. Ich hatte meine Chance und habe sie nicht genutzt. Es hat einfach keinen Sinn mehr, so oder irgendwie weiterzumachen.

Ich wünsche Ihnen und dem Team alles Gute für die Zukunft. Vielleicht sehen wir uns irgendwann einmal wieder – in einem besseren Leben. Ich glaube schon.

Hochachtungsvoll,

Ihr John Clark.

P.S. Kraulen Sie Ihren Hund von mir.

Hamilton ließ den Brief sinken, nahm das Glas und leerte es. Er schüttelte den Kopf. Langsam las er die Zeilen ein zweites und ein drittes Mal durch.

Warum hatte John sich selbst umgebracht? Oder war er gezwungen worden, diese Zeilen zu schreiben?

Nein. John wählte den Selbstmord und wollte eine Inszenierung. Einmal im Leben im Mittelpunkt stehen, einmal eine eigene Entscheidung treffen.

Der Chief Super stand auf, ging zur Bar und füllte sein Glas aufs Neue. Dann nahm er das Tagebuch und begann zu lesen.

Am Abend kam Rebecca nach Hause und wunderte sich, dass sich nichts verändert hatte, seit sie gegangen war. Hamilton wollte nämlich eigentlich ein Regal aufbauen.

„Wenigstens den Abwasch hättest du machen können“, sagte sie leicht ärgerlich.

Und als sie sah, dass er mit einem Glas Whisky, das sicherlich nicht das erste war, und einem Buch auf dem Sofa saß, war ihre Wut greifbar.

„Hallo mein Liebes, bevor du dich jetzt in einen Wutanfall hineinsteigerst, atme mal ruhig durch, komm her und nimm dir auch ein Glas mit. Wir haben Post von John Clark bekommen."

Entgeistert schaute sie Hamilton an. „Bist du schon so besoffen?"

„Ich wünschte, ich wäre es."

„Wie jetzt?"

„Komm erst mal her."

Langsam ging sie zum Sofa und setzte sich neben Hamilton. Der erzählte ihr alles, was er in den vergangenen fünf Stunden gelesen hatte.

„Das ist nicht dein Ernst?"

„Es sieht aber so aus, als ob es stimmt."

„Und jetzt?"

„Keine Ahnung. Erst mal eine Nacht darüber schlafen. Was würdest du machen?"

„Das ist eine gute Frage."

„Was bringt es, wenn ich Debbie am Montag das Tagebuch und den Brief vorlege?"

„Der Fall ist geklärt."

„Und wenn ich nichts mache, ist der Fall auch geklärt. Jedenfalls kann er zu den Akten gelegt werden."

„Du meinst doch nicht ..." Rebecca Wynham sah Hamilton mit zusammengekniffenen Augen an.

„Doch, genau das meine ich. Wem ist geholfen, wenn die Öffentlichkeit die Sache erfährt? Niemandem!", beantwortete er seine Frage gleich selbst. „Im Gegenteil. Johns Andenken ist erheblich beschädigt, die Presse zerreißt sich das Maul, die arme Harriet und Johns Mutter müssen noch mehr erleiden. Nein. Ich glaube, das ist es nicht wert."

„Aber bist du nicht der Wahrheit verpflichtet?"

„Was ist Wahrheit? Diese Frage trieb schon den alten Pontius Pilatus um. Wahrheit ist immer eine Frage des eigenen Standpunktes. Das ist wie bei der Sache mit den Terroristen und den Freiheitskämpfern. Und hier geht es um Mord oder Selbstmord. Um eine fähige oder unfähige Polizei. Ich denke, mein Renommee wird nicht unendlich darunter leiden, wenn mal ein Fall nicht aufgeklärt wird."

„Na ja, du magst ja recht haben. Kannst du das aber auch verantworten?"

„Ich muss verantworten, dass ich schon zwei Menschen erschossen habe, wenn auch im Dienst. Da ist eine Unterschlagung eines Beweises sicherlich nichts, was mir dauerhaft schlaflose Nächte beschert. Im Übrigen, wer weiß denn, dass ich dieses Päckchen bekommen habe?"

„Der Postmann zum Beispiel."

„Aber der weiß nicht, was drin war. Es hätte irgendein Buch sein können."

„Und der Absender des Tagebuchs?"

„Der wusste nicht, was sich darin befindet. Vermutlich hatte es irgendein Notar in Verwahrung."

„Und wenn der bei dir oder sonst wem nach dem Verbleib des Buchs nachfragt?"

„Ich habe doch gar nichts bekommen."

„Bob, du bist einfach unmöglich."

„Anders wird man auch nicht Chief Super."

Die beiden saßen noch eine ganze Weile schweigend nebeneinander auf dem Sofa. Irgendwann stand Hamilton auf und warf das Tagebuch samt Brief in den offenen Kamin, wo das wohlig warme, knisternde Feuer die Aufzeichnungen von John Clark für immer verschlang.

Kapitel 58 – 20. Juli 2010, Nachmittag

Es war ein schöner Nachmittag. Die Sonne stand am blauen, von nur wenigen Wolken durchzogenen Himmel, und der River Exe zog langsam nach Süden, wo er schon bald in den Ärmelkanal münden würde. Ein leichter Wind strich über den Riverside Valley Park in Exeter und brachte das salzige Aroma des Meeres mit in die Stadt. Jedenfalls glaubte Bob Hamilton, deutlich das Meer zu riechen.

Er stand im Schatten einer alten Ulme und wunderte sich, dass sie noch nicht dem Ulmensterben, der verheerenden Pilzkrankheit, die seit Jahrzehnten sämtliche Ulmen dahinrafft, zum Opfer gefallen war. Neben ihm stand Rebecca Wynham, die einmal mehr umwerfend aussah, wie der Chief Super fand. Ihre rotblonden Haare waren zu einem Pferdeschwanz zusammengebunden, und sie trug ein lindgrünes Sommerkleid, das kurz oberhalb der Knie endete. Insoweit waren beide kniefrei, da Hamilton seinen Kilt trug.

Etwa fünfzehn Meter von den beiden entfernt stand ein an vier Stangen gehaltener Baldachin aus Seide und Samt und darunter die offensichtlich hypernervöse Emma Hughes. David, der neben ihr stand, war nicht weniger aufgeregt. Beide trugen einen Tallit, den jüdischen Gebetsmantel, der im liberalen Judentum auch von Frauen getragen werden kann.

Rabbi Alexandra Rosen-Berry von Davids Heimatgemeinde, der Finchley Progressive Synagogue aus London, sprach die Segensworte über den Wein und die Chuppa, also den Traubaldachin. Danach trank das Brautpaar den Wein und David steckte seiner Braut den Ehering an den Finger. Dabei sagte er: „Durch diesen Ring bist du mir angelobt nach dem Gesetz Moses und Israels."

Danach verlas der Rabbi die Ketubba, die Heiratsurkunde, die von beiden Ehepartnern unterschrieben wurde. Es folgten die sieben Hochzeitssegensprüche, und wieder trank das Ehepaar einen Schluck Wein. David zerbrach das Glas mit seinem Fuß, und plötzlich setzte ein fast unheimlicher Lärm ein. Die Hochzeitsgesellschaft rief dem Brautpaar lauthals „Masel tov“ zu, den traditionellen Glückwunsch. Damit war die Trauungszeremonie offenbar zu Ende, wie Hamilton mutmaßte. Leicht hilflos suchte er Augenkontakt mit Becks, die ihn mit einem entwaffnenden Lächeln noch unsicherer machte.

„Was ist mit dir los, verstehst du etwa kein Hebräisch?“, fragte sie spöttisch.

„Du etwa?“

„Klar doch, du müsstest doch wissen, dass ich die Tochter eines Pfarrers bin, und hebräisch hat mich schon immer fasziniert.“

„Du erstaunst mich jeden Tag aufs Neue“, gab Hamilton stirnrunzelnd von sich. „Und was kommt jetzt?“

„Keine Ahnung, so gut kenne ich mich im Reformjudentum nicht aus, aber ich vermute mal, es geht jetzt so weiter wie bei christlichen Hochzeiten.“

„Und das heißt?“

„Mann, du kannst Fragen stellen. Es gibt ein Fest.“

„Und wo soll das stattfinden?“

„Mein Lieber, hast du die Einladung nicht gelesen?“

„Nein“, gestand ein leicht zerknirschter Chief Super.

„Es gibt hier im Park einen Aperitif, und dann gehen wir ins Rosebud Manor.“

„Den Nobelschuppen?“

„Genau. Und dort gibt es eine ganz normale Hochzeit mit Musik, Tanz und gutem Essen. Du kennst die jüdische Küche?“

„War die Frage ernst gemeint?“

Rebecca lachte laut. „Gehackte Leber und gefilte Fisch, du wirst schon sehen, was es gibt. Sicherlich einen guten Rotwein.“ Dann stutzte sie. „Leider kann ich keinen trinken.“

Hamilton sah sie erneut verwundert an.

„Wir sind schwanger, mein Lieber.“

Dann nahm sie seine Hand und zog ihn in Richtung Brautpaar. „Wir müssen dem jungen Glück schließlich gratulieren.“

Schlusswort

Dass das Buch, das Sie jetzt in Händen halten auch tatsächlich erschienen ist, liegt am großen Erfolg meines ersten Krimis „Kopflos in Cornwall“, also an Ihnen selbst. Die Erwartung meiner Leser, einen Nachfolgeband lesen zu können, war für mich überwältigend. Mit „Mörderischer Sturm“ hoffe ich, diese Erwartungen erfüllen zu können.

Sich eine Geschichte auszudenken und niederzuschreiben ist eine Sache. Wobei dies um so leichter von der Hand geht, wenn man sich vom Flair der britischen Inseln inspirieren lässt. Denn tatsächlich ist ein großer Teil dieses Krimis in Cornwall und den Pentland Hills (Schottland) geschrieben worden. Meine Protagonisten sind für mich lebendig geworden, ich lerne sie immer besser kennen und wundere mich bisweilen, welche Überraschungen sie für mich bereithalten. Vor allem mit Bob Hamilton und Debbie Steer habe ich bisweilen meine Auseinandersetzungen, wenn sie sich nicht so verhalten, wie ich es eigentlich vorgesehen habe. Aber das ist eine andere Geschichte ...

Zur Realisierung eines Buches bedarf es jedoch nicht nur eines Autors sondern vieler weiterer Personen. Mein Dank gilt besonders meinen Test- und Korrekturlesern Ina Fischer, Simone Hölker und Vita Funke, die mir viele wertvolle Hinweise geben konnten. Ein weiterer Dank geht an Carla Gromann, die für das Layout und die Umschlagsgestaltung verantwortlich ist. Ebenfalls danken möchte ich meinem Freund, Dr. Peter Hafner, der mich in medizinischen Fragen beraten hat.

Zum Schluss der Dank an die wichtigsten Personen, ohne die das Buch nicht entstanden wäre. Ich danke meiner Frau Petra sowie meinen Kindern Noa und Ladina für ihre Geduld und Nachsicht mit mir, wenn ich mal wieder, anstatt mich meiner Familie zu widmen, mit meinem Hund und dem Notebook in einer stillen Ecke verschwunden bin.

tredition®

www.tredition.de

Über tredition

Der tredition Verlag wurde 2006 in Hamburg gegründet. Seitdem hat tredition Hunderte von Büchern veröffentlicht. Autoren können in wenigen leichten Schritten print-Books, e-Books und audio-Books publizieren. Der Verlag hat das Ziel, die beste und fairste Veröffentlichungsmöglichkeit für Autoren zu bieten.

tredition wurde mit der Erkenntnis gegründet, dass nur etwa jedes 200. bei Verlagen eingereichte Manuskript veröffentlicht wird. Dabei hat jedes Buch seinen Markt, also seine Leser. tredition sorgt dafür, dass für jedes Buch die Leserschaft auch erreicht wird

Autoren können das einzigartige Literatur-Netzwerk von tredition nutzen. Hier bieten zahlreiche Literatur-Partner (das sind Lektoren, Übersetzer, Hörbuchsprecher und Illustratoren) ihre Dienstleistung an, um Manuskripte zu verbessern oder die Vielfalt zu erhöhen. Autoren vereinbaren unabhängig von tredition mit Literatur-Partnern die Konditionen ihrer Zusammenarbeit und können gemeinsam am Erfolg des Buches partizipieren.

Das gesamte Verlagsprogramm von tredition ist bei allen stationären Buchhandlungen und Online-Buchhändlern wie z. B. Amazon erhältlich. e-Books stehen bei den führenden Online-Portalen (z. B. iBook-Store von Apple) zum Verkauf.

Seit 2009 bietet tredition sein Verlagskonzept auch als sogetes "White-Label" an. Das bedeutet, dass andere Personen Institutionen risikofrei und unkompliziert selbst zum Herausgeber von Büchern und Buchreihen unter eigener Marke werden können.

Mittlerweile zählen zahlreiche renommierte Unternehmen, Zeitschriften-, Zeitungs- und Buchverlage, Universitäten, Forschungseinrichtungen, Unternehmensberatungen zu den Kunden von tredition. Unter www.tredition-corporate.de bietet tredition vielfältige weitere Verlagsleistungen speziell für Geschäftskunden an.

tredition wurde mit mehreren Innovationspreisen ausgezeichnet, u. a. Webfuture Award und Innovationspreis der Buch-Digitale.

tredition ist Mitglied im Börsenverein des Deutschen Buchhandels.

3509062R00158

Printed in Germany
by Amazon Distribution
GmbH, Leipzig